U0068581

想像與形塑

梁慕靈 編著

上海、香港和台灣報刊中的 張愛玲

鳴謝

本書獲中國香港特別行政區政府研究資助局之大學教育資助委員會授予研究金額（項目編號：UGC/FDS16/H02/17）資助得以完成，謹此致謝。在此亦感謝本研究計劃的兩位研究助理樊凱盈女士和龔倩怡女士之鼎力協助。

凡例

1. 1949年或以前的報刊中有關書籍名稱、文章名稱、雜誌名稱和電影名稱等，原文多用「」，本書除「報刊文章選編」內文保留以上用法外，其餘部分例如標題、目錄、論文和報刊條目均採用《》和〈〉，以符合現代學術規範和閱讀習慣。其餘標點則按原文所示。

2. 原文中的錯字、別字和異體字等，除了在本書的「報刊文章選編」內文保留原文，或加入 [　] 勘誤外，其餘部分例如標題、目錄、論文和報刊條目均採用現今通行的標準字體，以符合現代學術規範和閱讀習慣。

3. 凡原文不清或字體不明之處，均以■表示。

4. 如原文中有存疑之處，本書均保留原文，不作改動。

目次

導讀

1943至1949年上海文學場域中報刊對張愛玲及其作品的想像和形塑

一、引言

　　過去我們在研讀張愛玲（1920-1995年）的作品時，很多時候都是從她的小說集或散文集中直接閱讀，因此對於她為何要寫該篇文章，或是她寫作的內容指向哪些讀者等問題都不大清楚。例如〈必也正名乎〉這一篇文章，為什麼張愛玲要談及自己的名字？又例如關於〈「卷首玉照」及其他〉一文，為什麼張愛玲要討論自己的照片？這種「割裂」的閱讀情況令我們了解到，如要全面理解張愛玲的作品，就必須了解她的創作與文學場域的關係。

　　張愛玲自1943年正式發表作品以來，在上海、香港和台灣等文學場域的活動不輟，甚至在她1995年逝世後，其影響力至今仍在。回顧她在上海時期身處的文學場域，由於各種特殊的政治和社會因素，淪陷時期內的女性作家得到發揮所長的空間，張愛玲亦乘勢冒起。然而，張愛玲在抗戰勝利前後所面對的輿論和勢力關係網都截然不同，這些因素大大影響到她的創作風格和出版狀況。我們必須對張愛玲身處的文學場域有所了解，才能清楚催生這個獨特的歷史空間出現的原因及背景。同時，張愛玲作為知名女作家，在上海的文學場域內是怎樣被想像的？女作家本身又如何成為場域內各種勢力在想像和形塑中國方面的資本？張愛玲本人對這些問題又有何反應？

　　關於這些問題，本文將以兩個階段作研究範圍。第一個階段由

張愛玲在1943年5月首次發表作品，直至1945年8月15日抗戰勝利為止。第二個階段由1945年8月15日後至1949年中華人民共和國成立為止。本文將整理並歸納場域中有關張愛玲及其作品的報刊評論，並分析場域內各種勢力對張愛玲作為女性作家的想像，特別是這種想像如何依循過往的性別和國家論述模式。要探討上述問題，本文亦會參考布赫迪厄（Pierre Bourdieu, 1930-2002）有關文學場域的理論、查爾斯‧泰勒（Charles Taylor, 1931- ）的「社會想像」的理論以及哈貝馬斯（Jürgen Habermas, 1929- ）關於公共領域的理論，去分析龐雜而多種多樣的張愛玲報刊資料，冀望能結合幾位學者對場域、社會想像和公共領域的看法，客觀地分析張愛玲由1943至1949年於上海場域的各種活動，與其人和其作品如何被想像和被形塑的關係。

早於八〇年代，已有學者從淪陷區文學史的角度討論過張愛玲與區內文人交往和出版的情況，例如劉心皇在《抗戰時期淪陷區文學史》就曾簡單提及張愛玲被認為是漢奸的情況，甚至下了一個判斷：「我想，她在『春秋大義』、『民族大義』之前，是應該懺悔的。」[1]古蒼梧在2002年亦曾以1942至1945的上海作為切入點，討論上海淪陷時期幾本文學雜誌跟區內文人，特別是胡蘭成、張愛玲和蘇青的關係，更為系統地處理了相關的研究，唯未有把抗戰勝利前後作出比較研究。[2]近年，亦有研究者討論過抗戰前後上海文學場域中的文人互動，這些互動不少都與張愛玲有關。楊佳嫻曾以胡蘭

---

[1] 劉心皇：《抗戰時期淪陷區文學史》（台北：成文出版社，1980年），頁131。

[2] 古蒼梧：《今生此時今世此地：張愛玲、蘇青、胡蘭成的上海》（香港：牛津大學出版社，2002年）。

成為研究重點，討論他在戰時上海到戰後台灣的影響力，所舉例子
包括幾本控訴漢奸的小冊子上，例如《文化漢奸罪惡史》、《漢奸
醜史》、《漢奸內幕第一輯》和《漢奸內幕第二輯》等。[3]在上述
的研究基礎之上，本文將通過研究和梳理大量1943至1949年的上海
報章資料，更為具體探討普羅民眾如何受到日常都能接觸得到的報
刊所影響，以及如何在連續不斷的報導下被主導想像的方向。這比
起過去的研究常談及的那些控訴漢奸的書籍，影響範圍可能更為廣
泛和深入。

　　從場域的角度入手，可以衍生出性別和國族相互依存的視角，
去觀察作家在面對歷史、倫理和道德，特別是本文將提及的女作家
生存狀況，包括在經濟上自立和國族上被想像等情況，具體整理出
作為個人的女作家如何面對群體所賦予的國族想像，突顯張愛玲在
1943至1949年上海文學場域生存的複雜性。有關這個問題，羅久蓉
曾經借助幾個「女漢奸」的例子，探討國族與性別論述中有關忠誠
和背叛的問題。[4]本文在以下討論張愛玲在抗戰勝利後的類似遭遇
之前，將先探討張愛玲在抗戰勝利前在文學場域中的位置和狀況，
在了解她與場域中人的交往情況後，以此作為基礎並對比後來場域
中的形勢變化。

---

[3]　楊佳嫻：《懸崖上的花園：太平洋戰爭時期上海文學場域（1942-1945）》
　　（台北：台大出版中心，2013年），頁369-428。

[4]　羅久蓉：《她的審判：近代中國國族與性別意義下的忠奸之辨》（台北：
　　中央研究院近代史研究所，2013年），頁xv。

二、場域中的關係網：作為「女作家」的張愛玲及其文化活動

柯靈在談論當年上海文壇突然出現女作家張愛玲時，曾有以下這段著名論述：

> 張愛玲在寫作上很快登上燦爛的高峰，同時轉眼紅遍上海。這使我一則以喜，一則以憂。因為環境特殊，清濁難分，很犯不著在萬牲園跳交際舞……。我扳著指頭算來算去，偌大的文壇，哪個階段都安放不下一個張愛玲，上海淪陷，才給她一個機會……。張愛玲的文學生涯、輝煌鼎盛的時期只有兩年（一九四三－一九四五），是命中注定，千載一時，「過了這村，沒有那店」。幸與不幸，難說得很。[5]

這段說話歷來被多番引用來討論張愛玲與文學場域的問題，亦即只有當時的上海文學場域狀態才能催生張愛玲這樣的作家，並提供其發表作品的可能性。如果要更為深入分析這個場域以內的各種情況，我們可借用社會學的觀點來入手去分析這個場域是如何運作，如何把女作家作為想像資源，並形成一種看似真實的公共領域，亦即場域是如何把公眾的討論投射成一個討論空間。[6]要討論

5　柯靈：〈遙寄張愛玲〉，《私語張愛玲》（杭州：浙江文藝出版社，1995年），頁15-25。
6　查爾斯・泰勒著，李尚遠譯：《現代性中的社會想像》（台北：商周出版社，2008年），頁145。

這個問題，就必須了解場域內的文人是如何交往，不論是實際的日常交流，或是文字間的論爭或筆戰等，因為這些都在共同塑造一個看似開放的公共領域。公共領域是社會想像的一種突變模式，亦是現代社會發展的重要現象。如果我們不考慮這一種因素，就會出現如同本文首段提出的情況：單單閱讀張愛玲《流言》這本散文集，而沒有考慮場域的勢力或公共領域的影響，結果讀者不會明白她為何要寫這些文章；但是，如果我們把這些文章重置到場域中的出版脈絡，就可以發現這是張愛玲對場域內的社會想像的一種回應。因此，本文以下將以場域的角度來探討張愛玲與各種勢力之關係，並梳理場域內政治背景、派系與她的文化活動的關係，以及她如何面對各種場域鬥爭並爭取文化資本。

要回應上一節提出的問題，本節首先以布赫迪厄的場域理論作切入點，從宏觀的角度審視整個場域的情況，以便後文更為清楚地處理有關張愛玲的報刊資料。布赫迪厄認為，一個場域的概念其實就是關係的概念，場域就是指一定範圍之內，在各種權力和位置之間，所存在的客觀關係的網絡（network），或是一種構型（configuration）。占據這些位置，就等於擁有這些位置的權力或資本，這意味著擁有這些權力就可以把持和控制這一場域中獨有或專屬的專門利潤（specific profit），並影響位置與位置之間的從屬關係、支配關係等等。[7]布赫迪厄又提出，場域的邊界在於其影響停止運作之處。[8]因此，文學場域如同其他場域一樣，都會通過抗爭來逐漸以「淨化」的方法，提煉出該藝術或體裁自身的基本原

---

[7] 布赫迪厄、華康德著：《布赫迪厄社會學面面觀》（台北：麥田出版社，2008年），頁157-158。

[8] 布赫迪厄、華康德著：《布赫迪厄社會學面面觀》，頁162。

則，例如俄國形式主義所說的「文學性」。布赫迪厄稱這個場域的建立過程就像「提取物質精華的煉金術士」的角色，於是場域的歷史分析就是自身的精華分析的唯一合法形式。[9]當文學場域向自身要求更多的自主時，例如與政治場域、知識場域等進行角力，「文學性」本身就成為文學場域界定自身邊界的原則。但是，在市場取向、學術圈子和政治立場等多方面的影響下，所謂的「文學性」就會在角力之間搖擺不定。過去我們習慣以通俗文學與新文學等角度來理解這種角力，但通過本文的研究框架，我們可以看到，「張愛玲」本身及其作品，就是在這種場域中各種勢力爭奪資源並互相角力下，在性別、國族、文學自主性、政治、市場導向等多方面被拉攏、排斥、想像和定型。簡單來說，張愛玲由較早時在場域中被稱為「奇蹟」、被胡蘭成以「貴族」來塑造形象；到抗戰勝利後，報章竭力在上述各個角度把「張愛玲」本身及其作品「還原」，甚至把她降格到「女漢奸」或「文妓」的情況，都可以用場域的角力理論來看待和研究。

對於上文提到場域中的專門利潤，張愛玲是深懂其中的道理的。例如在抗戰勝利前，上海場域曾發生「一千元灰鈿」事件，張愛玲與秋翁（平襟亞）曾為稿費事件而爭執。秋翁於《海報》1944年9月12日發表的〈最後的義務宣傳〉中，曾提及張愛玲給他的一封信，信的內容如下：

> 我書出版後的宣傳，我曾計劃過，總在不費錢而收到相當的效果。如果有益於我的書的銷路的話，我可以把曾孟樸

---

9 布迪厄：《藝術的法則——文學場的生成和結構》（北京：中央編譯出版社，2001年），頁169。

的《孽海花》裏有我的祖父與祖母的歷史，告訴讀者們，讓讀者和一般寫小報的人去代我義務宣傳——我的家庭是帶點「××」氣氛的……[10]

　　這就可見張愛玲在早期寫作中已有這種利用話題來刺激作品銷路的想法。如果我們翻查當時文學場域內的報章或雜誌資料，可以看到張愛玲與文化界和讀者也有很多溝通往來。例如她在1944年給《力報》編者的一封書簡，就表達了她對小報的態度。[11]張愛玲與錢公俠主編的語林社關係也不錯，我們可以在1945年6月6日的《申報》找到關於《語林》的廣告，當中刊登了張愛玲讚賞《語林》的一段話：

　　　　好評所歸！
　　　　（……）
　　　　張愛玲女士：「語林是獨創一格的雜誌，非常難得的。…」
　　　　又說：「語林真是精彩得很。……」
　　　　語林六月號（第五期）業已出版，每冊仍售五百元。[12]

　　這段廣告除了引述張愛玲的話，也有朱鳳蕭、文載道、王淵的捧場話。相隔十多天，《申報》又有一段類似的廣告：

10　秋翁：〈最後的義務宣傳〉，《海報》1944年9月12日，頁3。
11　張愛玲：〈女作家書簡〉第一則，《春秋》第2卷第2期（1944年12月28日），頁74。
12　〈好評所歸！〉，《申報》1945年6月6日，頁1。

口碑載道！

（……）

張愛玲女士：「…語林獨創一格…非常難得…真是精彩得很。」[13]

這些資料讓我們可以見到，張愛玲在上海時期的文學場域中與文化界的來往並不少，並且很懂得商業促銷和文人互捧的方法。這種情況亦牽涉到張愛玲與傅雷、胡蘭成及其他文化人的對話和互動，下文將會舉出更多例子。

張愛玲非常了解場域中其他文化人對她本人和其作品的態度是一種場域內的資本，同時也是一種牽制。她對自己身處的文學場域非常敏感。在多年後張愛玲與宋淇的通信中，我們仍然可以多次看到二人對這些場域資本的討論和思考。例如在1979年，張愛玲與宋淇討論到香港作家亦舒與台灣作家水晶對她的「新作」的批評，明確提到兩人「是我的一點老本，也是個包袱，只好揹著，不過這次帶累Stephen」。[14]早於她在1944年寫作《童言無忌》的時候，她已提及自己對大眾讀者與作家之間的關係的看法：

> 苦雖苦一點，我喜歡我的職業。「學成文武藝，賣與帝王家；」從前的文人是靠著統治階級吃飯的，現在情形略有不同，我很高興我的衣食父母不是「帝王家」而是買雜誌的大眾。不是拍大眾的馬屁的話——大眾實在是最可愛的僱

---

[13] 〈口碑載道！〉，《申報》1945年6月21日，頁1。

[14] 張愛玲、宋淇、宋鄺文美：《張愛玲私語錄》（香港：皇冠出版社，2010年），頁230-231。

主，不那麼反覆無常，「天威莫測；」不搭架子，真心待人，為了你的一點好處會記得你到五年十年之久。而且大眾是抽象的。如果必須要一個主人的話，當然情願要一個抽象的。[15]

這段文字明確表示張愛玲在寫作時處處考慮自己與場域中的讀者的關係。同樣在寫於1944年的〈論寫作〉中，她強調自己是一個職業文人，故此要考慮讀者的心理與反應。她認為：

文章是寫給大家看的，單靠一兩個知音，你看我的，我看你的，究竟不行。要爭取眾多的讀者，就得注意到群眾興趣範圍的限制。[16]

怎樣才能知道讀者要什麼呢？張愛玲認為要「將自己歸入讀者群中去，自然知道他們所要的是什麼。要什麼，就給他們什麼，此外再多給他們一點別的。」她舉《紅樓夢》為例，提出《紅樓夢》對讀者來說是「要一奉十」的。這裡「要一奉十」的說法非常重要，它代表著張愛玲對身為場域中的作家與讀者關係的清晰理解。

梳理清楚張愛玲對場域的看法以後，我們可以進一步探討張愛玲其人其文與場域內的互動關係，從以下例子我們可以一瞥當時的情況。第一個例子出自張愛玲〈自己的文章〉中「時代的紀念碑」

---

[15] 張愛玲：〈童言無忌〉，《流言》（香港：皇冠出版社，1998年），頁9。
[16] 張愛玲：〈論寫作〉，《張看》（香港：皇冠出版社，2000年），頁235-236。

這個說法。「時代的紀念碑」過去由唐文標定論為張愛玲回應傅雷之說法，而根據邵迎建的研究，其實應為張愛玲回應胡蘭成〈皂隸・清客與來者〉的說法而來。[17]第二個例子是〈寫什麼〉這篇收入《流言》的散文，一直以來我們都以為是張愛玲的一篇獨立散文，但如果我們回歸「歷史現場」，找尋當日於《雜誌》內刊登的文章來看，就可以見到這是張愛玲與其他作家為一個名叫「我們該寫什麼？」、由「諸家執筆」的總題而寫的文章，文中有一段「特輯前言」說明設立這個題目的原因：

> 這一期是本刊復刊第三年的開始，我們約了十一位經常執筆的小說作家回答一個：「我們該寫什麼？」的問題，彙為特輯，呈獻在讀者之前。本刊復刊以來，內容雖為綜合的，但在份量上文藝部分所佔甚重，小說的份量尤然。據記者所知，近來作家之間頗有論到創作題材選擇問題，讀者也多來信對於創作取材說明其意見，因此，記者想到趁這機會發刊這樣一個特輯，讓我們的作家自己來陳述他們的意見，給本刊復刊第三年的開始作一紀念，也許是頗合時宜的。特輯編次以文稿收到前後為序。——記者[18]

這個特輯由十一位作者共同撰寫，依次包括譚惟翰、疏影、張愛玲、谷正櫆、朱慕松、錢公俠、王予、林鳥、張金壽、譚正璧和

---

[17] 邵迎建：〈張愛玲和「新東方」〉，金宏達主編：《回望張愛玲・昨夜月色》（北京：文化藝術出版社，2003年），頁158-159。

[18] 記者：〈我們該寫什麼？・特輯前言〉，《雜誌》第13卷第5期（1944年8月10日），頁4。

石木。要結合這個專題來看，才可以解釋為何張愛玲在〈寫什麼〉一文內會說「文人討論今後的寫作路徑，在我看來是不能想像的自由——彷彿有充分的選擇的餘地似的」這句說話，明顯就是回應編者提出這個寫作專題，同時亦可見到這篇文章本來並沒有〈寫什麼〉這個標題。從以上兩個例子我們可以看到張愛玲的不少文章都與當時場域內的文人交流或互動有關，而不是割裂的創作。

從1943至1949年的上海報刊中，我們可以發現不少張愛玲在上海文學場域參與文化活動的消息。例如她曾於1943年11月14日到電台朗誦小說：

> 上海廣播電台，為協力新中國文學運動，提高聽眾文藝欣賞興趣，特定於今日（星期日）下午九時三十分，在該電台舉行文藝朗誦，並經本市中日文化協會滬會企劃處長柳雨生氏之斡旋，特別商請名小說家譚惟翰及女作家張愛玲女士，朗誦創作小說，愛嗜文藝及喜愛兩君作品者，屆時當可於電波中收聽。[19]

在1943年11月左右，張愛玲在中文寫作方面發表了散文〈到底是上海人〉和〈洋人看京戲及其他〉，小說方面則有〈沉香屑　第一爐香〉、〈沉香屑　第二爐香〉、〈茉莉香片〉、〈心經〉、〈傾城之戀〉、〈金鎖記〉、〈封鎖〉和〈琉璃瓦〉已經發表，正值她的創作高峰期。這亦是她較為熱衷參與文化活動的時期。

除此之外，張愛玲於1944年2月7日參加了中日文化協會滬分會

---

[19]　〈上海電台廣播 文藝朗誦〉，《申報》1943年11月14日，頁3。

舉辦的女作家座談會，當時的情況在〈中日文協舉行　女作家座談會　晚間設宴招待小林秀雄氏〉一文記錄如下：

> 中日文化協會滬分會，昨日下午三時在亞爾培路該會舉行茶會，招待上海婦女作家。計到天地社主編馮和儀（蘇青），文友社編輯潘柳黛，婦人大陸社編輯春野鶴，太平洋週報編輯室伏古樂，日本文藝主潮社同人三村亞紀，及女作家張愛玲，潘瓊英，陳綠妮，陳海魂等，又著名畫家村尾絢子，前曾赴漢口前線考察，亦參加該會。由事務局長周化人氏主席，就中日婦女生活，文學創作，婦女總動員諸問題，有所討論，情緒熱烈，至五時餘散會，同晚六時該會在錦江餐館設宴招待日本著名文學批評家小林秀雄氏，■小林秀雄，陶晶孫，丘石木，柳雨生，■風，潘予且，石川佐雄，草野心平，馮和儀，關露，佐藤■子，文載道，等多人，■由主席周化人介紹小林氏對日本文壇之功績，繼由小林秀雄致答辭，並即席討論中國文學界之動向。[20]

　　由這段文字可見，張愛玲在1944年出席的文化活動，除了與場域中的中國作家來往外，亦有與日本文化界聯絡。其他的大量文化活動例子，包括同年的3月16日參加了上海雜誌社舉辦之女作家聚談會；[21]於夏天參加滬江大學英文系章珍英舉辦的文藝聚會；[22]於8

---

[20] 〈中日文協舉行　女作家座談會　晚間設宴招待小林秀雄氏〉，《申報》1944年2月8日，頁3。
[21] 〈女作家聚談會〉，《雜誌》第13卷第1期（1944年4月10日），頁49-57。
[22] 張惠苑編：《張愛玲年譜》（天津：天津人民出版社，2014年），頁50。

月26日參加《雜誌》舉辦的「《傳奇》集評茶會」;[23]於11月12至14日原獲邀出席第三屆大東亞文學者大會,張愛玲回信推辭,未有出席;12月左右曾通過柯靈介紹,與大眾劇團主持人周劍雲見面;[24]又曾在1944年與胡蘭成去邵洵美家吃飯,同席還有施蟄存。[25]值得一提的是,經筆者翻查資料,張愛玲於1944年10月7日可能有出席第三屆大東亞文學者大會籌備會,因為翌日《申報》上就刊登了〈文學者大會 滬代表決定〉這篇文章,記錄了出席者包括張愛玲:

> 三屆大東亞文學者大會籌備會,七日舉行五次會議,由龔持平主席,上海出席代表為周越然・張資平・陶晶蓀・傅彥長・包天笑・張若谷・文載道・吳江楓・路易士・張愛玲・馮和儀・關露等十人。[26]

這篇報導或可說明張愛玲出席了是次籌備會,後來才推辭再出席於11月舉辦的第三屆大東亞文學者大會。

到了1945年上半年,張愛玲仍然頻繁參與類似的文化活動,例如2月27日與蘇青和《雜誌》記者在家中進行對話;[27]4月9日出席女作家與朝鮮舞蹈家崔承喜聚談,並去觀看了崔承喜之舞蹈,[28]後來

---

[23] 吳江楓:〈「傳奇」集評茶會記〉,《雜誌》第13卷第6期(1944年9月10日),頁150-155。

[24] 張惠苑編:《張愛玲年譜》,頁56。

[25] 張惠苑編:《張愛玲年譜》,頁58。

[26] 〈文學者大會滬代表決定〉,《申報》1944年10月8日,頁2。

[27] 記者:〈蘇青張愛玲對談記──關於婦女・家庭・婚姻諸問題〉,《雜誌》第14卷第6期(1945年3月10日),頁78-84。

[28] 洛川:〈崔承喜二次來滬記〉,《雜誌》第15卷第2期(1945年5月10日),頁84-88。

胡蘭成在《今生今世》中還記敘了張愛玲對崔承喜的評語；7月21日出席由新中國報社舉行的茶會，當日還有李香蘭出席。[29]這就是張愛玲在抗戰勝利前主要的文化活動和交際情況。

抗戰勝利後，張愛玲於1946年備受各方攻擊，因此她公開參與文化活動的次數驟然下降，只有在7月參加桑弧的私人請客，當日出席的有龔之方、柯靈、炎櫻、魏紹昌、唐大郎等人。[30]直至1947年，張愛玲於5月4日參加在上海舉行的上海文藝作家協會成立大會，獲委任為聯絡委員會委員。[31]同年的12月，張愛玲只參加了一個私人聚會，接受了董樂山和李維君的拜訪。[32]然後到1950年，張愛玲於7月24至29日，參加了第一屆上海文藝工作者代表大會，並隨上海文藝代表團到蘇北參加土改兩個月。[33]直至張愛玲於1952年離滬赴港，暫無發現有張愛玲在這段期間參與公開文化活動的紀錄。

抗戰勝利後的文學場域對張愛玲的關注度持續不減，甚至曾掀起張愛玲是否於電台做播音員、唱申曲的討論。眾所周知，張愛玲的姑姑曾做過電台播音，在1946年張愛玲難以在文壇立足之時，她是否也曾為上海的電台擔任播音工作呢？在《星光》1946年4月9日的一篇〈張愛玲鬧雙包案〉中，記錄了有記者親自去查證唱申曲的「張愛玲」是誰，文中用戲謔的口吻道：

> 「十八世紀摩登狗兒」新文藝「巨子」「胡門張氏」張

29　〈納涼會記〉，《雜誌》第15卷第5期（1945年8月10日），頁70-75。
30　張惠苑編：《張愛玲年譜》，頁68。
31　張惠苑編：《張愛玲年譜》，頁71。
32　張惠苑編：《張愛玲年譜》，頁73。
33　張惠苑編：《張愛玲年譜》，頁76。

愛玲，據說因在「大東亞戰爭」時期為「文壇」宣勞過度心力憔悴故好久的沒有看到她的「傑作」發表了。最近有人看到她在為國家代盡地主之誼，不惜降低堂堂「貴族血液」身份做吉普女郎招待外賓……，明天意外地自一電台業同行口中又聽到張愛玲的「豔息」，據他說張愛玲現在竟已與筱月珍許雅琴做同行，拋開筆桿唱起申曲來了……[34]

　　這位作者為了證實唱申曲的「張愛玲」是誰，親自走到金城電台的播音處查證，發現這位「張愛玲」原來另有其人。如果翻查1946年5月20日的《申報》，當日刊有一則「播音節目」表，當中寫著萬龍生與張愛玲為「滬劇」播音，電台為「軍政」電台，播音的週波為一○六○，時間為下午四時四十分至五時二十分。[35]在《風光》1946年6月10日的〈張愛玲唱申曲〉一文所記，作者柳絮就記錄了這位唱申曲的「張愛玲」已經唱了好幾年的申曲，用「張愛玲」這個名字也是最近的事，可見當時作家張愛玲紅遍上海的情況，連名字也被盜用了。[36]

　　張愛玲在場域中亦有與文人往來，當中與蘇青的來往頗多，文壇中也常常把二人相提並論。綜觀抗戰勝利前後，場域中的輿論對

---

34 阿拉記者：〈張愛玲鬧雙包案〉，《星光》1946年第4期（1946年4月9日），頁9。

35 〈請每日收聽播音節目〉，《申報》1946年5月20日，頁1。

36 柳絮：〈張愛玲唱申曲〉，《風光》1946年第14期（1946年6月10日），頁11。根據肖進《舊聞新知張愛玲》一書所記，於1945年1月4日有一篇由曼廠所寫、刊登於《大上海報》上的一篇文章〈三個張愛玲〉中記載，當日上海確有一位與張愛玲同名的播音員，主要是以唱申曲為節目內容。見肖進編著：《舊聞新知張愛玲》（上海：華東師範大學出版社，2009年），頁61-62。

張愛玲和蘇青的評價均有明顯變化，態度也南轅北轍。在抗戰勝利前，報刊曾刊載多篇論及蘇青的文章，其中也包括張愛玲的〈我看蘇青〉，這些文章（或廣告）包括：

1. 《小天地》1944年9月：胡蘭成〈談談蘇青〉[37]
2. 《風雨談》1944年11月：譚正璧〈論蘇青及張愛玲〉[38]
3. 《東方日報》1944年12月11日：紅藻〈也談蘇青〉[39]
4. 《繁華報》1945年3月28日：「湖山外篇」專欄〈蘇青與張愛玲〉[40]
5. 《天地》1945年4月：張愛玲〈我看蘇青〉[41]
6. 《光化日報》1945年4月20日：〈張愛玲怎樣看蘇青？〉（《天地》之廣告）[42]
7. 《力報》1945年5月12日：李七〈蘇青看還張愛玲〉[43]
8. 《繁華報》1945年5月30日：鍾士〈我看蘇青〉[44]
9. 《東方日報》1945年6月23日：天遊〈海上新詠（七）：愛玲蘇青〉[45]

---

[37] 胡蘭成：〈談談蘇青〉，《小天地》1944年第1期（1944年9月），頁16-19。
[38] 譚正璧：〈論蘇青及張愛玲〉，《風雨談》1944年第16期（1944年11月），頁63-67。
[39] 紅藻：〈也談蘇青〉，《東方日報》1944年12月11日，頁2。
[40] 「湖山外篇」專欄：〈蘇青與張愛玲〉，《繁華報》1945年3月28日，頁2。
[41] 張愛玲：〈我看蘇青〉，《天地》1945年第19期（1945年4月），頁5-13。
[42] 〈《天地》廣告：張愛玲怎樣看蘇青？〉，《光化日報》1945年4月20日，頁2。
[43] 李七：〈蘇青看還張愛玲〉，《力報》1945年5月12日，頁3。
[44] 鍾士：〈我看蘇青〉，《繁華報》1945年5月30日，頁2。
[45] 天遊：〈海上新詠（七）：愛玲蘇青〉，《東方日報》1945年6月23日，頁3。

從這些例子我們可以看到，抗戰勝利前談及蘇青和張愛玲的文章，多從其作品風格和文字作評論，就算如鍾士〈我看蘇青〉一文沒有談及文學，也只是談及在公共汽車上看見蘇青，品評她的外表等，負面評價不多。但在抗戰勝利後，有關蘇青和張愛玲的討論多趨向負面和嘲諷，這些文章包括：

1. 《香海畫報》1946年4月15日：一之〈張愛玲改名連雲　蘇青不忘《天地》〉[46]
2. 《香雪海畫報》1946年6月26日：木然〈張愛玲諷刺蘇青〉[47]
3. 《戲報》1947年12月21日：梅子〈蘇青和張愛玲〉[48]：

　　　　吳性裁創辦文華，非但養活了大批劇影人，連女作家張愛玲也多了一條「財路」，第一炮劉瓊陳燕燕的不了情一片，即是張的編劇，為朱石麟所賞識，法眼不虛，大獲盈利，今番的《太太萬歲》，劇本又是她的手筆，海上過去的女作家，張愛玲的傾城之戀說部，和蘇青的結婚十年一書，稱做女作家當中兩隻鼎，而張的本事比蘇青本領棋高一著，厥為寫作以外，更能編劇一番，不論為賣劇本，或抽上演稅，總之噱頭大於蘇青，蘇以甯波老戉（讀農）已往雖紅，近月有人亦想接洽把蘇的結婚十年搬上銀幕，為著

46　一之：〈張愛玲改名連雲　蘇青不忘《天地》〉，《香海畫報》1946年第5期（1946年4月15日），頁54。

47　木然：〈張愛玲諷刺蘇青〉，《香雪海畫報》1946年第1期（1946年6月26日），頁11。

48　梅子：〈蘇青和張愛玲〉，《戲報》1947年12月21日，頁3。

> 過去蘇有污點在身，不但事情不成，反被各方攻擊，使她
> 大哭，張愛玲蘇青，交運與倒霉，亦註定也。

從這篇文章可以見到，在1946至1947短短一年間，當輿論再把張愛玲和蘇青並提時，已經是採用一種嘲諷的口吻，並以「汙點」和「倒霉」來形容場域中的兩位女作家，與淪陷時期的態度非常不同。

不能忽視的還有場域內讀者對張愛玲的評價和互動。在抗戰勝利前夕，《現代週報》設有一個專欄「讀者之聲」，刊有不同讀者對張愛玲的看法，當中明顯感到一種煽動批評張愛玲和蘇青的趨勢，例如在《現代週報》1945年3月31日的〈讀者之聲〉中，文章的作者自稱是一位「女學生」，她向編輯批評張愛玲和蘇青，認為當時的女學生喜愛閱讀二人的文字，「並不是因為他們的文章寫得好」，而是因她們文筆大膽，把女學生「所想知道的『性』的知識」告訴她們。文中甚至曲解二人的作品，這個女學生說：

> 我老實的告訴你，我們女孩子的所以喜歡看他們的著
> 作，是把他們來代表「性」的著作的；從他們的著作中，我
> 們學會了不少門檻，也從他們的著作中，我們知道女子是應
> 該以出嫁為職業的。我們更知道，我們不能在高中畢業之後
> 再進大學，因為大學畢業的女生是沒有人要的。
>
> 先生，我們在這時代是夠苦悶的，這種苦悶不能發洩的
> 時候，就自然而然的轉到「性」方面去了，可是人都是怕羞
> 恥的，誰能像張愛玲，蘇青那般公開的說呢？……張愛玲和
> 蘇青他們也許沒有想到，在中國的女孩子之中，他們心目中

還有國家和民族存在的吧！[49]

今天我們無法證實這個「女學生」是真是假，但文中扭曲張愛玲作品的含意和誇大其負面影響力卻是顯而易見的。文中更刻意把張愛玲與蘇青塑造成與「國家」和「民族」對立，彷彿她們的作品中談及性，就會削弱女學生的愛國心。又例如在《現代週報》1945年4月14日的一篇〈讀者之聲・說張愛玲〉中，就有四位讀者展露他們對張愛玲的負面評價。第一位持明揚暗抑的態度：「我歡喜看張愛玲的作品，但是我不知道她為什麼這樣的成名，是否是技巧上的特出，抑是思想上的有功於我們女性。」[50]第二位則向張愛玲提問，例如：「現在大家捧著張愛玲，這是否一個好的現象，對於她本身有什麼益處沒有？」[51]第三位向編輯提問：「看她所有的作品，似乎她根本沒有去體驗過生活，多認識事物而寫成的。沒有靈魂的草草完成，這有什麼價值呢？她的文章全是有著浮華的態度，用色情的作品來勾引讀者的心」[52]第四位則明顯持批評態度：「我覺得女作家是沒有存在的她的地位，因為她們太看輕藝術，太看輕自己，根本談不上什麼作家的身份，我們單看張愛玲和蘇青吧？她們反使讀者們中了毒，對於社會疏忽起來」[53]這種論述伴隨著場域

---

[49] 〈讀者之聲——關於張愛玲等〉，《現代週報》第3卷第8期（1945年3月31日），頁36。

[50] 〈讀者之聲——說張愛玲・一〉，《現代週報》第3卷第10期（1945年4月14日），頁35。

[51] 〈讀者之聲——說張愛玲・二〉，《現代週報》第3卷第10期（1945年4月14日），頁35。

[52] 〈讀者之聲——說張愛玲・三〉，《現代週報》第3卷第10期（1945年4月14日），頁35。

[53] 〈讀者之聲——說張愛玲・四〉，《現代週報》第3卷第10期（1945年4月

中越來越多的輿論攻擊，表現了當時集體想像的需求，我們在下一節會更深入分析這種集體心理與政治、性別的關係。

三、想像女性：場域對「女作家」的形塑與定型

在上一節我們已初步從場域的角度理解到張愛玲與1943至1949年上海文學場域有著怎樣的互動關係。在本節，我們則會探討這個場域如何對作為「女作家」的張愛玲進行想像，而這種想像又滿足了場域中哪些方面的需要。

首先，本文會借用德國學者哈貝馬斯關於公共領域的理論，去討論場域中的公共空間。隨著現代社會的出現，關於民族和國家的觀念亦相繼興起，在前現代中以家庭為主要社會結構和生產方式的觀念開始衰落，使到家庭本身逐漸沒落。[54]對於這種情況，哈貝馬斯認為，原本在國家和社會的競爭發展中公共領域得到明顯的政治功能之前，家庭的主體性仍然保留有自身的地位和空間。但是，隨著現代性進程的發展，社會領域與親密領域出現兩極的分化，使私人生活滲入了公共性，而公共領域則染上了私人性的內向色彩。[55]這種情況在現代中國的國家和民族建構中亦明顯出現，國家論述對

14日），頁35。

[54] Seyla Benhabib, "Models of Public Space: Hannah Arendt, the Liberal Tradition, and Jürgen Habermas," in Habermas and the Pubile Sphere, ed. Craig Calhoun (Cambridge, Massachusetts: The MIT Press, 1994), pp. 73-98.

[55] 參考哈貝馬斯（Jürgen Habermas）著，曹衛東譯：《公共領域的結構轉型》第二章及第五章（上海：學林出版社，1999年），頁32-67和170-217。亦可參Jürgen Habermas, The Structural Transformation of the Public Sphere: An Inquiry into a Category of Bourgeois Society, trans. Thomas Burger with the Assistance of Frederick Lawrence (Cambridge, Massachusetts: The MIT Press, 1989), pp. 27-56 and 141-180.

「私人空間」的侵占由二〇年代開始越趨猛烈。[56]對照隨後中國三〇、四〇年代的歷史狀態，我們可以發現當民族國家話語的發展因時局而變得衰弱時，私領域的題材如家庭、情愛等就會重新成為文學場域中重點關注的議題，家庭重新得到其文學語境。在上一節提及的第一個階段中，上海已經進入淪陷時期約兩年，這時女性題材由於戰爭帶來的創作空間而得到很大的發展。新文學的感時憂國傳統由於在日本人的勢力範圍下被迫噤聲，乘勢而出的「舊」派文人如周瘦鵑及陳蝶衣等為了重新吸納年輕的讀者，於是採納了很多年輕的女作家為他們的雜誌的供稿人。女性作家在這個時候成為「舊」海派文壇的主要寫作人，一改以前由男性作家主導的風氣。張愛玲、蘇青、潘柳黛、施濟美等新的年輕女作家相繼出現，她們對於家庭、生活瑣碎事物的關注，以及對婚姻及男女關係的看法，都跟二〇、三〇年代的閨秀派作家如冰心、凌叔華、林徽因等不同。這段上海淪陷的真空時期造就新的女作家突圍而出。黃心村認為，這個時期的女作家，通過表面上關於家庭、婦女生活的書寫來記錄她們關於戰爭的經驗，以這種女性的題材來改寫本來屬於男性的國家論述。[57]亦由於新一代的女性作家湧現，加上大量的女性家庭雜誌相繼出版，關於家庭的議題為這個時期的寫作熱門材料。[58]

---

[56] 陳建華：〈豈止「消閑」：周瘦鵑與1920年代上海文學公共空間〉，姜進主編：《都市文化中的現代中國》（上海：華東師範大學出版社，2007年），頁224-245。

[57] Nicole Huang, Women, War, Domesticity: Shanghai Literature and Popular Culture of the 1940s (Leiden, Boston: Brill, 2005), p. 50.

[58] 關於這一方面的研究和討論可參Nicole Huang, Women, War, Domesticity: Shanghai Literature and Popular Culture of the 1940s, pp. 50-83；李曉紅：《女性的聲音：民國時期上海知識女性與大眾傳媒》（上海：學林出版社，2008年），頁188-240。

這種由於政治環境轉變而來的寫作空間，不僅為本來在國族性社會想像以外的女性提供發聲的機會，甚至使她們能夠以一種「女性」的方式對原本的「男性」想像作出質疑和反思。更重要的是，女性家庭題材的湧現令到女性作家能夠「合法地」利用這種空間，重新改造原本被各種話語所利用的「女性形象」，一方面指出在「男性想像」下的「女性形象」的不真實，另一方面又賦予女性言說的機會。這些都必須隨著女性家庭題材的「合法性」才能出現。私人領域的題材在這一時期可以獨立存在，而不須借民族國家話語的名目存在。在戰爭的陰影下，日常生活成為文學作品在這個獨特的時空內少數「合法」的元素，女性作家則成為「合法」的發言人。就是這種種特殊的因素，造就張愛玲等女作家在上述場域中突圍而出的情況。

　　然而，如果結合場域的情況來看，上述有關女作家的寫作生存狀態是否如此正面呢？女作家在戰爭時期的上海可能得到發展的空間，但同時也需要為此付出被想像、被形塑和被談論的代價。當然，女作家被想像被形塑的情況，在四〇年代以前的上海文學場域也已經出現。以丁玲和白薇為例，她們的消息同樣被不少報章報導，但其報導角度和用詞較少與性或色情等方向連上關係，且大多比較正面。例如在上海出版的《女聲》就曾經刊登一篇叫〈丁玲小傳〉的文章，內裡對丁玲的報導正面，甚至用「丁玲可說是五卅以後的一個劃時代的典型女作家」。[59]又例如在上海出版的《大眾畫報》於1933年曾刊登一篇〈丁玲所編之《大熊》〉都只是記錄丁玲失蹤的消息。[60]再如1936年一篇於上海出版之《婦女生活》刊登

---

[59] 狄斯：〈丁玲小傳〉，《女聲》第2卷第17期（1934年6月），頁8。

[60] 〈丁玲所編之《大熊》〉，《大眾畫報》1933年第2期（1933年12月），

的文章〈記白薇〉，內裡以同情的態度陳述白薇的遭遇。[61]到1941年，上海文化場域內對白薇的想像仍然是以刻苦、悲劇等角度來書寫，例如〈記白薇：作家印象記〉中就對白薇有頗為客觀的記述。[62]就算到了抗戰勝利後，報刊談及有關白薇被楊騷傳染性病的事，都較少以批評和調侃的角度出發，如1946年上海報刊《圖文》中就有一篇文章〈沈茲九暴露白薇隱病〉談及此事，但這篇文章只是批評沈茲九作為編輯披露白薇隱私屬錯誤行為，卻未見有對白薇加以嘲諷。[63]如果把張愛玲的遭遇與上述兩位女作家比較，就可以看到，儘管張愛玲在場域中能有不少的出版機會，並受惠於這個時期的女性書寫空間，但根深柢固的父權文化制度，以及強大的國族想像需求，仍然在不同方面利用女性形象為「男性」國家論述作出有利的書寫。在女性作家得到較大的發聲空間的同時，女性作家本身卻被集體想像塑造成「國家想像」的對立面，這往往通過把女性作家跟性連上關係而達到。張愛玲本人的遭遇，特別是她與「漢奸」論述連上關係，造成一種與其他女作家不同的情況。以下本文將從抗戰勝利前和後的兩種輿論取向，對有關「張愛玲」其人其文的社會想像作出比較分析。

首先，我們可以見到不論在抗戰勝利前或後，場域中的各種勢力都傾向把「張愛玲」還原成一個女人，亦即不從文字或文學藝術去判斷她的成就，而大量談論她的外表和打扮，去把「她」想像成

頁17。

[61] 子岡：〈記白薇〉，《婦女生活》1936年第3卷第4期（1936年9月1日），頁31。

[62] 苗埒：〈記白薇：作家印象記〉，《時代婦女》1941年創刊號（1941年12月1日），頁10-13。

[63] 〈沈茲九暴露白薇隱病〉：《圖文》1946年第1期（1946年4月2日），頁8。

一個跟男性國族想像的他者，這種輿論不少更與性和色情連上關係。例如在1944年8月24日刊於《力報》的一篇文章〈《傳奇》印象〉，作者文海犁對《傳奇》內張愛玲的照片和簽名有著豐富的聯想：

> 研究張愛玲的簽字，是一條斜橫的打圈的曲線，頗有曲線美，不過，又像蚯蚓，又像蛇，這怕是張愛玲的標記，我覺得倒也說明了張愛玲作品的風格，曲折有致，極有誘惑力。[⋯⋯]且看照片，密司張的樣子倒蠻漂亮，斜著頭，頭髮像海一樣，微闔著眼似的，有些像洛麗泰揚，好在「東方的洛麗泰揚」沒有，密司張可以佔領這頭銜。[64]

從文海犁的文字可以看到，時人對張愛玲的性情和模樣有著無窮的好奇和聯想，他強調張愛玲的簽名像「蛇」一樣曲折有致，並具有誘惑力，把簽名跟性的聯想連上關係。由張愛玲的筆跡聯繫到她的作品風格，這位作者更對張愛玲的相貌感到興趣，認為她長得有些像好萊塢電影明星洛麗泰揚（Loretta Young, 1913-2000）。最後，文海犁更直言「醉翁之意不在酒」，「讀者化了二百大洋好奇而看《傳奇》，而我想作者也是『醉婆名利雙收』，也並不希望讀者讀作品」。這篇文章把張愛玲的成功歸因於大眾對女性外表的想像，並抹殺了讀者對她的作品的內在欣賞，亦矮化了張愛玲的自我姿態。面對這種說法，張愛玲在《天地》1945年2月的〈「卷首玉照」及其他〉對這種心態有所回應：

---

[64] 文海犁：〈《傳奇》印象〉，《力報》1944年8月24日，頁3。

印書而在裏面放一張照片，我未嘗不知道是不大上品，
除非作者是托爾斯泰那樣的留著大白鬍鬚。但是我的小說集
裏有照片，散文集裏也還是要有照片，理由是可想而知的。
紙面上和我很熟悉的一些讀者大約願意看看我是什麼樣子，
即使單行本裏的文章都在雜誌裏讀到了，也許還是要買一本
回去，那麼我的書可以多銷兩本。我賺一點錢，可以徹底地
休息幾個月，寫得少一點，好一點；這樣當心我自己，我想
是對的。[65]

從這段文字我們可以見到，張愛玲以一種十分實際的態度來回
應這些讀者的心態，表明了她對這種大眾心態的自覺和利用，並扭
轉了讀者對她的名字的「性」的聯想的方向，重新導向了她作品中
一貫對日常和人情的重視。除了文海犁以外，對張愛玲的相貌感到
興趣的還有曼厂，這位作者在《大上海報》1945年1月4日刊登的〈三
個張愛玲〉中把張愛玲跟其他兩位同名同姓的女子外貌作品評：

眼前張愛玲有三個，一個是舞女，面孔並不怎樣漂亮，
更無籍籍之名[⋯⋯]一個是電台的播音員，據她本人自己
說：「你們聽聽我的聲音怪好，可是你們見了我時，人都要
嚇壞！」[⋯⋯]還有一個，便是紅遍文壇的女作家了，她容
貌並不傾城，可是文章卻全市轟動，到底如何，我們不去論
她，不過三人之中，還是她比較那個！那個？那個什麼？我

---

[65] 張愛玲：〈「卷首玉照」及其他〉，《天地》第17期（1945年2月），頁15。

卻說不出了，噱頭留給讀者諸君吧！[66]

　　這裡曼厂把作為作家的張愛玲跟作為舞女的張愛玲連上關係，除了名字的相似性以外，亦在對女性外表的評論上把她們直接比較，而沒有對張愛玲的作品作出評價，討論的仍然是一直以來女性在男性心目中的傳統價值——色相；同時，文章更用「那個」這個含糊的說法引導讀者聯想，其取態與上述文海犁的相同。除此以外，在1945年7月11日的《光化日報》中，署名商朱的作者如此記載：

　　　　我和我的朋友有一天騎著腳踏車在街上玩。老遠我看見一個窈窕的背影，我說那一定是張愛玲。我的朋友向來是張愛玲的喜愛者（我指文章），他很好奇，因此主張追上去看，他看見的是一個平凡的女子，只不過臉上多一副眼鏡，他變得很失望，「因為，」他說，「我想看她是怎樣的奇裝異服。」而事實那天不過穿了一件普通的旗袍。

　　　　我以為普通讀者仰慕一位作家的心理也是這樣的。真實與幻想之間有一段頗不短的距離[⋯⋯]有許多讀者被她的作品所魅惑，以為她必是一個美人，至少和她作品中的人物一般美。少數人把她想成一個怪腔的女人[⋯⋯]因為她的文字的美，便美在怪腔。[67]

---

[66] 曼厂：〈三個張愛玲〉，《大上海報》1945年1月4日。今收於肖進編著：《舊聞新知張愛玲》，頁61-62。

[67] 商朱：〈看女作家〉，《光化日報》1945年7月10日，頁2。

這段文字反映了一種當時很普遍的讀者心理：對女作家的外貌和裝扮的想像和渴慕，跟觀看電影明星的心態十分相像。大眾對張愛玲的長相和衣著感到好奇，並因為女作家的長相不及文字般美而感到失望。

抗戰勝利前，不少人對女作家評頭品足，甚至對她們的名字大加議論，例如在《力報》1943年11月16日刊登的〈女作家〉，就對潘柳黛和張愛玲的名字大肆品評，例如評潘柳黛「其人不如讀其文佳，更不如見其潘柳黛名字佳」，對張愛玲的批評則是：「張愛玲亦今日女作家，文章差潘柳黛遠甚，唯名字蕩冶，適與潘柳黛相反，論者謂此三字，不但蕩冶，且惡俗似貨腰女，如不知其能寫寫文章者見之，不當其舞女也者希。」[68]除了簽名、外表、衣著以外，這篇文章再次顯示時人怎樣以名字把女作家跟色情連上關係。針對著這篇文章，張愛玲在《雜誌》1944年1月10日以〈必也正名乎〉對這篇文章作出回應：

> 我自己有一個惡俗不堪的名字，明知其俗而不打算換一個，[……]中國的一切都是太好聽，太順口了。固然，不中聽，不中看，不一定就中用；可是世上有用的往往是俗人。我願意保留我的俗不可耐的名字，向我自己作為一種警告，設法除去一般知書識字的人咬文嚼字的積習，從柴米油鹽，肥皂，水與太陽之中去找尋實際的人生。[69]

---

[68] 醉雲：〈女作家〉，《力報》1943年11月16日，頁3。

[69] 張愛玲：〈必也正名乎〉，《雜誌》第12卷第4期（1944年1月10日），頁70-72。

這裡張愛玲再次以實際的、現實人生的角度去回應這些攻擊。通過這幾位作者的文章，我們可以看到當時的大眾怎樣把女作家跟社會上其他行業的女性並提，並且對她們的樣貌評頭品足，明顯反映了當時社會對女作家的想像：女作家是作為城市的色情想像的其中一種資源，尤其是女性作家占據了原本由男性主導的文學創作場域，這種「危及」男性地位的情況，必須通過父系制度的一系列手法來削弱她們帶來的威脅。而從精神分析的角度來看，把帶來威脅的女性塑造成色情的化身，把原本獨立的女作家客體化，使之成為受到注視及操縱的對象等手法，都可以使這些「危害」國族想像的女作家重新受到控制，儘管在這一時期，真正危害國族論述的是日本的入侵而不是女作家。場域中的各種勢力以這種手法把女作家「再現」，這種「再現」能夠把她們重新納入國族論述的想像和控制之中，女作家因此又重新被國族話語所塑造。

　　抗戰勝利後，更多的輿論傾向從張愛玲的穿著打扮和外表入手，把她塑造成為一個怪異的女性。這類文章在1946年間充斥各種雜誌和小報，例如《海濤》1946年3月17日刊登的一篇文章，題為〈張愛玲買橘子〉：

　　　　她的人外表上看起來雖然貴族而不大說話，其實出風頭的心，比任何人都要強，祇要看她穿的那些衣服就知道，在旗袍上，也許穿上一件清朝式滾花邊的棉背心或襖子，[……]但她敢穿出來自然是膽量，所以有人說她心裏有點變態，正和她愛胡蘭成一樣，但她的新異，卻至今使人轟動一時，勝利後，有人說她和胡逃了，有人說她仍在靜安寺某處居住，其實她沒有離開上海，依然在赫德路的一家公寓中和

她姑姑住著，上星期，她一個兒在靜安寺路電車站邊買了一
大紙袋福橘，她已不穿那奇裝，可是仍穿著一件藍布旗袍，
穿上花緞鞋[鞋]。[70]

上述文字幾近揣測之詞，由她的打扮和服裝去品評她的為人，
並把女作家的婚戀之事與這些品評之詞連上關係，令讀者有多方
面的聯想。同樣，《申報》1946年3月18日內刊《香海》廣告，當
中一篇文章題為〈張愛玲怪模怪樣〉。[71]翻查同日出版的《香海畫
報》中刊有一篇文章名為〈張愛玲怪模怪樣穿怪裝〉：

上海女人的服裝，近來突然復古，廢止旗袍，上面一件
花花綠綠的棉襖，下面來一條男裝西裝袴，實行中西合璧，
今古交流。
這種裝束的始作俑者是誰，上海人數典忘祖，知道的不
多，說起來，這人也是鼎鼎大名的，是勝利前紅極一時的作
家張愛玲。當時張舉行什麼招待晚會，就是穿了這種服裝出
席的。
張愛玲舉止和脾氣，陰陽怪氣，穿出來的衣裳也怪模
怪樣……[72]

上文以中西合璧的棉襖和西褲這種破壞傳統的穿著方法來類比

---

[70] 路人：〈張愛玲買橘子〉，《海濤》1946年第4期（1946年3月17日），頁2。
[71] 〈《香海》廣告：張愛玲怪模怪樣〉，《申報》1946年3月18日，頁6。
[72] 廣成：〈張愛玲怪模怪樣穿怪裝〉，《香海畫報》1946年第1期（1946年3
月18日），頁5。

女作家的行為和性格，同樣顯示了這種「特異」的女作家形象並不受抗戰勝利後民族主義情緒高漲的文學場域歡迎。又例如《星光》1946年3月20日一篇名為〈張愛玲刻意求工〉的文章批評道：

> 張愛就玲是一那未刻意求工的人，別說文章與談話，看她打扮就知道，果然燦爛得像朵花，然而是上海「畫錦里」一帶宮粉店裏所售的絹製假花。[73]

這裡又是從張愛玲的打扮作批評，並以假花來嘲諷張愛玲的為人。上海場域中的謠言和猜測在1946年越趨劇烈和誇張，例如一篇〈張愛玲開壽衣店〉中所談論的都是無稽之談：

> 在勝利之前風頭十足的女作家張愛玲，此婆怪氣十足，文章裏南國的華貴氣味濃厚，最近極少寫作，或許是寫了不發表，最近傳說她已在電台上唱申曲，是開玩笑呢？是真有其事，怪人怪事，未當面見其演身說法者，這話難易[以]斷定。
>
> 此婆平時穿的服裝，總是怪裏怪氣，中西璧合，前一個時期她曾計劃開設一爿時裝店，自勝利後，和她的文章一樣的無聲無臭了，有人計劃倘若張愛玲能夠開設一爿死人用的壽衣店，她的設計一定受摩登死人熱烈歡迎的。[74]

---

[73] 鳳三：〈張愛玲刻意求工〉，《星光》創刊號（1946年3月20日），頁7。文中誤文應是排版錯誤造成。

[74] 周太太：〈張愛玲開壽衣店〉，《黑白》1946年第2期（1946年3月24日），頁4。

上文所提到的張愛玲唱申曲一事，其實是當時上海有一同名同姓的播音員，多在電台上演唱申曲，這在上述〈三個張愛玲〉中已有提及。同時，上文提到張愛玲開設壽衣店根本並無其事，文章卻以這個道聽途說的消息來作嘲諷，可見當時場域中人旨在藉張愛玲來宣泄。在不到一個月內，《申報》1946年3月31日內刊《海派》廣告，當中一篇文章題為〈張愛玲做吉普姑娘〉。[75]翻查1946年3月28日出版的《海派》，內有一篇〈張愛玲做吉普女郎〉的文章，說：

　　　　前些時日，有人看見張愛玲濃■豔抹，坐在吉普車上。也有人看見她挽住一個美國軍官，在大光明看電影。不知真■的人，一定以為她也做吉普女郎了，其實，像她那麼英文流利的人有一二個美國軍官做朋友有什麼希奇呢？[76]

　　這裡以「吉普女郎」形容張愛玲，說她以濃妝豔抹來勾搭外國人，企圖用這種手法來強化張愛玲成為民族主義的對立面：她是一個不正經，並且勾結外國勢力的女人。
　　到了同年4月27日，《海濤》刊登了一篇〈張愛玲衣譜〉，作者如親眼目睹一般描述張愛玲將嫁予一個姓江的男人，嫁妝是一箱箱的「奇裝怪服」：

---

[75] 〈《海派》廣告：張愛玲做吉普姑娘〉，《申報》1946年3月31日，頁6。
[76] 愛讀：〈張愛玲做吉普女郎〉，《海派》1946年第1期（1946年3月30日），頁5。

某週刊又傳張愛玲喜訊近，言之確實，對方據說是江某云云。這次好事成，張公館裏一箱一箱描金廣漆的皮箱嫁妝，內中滿裝了一襲襲奇裝怪服。新婚前夜，婆太太拾了一串白銅鑰匙，開出箱籠點嫁妝，噴出一陣樟木香，無心人在旁邊偷覷一二如下⋯⋯[77]

　　在《海星》1946年5月7日，一則有關張愛玲結婚的報導也跟「奇裝異服」有關：

　　　　女作家張愛玲，據說快要做新嫁娘了，新郎官是一個也有貴族血液的蔣某，他們倆在開快車原則之下，婚事進行得十分順利。有人替她設計，結婚禮堂最好黃浦江裏的美國兵艦上，假使能夠得到盟軍將領的許可，比李阿毛女兒以前在水上飯店結婚，要彈硬得多了。

　　　　還有，張愛玲是一向以豔妝異服馳名文壇的，所以這一次她結婚時穿的禮服，也得動一些腦筋，筆者供獻一點意見，張女士大可穿南洋地方的紗籠，戴蒙古地方的草帽，披美國式的兜紗，著日本式的木履，再佩一把湯姆生手槍，保險可以轟動上海，替結婚時新娘禮服，另闢一個新的「反興」了。[78]

　　結合兩段文字來看，當時文學場域內的輿論，集體地喜歡以婚

77　無心：〈張愛玲衣譜〉，《海濤》1946年第10期（1946年4月27日），頁5。
78　定一：〈張愛玲結婚禮服設計〉，《海星》1946年第12期（1946年5月7日），頁9。

嫁消息、奇裝異服、勾結外國勢力等角度來塑造這位抗戰勝利前當紅的女作家。這些報導不僅未得核實和確認真偽，有些甚至把各份小報上的傳言直接轉載報導。這只能說是反映了場域中某種強大的欲力所希望製造的效果。有關這種欲力的產生狀態，下文會有更深入的論述。

在《海濤》1946年7月18日刊登的〈看見張愛玲〉一文，記錄了這篇文章的作者在街上遇見張愛玲的情況：

> 太陽晒得兇，張愛玲給晒得額汗涔涔，拿著手絹，輕輕地拭著，撐起小油紙傘，抬著頭，看傘上花紋。
>
> 記者乘她不備，欣賞一下她的裝飾。
>
> 還模素，紫醬色印花綢旗袍，失去光彩的大皮包，還有平跟軟底鞋。
>
> 立在報攤旁，任意地翻閱，找題材吧！
>
> 翻了五分鐘，沒買，報販厭恨地看她一眼。有沒有想到她是當代女作家？
>
> 電車來了，她已經等二十分鐘了哩。
>
> 弱不禁風的桂花身體竟也得擠得上了電車。
>
> 大家擠，擠得痛就呼娘喊爺；她卻始終緘默！
>
> 從成都路到靜安寺終站，她始終沒開口，買票時，是默默無聲地遞給鈔票，再默默無聲地接回票子。
>
> 想些什麼？
>
> 為什麼，儘向藍天望著，看浮雲？想過去麼？[79]

---

[79] 白色記者：〈看見張愛玲〉，《海濤》1946年第20期（1946年7月18日），頁5。

這種不知真假的報導，可能頗受讀者歡迎。因為相隔十多天後，一篇差不多的文章以〈跟在張愛玲後面〉在《香雪海》刊登，當中對衣服的描寫和張愛玲態度的描述如出一轍。[80]女作家在場域中成為被觀看的對象，並需要被公開地觀賞和品評。儘管張愛玲在抗戰勝利後已經更為低調，但小報的攻擊並沒有停止下來。在1946年7月28日，《海晶》刊登一篇題為〈張愛玲浪漫有法國風味〉更直接人身攻擊：

> 自命貴族血液的張愛玲大作家，現在已落魄了！[……]就是她喜歡打扮得奇奇怪怪，也就是■算出風頭主意，現在不料竟成了落水狗！[……]衣服相當奇怪；「照會」，兩只[隻]眼睛向下吊，一張巨口，醜！家醜，自己醜，真醜！[81]

　　上文的說法已屬人身攻擊，文章並配上張愛玲的照片，以今天的標準來說實有輿論欺凌之嫌。另一方面，也有一些文章對張愛玲的穿著有不同的聯想和惡評，例如《國際新聞畫報》1946年8月4日論及張愛玲的綉花鞋：「張小姐是愛戀東方古典味的服裝，她最愛穿繡花鞋，穿了更顯得她的美，據她自己說，她的腳，從小穿『緊襪套』所以足趾尖尖的，穿了繡花鞋再好看也沒有了……。」[82]1947年一篇題為〈張愛玲手套遮醜〉的文章則寫她的

80　蝦蝀：〈跟在張愛玲後面〉，《香雪海》1946年第1期（1946年7月31日），頁5。

81　琳丁丁：〈張愛玲浪漫有法國風味〉，《海晶》1946年第22期（1946年7月28日），頁10。

82　赫金：〈張愛玲的綉花鞋〉，《國際新聞畫報》1946年第50期（1946年8月

凍瘡：「因為她的雙手，凍瘡多得駭人，東疤西塊，此紅彼紫，看起來實在不美，所以就要借重手套，而時時帶上它了。」[83]這些都是集中以外表打扮來形塑女作家的例子。

第二方面，女作家的婚戀消息和緋聞亦是場域內各種文化和政治勢力投射欲力的一個主要渠道。但是，張愛玲所面對的被想像和被形塑的情況跟其他女作家並不相同。在張愛玲出道一年左右，胡蘭成曾經在1944年寫了一篇〈評張愛玲〉，稱張愛玲為貴族，流的是「貴族的血液」。[84]自此，報界文壇常常以「貴族的血液」對張愛玲大加調侃，例如1944年9月20日的《海報》中有一篇〈貴族血〉，筆者以自己流著「豆油血液」，諷刺胡蘭成的「狂捧作家語妙絕」，又認為「此是賣文非賣血」；[85]抗戰勝利前夕，又有人重提張愛玲懂得配合愛好噱頭的上海人，其貴族身世亦是噱頭之一；[86]也有署名真西哲的作者評胡蘭成跟唐吉訶德相似，因為他「迷信於張愛玲的貴族血統」。[87]抗戰勝利後，亦有人重提「貴族血液」女作家重新出版《傳奇》和《流言》的消息。[88]

抗戰勝利後，輿論的焦點都轉到張愛玲跟胡蘭成的婚姻之上，

4日），頁10。

[83] 游汗瀆：〈張愛玲手套遮醜〉，《力報》1947年第55期（1947年4月15日），頁3。

[84] 胡蘭成：〈評張愛玲〉，《雜誌》第13卷第2及第3期（1944年5月10日和6月10日），頁76-81及頁79-82。

[85] 半老書生：〈貴族血〉，《海報》1944年9月20日，頁2。

[86] 子曰：〈張愛玲之貴族身世〉，《東方日報》1945年4月12日，頁2。

[87] 真西哲：〈論胡蘭成與張愛玲〉，《海報》1944年9月6日，頁2。

[88] 上官燕：〈貴族血液的大膽女作家——張愛玲重述連環套〉，《上海灘》1946年第16期（1946年9月22日），頁4。

重提「張愛玲之『看中』胡蘭成原是胡的『捧功』所致」；[89]有的人則猜測她的前途：「而胡蘭成已經被拘禁，張愛玲則只好再嫁了，雖然她愛打扮，尤其愛著奇裝異服，可是一只面孔文藝氣息太濃厚了，誰也沒有追求胃口，於是乎宣告擱淺法[去]了，當然在這春天張愛玲苦悶得要死，[⋯⋯]不過，《描金鳳》是完成了，她又[寫]了一個短篇，名《徵婚》[，]那大約是寫出她的性的苦悶」[90]又有對她作人身攻擊的文章：「真的張愛玲是一個歇斯底里的女人，尤其是胡蘭成入牢監以後，張的性欲苦悶已是到了頂點。」[91]根據陳子善的研究，抗戰勝利後出版了兩本小冊子，一本是《女漢奸醜史》，另一本是《女漢奸臉譜》，當中都把張愛玲跟汪精衛、周佛海、陳公博、吳四寶等汪偽政權人物的妻子以「女漢奸」並論。1945年11月更有《文化漢奸罪惡史》出版，甚至稱張愛玲為「娼妓式的女文人」。[92]

在大量相關的文章中，其中較多討論的是「願為使君第三妾！」這一說法。在1945年11月9日，《精華》刊登了一篇名為〈張愛玲寫信給胡蘭成說：「願為使君第三妾！」〉的文章，內裡提及張愛玲向胡蘭成表示：「願為使君第三妾！」[93]自此，不少文

---

[89] 章緒：〈附逆未遂之女作家——張愛玲琵琶別抱〉，《大觀園週報》1946年第10期（1946年2月22日），頁7。

[90] 馬川：〈張愛玲徵婚〉，《上海灘》1946年第1期（1946年4月1日），頁2。

[91] 諸葛：〈張愛玲嗜吃臭莒腐干〉，《上海灘》1946年第20期（1946年10月23日），頁12。

[92] 關於這方面的資料可參陳子善：〈1945-1949年間的張愛玲〉，載林幸謙編：《張愛玲：文學・電影・舞台》（香港：牛津大學出版社，2007年），頁47-57。

[93] 〈張愛玲寫信給胡蘭成說：「願為使君第三妾！」〉，《精華》第1卷第11期（1945年11月9日），頁2。

章都常以這句話來嘲諷張愛玲，例如穩尚一篇名為〈從張愛玲說到禁止娶小老婆〉的文章，於1945年12月10日的《永生》刊登，當中寫道：

> 「願為使君第三妾」，這是多麼無恥的話啊！但竟出於一個堂堂的女作家之口，真令人啼笑皆非⋯⋯。張愛玲既有寫作的天才，何患不能成名，更何患沒有丈夫，為什麼要做小老婆？[94]

其後，大量有關的文章都不斷關心張愛玲的婚戀消息，例如1946年2月22日《大觀園週報》刊登〈附逆未遂之女作家：張愛玲琵琶別抱〉：「勝利後，胡逆潛匿，而張則改絃更張，琵琶別抱，正埋頭寫作，以求新的如意郎君，實一附逆未遂之女『作家』。」[95]1946年3月29日《申報》刊登了《東南風》的廣告，廣告內寫「張愛玲甘心作妾」；[96]於1946年3月28日出版的《東南風》則有文章〈胡蘭成秀才造反　張愛玲甘心作妾〉一文；[97]於《上海灘》1946年4月1日的一篇〈張愛玲徵婚〉、《海花》1946年4月12日刊登〈胡蘭成難償相思願——蔣果儒勒馬、張愛玲失戀〉，談到胡蘭成在與張愛玲談戀愛之前，曾因欣賞蔣果儒文采而送一封逾三

---

[94] 穩尚：〈從張愛玲說到禁止娶小老婆〉，《永生》1945年第7期（1945年12月10日），頁110。

[95] 章緒：〈附逆未遂之女作家：張愛玲琵琶別抱〉，《大觀園週報》1946年第10期（1946年2月22日），頁7。

[96] 〈《東南風》廣告：張愛玲甘心作妾〉，《申報》1946年3月29日，頁1。

[97] 一士：〈胡蘭成秀才造反　張愛玲甘心作妾〉，《東南風》1946年第2期（1946年3月28日），頁2。

千字的情書撩撥。[98]

又例如《海風》1946年4月13日刊登的〈張愛玲遣嫁有期〉：

> 在敵偽時代有「文壇女縱橫」一句術話，原是指的蘇青
> 與張愛玲，蓋當時張蘇兩女，頗能叫座。如戰國時蘇秦張儀
> 也。然而各有撐腰文人在後，蘇青是陶亢德與柳雨生。張則
> 有與袁殊與胡蘭成。四男兩女，皆有密切關係，於是在袁殊
> 的《什誌》上，有張愛玲論，在柳雨生的《風雨談》上，有
> 蘇青論。捧得蘇張兩位女士渾淘淘的，以致蘇青自己宣佈：
> 「曾經與陶柳三人同一床。」張愛玲則硬要做胡蘭成「小之
> 又小」而未得。[……]這還不算，就是她的姑姑以「張愛玲
> 不能不結婚了」，在親友中物色了一位如意郎君江某，經
> 介紹他們相識之後，[……]所以一拍即合，大致在全國民
> 眾弔屈大夫的日期，便是他們江張兩府在紅運樓上舉行嘉
> 禮之日。[99]

這篇文章把張愛玲與蘇青的文學成就與依傍男人連上關係，末
尾更把張愛玲與一姓江的男士結婚的消息寫得言之鑿鑿。還有《是
非》1946年4月18日刊登〈張愛玲「安定登」〉：

> 自詡血管里[裏]流著「貴族血液」的張愛玲，本來沒有

98　未老：〈胡蘭成難償相思願——蔣果儒勒馬、張愛玲失戀〉，《海花》
　　1946年第3期（1946年4月12日），頁6。
99　一廉：〈張愛玲遣嫁有期〉，《海風》1946年第22期（1946年4月13日），
　　頁2。

什麼大罪，就因為和倚老賣老的「狗屁政論家」胡蘭成「攬七念[捻]三」，於是「文化漢奸」的大帽子也加在張愛玲頭上了，女孩子總是貪慕虛榮，她自己沒有細加考慮，跟著捧的人跑，只得怪自己不好。[100]

文章先嘲笑張愛玲的「貴族血液」，然後以「貪慕虛榮」等字眼，定調張愛玲與胡蘭成的婚戀。後來，胡蘭成在抗衡勝利後出逃，報刊文章就轉為嘲笑張愛玲寂寞、獨守空房。

要把一個女作家的神聖光環除下，莫過於把她的失戀和寂寞大肆渲染，把她還原為一個平凡的女性。在1946年4月18日《申報》刊登了《海晶》的廣告，廣告內寫「張愛玲相戀貴公子」。[101]同日《海晶》有一篇同名文章：

> 有貴族血液的張愛玲，現在是墮入苦悶的深淵，因為胡蘭成已悄悄溜往陝北，讓她孤另另地丟在上海，而她的稿子又無出路，寫得雖多，雖好，也只有給自己欣賞。
>
> 因此她是寂寞悒鬱的，在淒清中排遣悠長的歲月，然而最近卻不然，她的住所突然鬧熱起來了，原來有一位貴公子自重慶飛來，說起來他們是親戚，只是疏遠已八年多了，這次因久慕她的大名特來拜訪，而張愛玲獨守空閨，有佳賓來臨，自然是受寵若驚，一個深情，一個意深，倆人自然熱絡

---

100 良廷：〈張愛玲「安定登」〉，《是非》1946年第4期（1946年4月18日），頁9。
101 〈《海晶》廣告：張愛玲相戀貴公子〉，《申報》1946年4月18日，頁6。

起來。[102]

文章把張愛玲塑造成一個寂寞悒鬱、被拋棄的女人，正等待著「貴公子」的到來把她拯救出來。兩日後，又有一篇文章從相反的角度寫張愛玲遠赴蘇北尋找胡蘭成。這篇刊登於《海濤》1946年4月20日的〈張愛玲千里尋情人〉如此描述：

> 胡蘭成在上海時，就與張愛玲打得火熱卿卿我我，早超過普通友誼以上，如今胡蘭成遠走高飛，留下張愛玲依照住在上海未免感到有些寂寞吧！據說她已下了決心，在短期內，將赴蘇北尋胡蘭成去了！
> 女人大多是多情的。[103]

文末一句「女人大多是多情的」，把女作家本來只是在場域中提供文學作品的功能，變成提供私生活和娛樂的談資，同時女作家本身也變成一個被談論的對象。在經歷1946年大肆對張愛玲的攻擊以後，到了1947年，張愛玲成功編寫《不了情》電影劇本後，由於其成功，報章上的輿論一改方向，都以報導電影消息為主。有關她的緋聞，則要到1949年才又見到談論她與桑弧的戀愛消息。例如在1949年4月30日，《青青電影》刊載一篇〈名導演愛上女作家　桑弧張愛玲兩情綿綿〉的文章，報導了兩人戀愛的消息。[104]

---

[102] 漢公：〈張愛玲相戀貴公子〉，《海晶》1946年第9期（1946年4月18日），頁8。

[103] 鐵郎：〈張愛玲千里尋情人〉，《海濤》1946年第9期（1946年4月20日），頁10。

[104] 〈名導演愛上女作家 桑弧張愛玲兩情綿綿〉，《青青電影》第17卷第12期

抗戰勝利後，報章上有關張愛玲的報導比之前更多，差不都一兩天就有一次報導，有時甚至在同一天幾份報章同時都有論及她。這種情況集中於1946年，例如在這一年的3月和4月短短兩個月內，上海大量報章雜誌都刊登了大量有關張愛玲的評論，其中不少從異聞奇事的角度，把張愛玲包裝成神祕女子。例如《申報》1946年3月6日內刊《海光》廣告，當中一篇文章題為〈女作家張愛玲失踪〉。[105]按同日《海光》中則有友蘭所寫的〈張愛玲失蹤〉一文：

　　　　女作家張愛玲，文筆清麗。惜交友不慎，玷及清譽。故於勝利以後，渠即自慚不遑，未便更以作品問世。迨至近時，有人就其寓所，數往訪候，輒不見影蹤。再三詢之女僕，但言其早於月前悄然遠引，亦不知何往。由是「張愛玲失蹤」一說，遂爾傳遍眾口矣！[106]

　　這篇文章以「交友不慎，玷及清譽」形容張愛玲，並把張愛玲的行蹤大肆渲染成充滿神祕感的事，把她包裝成為一個行跡可疑的女子。數日後，於1946年3月14日，又有《申報》內刊《海晶》廣告，當中一篇文章題為〈張愛玲行踪之秘〉。[107]同日《海晶》則刊有由呵呵所寫的〈胡蘭成生死未卜　張愛玲行蹤之謎〉一文：

　　　　漢口捉漢奸很利害，獨有胡蘭成漏了網。一說他在天津

（1949年4月30日），頁9。

[105] 〈《海光》廣告：女作家張愛玲失踪〉，《申報》1946年3月6日，頁1。

[106] 友蘭：〈張愛玲失蹤〉，《海光》1946年第14期（1946年3月6日），頁2。

[107] 〈《海晶》廣告：張愛玲行踪之秘〉，《申報》1946年3月14日，頁5。

被捕，又聞胡已投奔中共，躲在「解放區」。到底怎樣，還是不清楚。不過急壞了他在上海的愛人張愛玲，對胡的生死存亡，甚為憂疑。有人問她胡的消息，終是回答不知道。

最近常常有人慕名到張的公館去尋她，終是被一位蘇州娘姨，擋駕，上個月說：「妮小姐勤拉醫院裏響生病。」這個月說：「妮小姐到鄉下去哉！」張愛玲行蹤也像胡蘭成那樣神祕起來了。[108]

這篇文章同樣把張愛玲的行蹤神祕化起來，伴隨著對她和胡蘭成的婚戀事情的聯想和猜測。

場域中除了把張愛玲塑造成神祕難測的女性外，亦常以色情和愛欲的角度去描寫這位女作家。在《風光》1946年3月18日刊登的〈張愛玲從此孤枕難眠〉一文，就可見到場域內如何把私領域的事作公共領域的談資。文章開宗明義以「色情」、「猥褻」、「床第[第]私事」、「大膽作風」、「紅牌」等字眼去描寫張愛玲和蘇青：

> 在淪陷期中，上海產生了好幾個所謂「女作家」，她們唯一的作風，就是以色情作號召，所以寫得越猥褻，越出風頭，有幾個連她們的床第[第]私事，也形之於筆墨，所謂「大膽作風」，便是她們的傑作。因此，像蘇青，張愛玲等輩，居然「芳名」傳播一時。而張愛玲的大作，竟然以「第

---

[108] 呵呵：〈胡蘭成生死未卜　張愛玲行踪之謎〉，《海晶》1946年第4期（1946年3月14日），頁5。

一流」「紅牌」頭銜，擠進了當時的「偽文壇」。[109]

　　除了以色情角度，連女作家的便溺之事也成為報刊文章的報導資料，例如在《香海畫報》1946年4月1日刊登的〈張愛玲・欣賞名勝　解決小便〉：

　　　蘇青提到她的同行張愛玲的小便問題。蘇青說：她自己最怕多走路，路走多了，屎也就急了，可是張愛玲碰到多走路，尿就急了。張愛玲對蘇青說：「我最不歡喜出門旅行，除非萬不得已，我總不出遠門的。假如出門的話，到了某一個地方，別人在那裏趕著欣賞名勝，我卻忙著先找可以解決小便的處所，因此別人問我看見了什麼，我並不知道。我那裏有心去看風景呢，假若找不著地方小便⋯⋯」[110]

　　這篇文字非常清楚地顯示了當時場域中如何把女作家的私事公開談論，甚至便溺這種極為私人的日常小事也逃不出被討論的命運。

　　除此之外，女作家在場域中甚至需要面對被公開示愛和調情的情況。在《上海灘》1946年5月14日的「女作家情書特輯」中，有一位讀者寫了〈煩交張愛玲女士〉的「情信」被刊登出來：

109　木梁兒：〈張愛玲從此孤枕獨眠〉，《風光》1946年第2期（1946年3月18日），頁9。
110　風聞：〈張愛玲・欣賞名勝、解決小便〉，《香海畫報》1946年第3期（1946年4月1日），頁27。

愛玲姊姊：

　　請原諒我，肉麻的稱呼你，實在的，我似乎做了許多夢，為了你。

　　你的溫馨的臉蛋，你的秀麗的髮絲，你的纖手，你的纖腿，沒有一部份不美，是詩的結晶。

　　可是文章是更美的，你所寫的分析男人的文章，是多麼偏重於心理的研究，而你美妙的散文，好像一個吃醉了酒的少婦，是多麼的世紀末底，我也好像吃醉了酒[⋯⋯][111]

　　這個「女作家情書特輯」中不只刊有給張愛玲的情書，還有給蘇青、白玉薇、王淵、程育真、張宛青、丁芝、潘柳黛、蘭兒、姚玲、施濟美、謝千夢、周鍊霞等女作家的情書（見圖一及二）。這就可以見到，「女作家」在當時的文學場域中是一種可供公開示愛、宣泄欲望的對象，讀者在這個公共領域閱讀這種公開的情書時，就如同參與一種集體的調戲和發洩，為讀者帶來一種另類的「娛樂」。如果把蘇青和張愛玲兩位當時得令的女作家比較，就更可以看到場域內對女作家想像方向之異同。從「民國時期期刊全文數據庫（1911-1949）」所收的資料來看，蘇青和潘柳黛等女作家被談論的次數與張愛玲相若，且同樣在抗戰勝利後的一年間成為被談論的焦點，這些報導主要集中在1946年。但是，從總的方向來說，蘇青雖間有被連結去性的議題之上，例如一篇〈蘇青讚美陳公博鼻頭〉的小報文章有惹人聯想蘇青與陳公博的關係之嫌，但整體來說大多數的報刊文章都是圍繞蘇青的瑣碎日常和離婚生活等；而

---

[111] 〈煩交張愛玲女士〉，《上海灘》1946年第5期（1946年5月14日），頁6。

有關潘柳黛的報導，雖然亦有關於她的婚戀消息，特別是她和上海約翰大學教授李延齡的戀情以及其後婚變的消息，但總體來說，其多為調侃之語，最嚴厲的也只是如〈紅記者！紅作家！潘柳黛遭人檢舉〉一文中批評她有附逆之嫌，連帶批評她的私生活之腐化，但也只能從她的丈夫李延齡之離異入手。[112] 這種批評嚴厲程度之分別是由於張愛玲與胡蘭成的婚姻關係，令張愛玲具有更大「危害」國族的嫌疑。這些都反映在當時報刊所代表的集體想像之中。

當然，本文所提到的多種報刊，絕大部分對張愛玲進行想像和形塑的都是上海小報，當中不少是以短期卻密集的方式出版，特別是抗戰勝利以後的爆發式出版，例如《海花》、《海濤》、《海光》、《海派》、《海星》、《海晶》等以「海」字為報刊名稱的小報，大部分都是於1945年創刊、1946年停刊，這些報刊多以週刊形式出版，故此有的在不足一年的出版年內，卻有超過30期出版，例如《海風》創刊於1945年11月，停刊於1946年8月，卻總共出了36期。[113] 這種小報密集出版的情況可以解釋為何有關張愛玲的報導在抗戰後突然激增。另外，個別小報的讀者群雖然不多，根據1943年《雜誌》所刊之〈上海的小型報文化座談會〉所記，一般較好銷量的小報每期有七千份左右，更佳的會有一萬至二萬份的銷量；而這些小報的讀者多以「寫字間職員」為多，主要為消遣的

---

[112] 李四：〈紅記者！紅作家！潘柳黛遭人檢舉〉，《銀都》1946年復第1期，頁1。

[113] 這幾本刊物的出版年份如下：《海花》（1946年3月至1946年4月，共4期）、《海濤》（1946年2月至1947年2月，1948年8月至1948年9月，共45期）、《海光》（1945年12月至1946年7月，共33期）、《海派》（1946年3月至1946年4月，共3期）、《海星》（1946年2月至1946年10月，共27期）、《海晶》（1946年2月至1947年12月，期數不詳）、《海風》（1945年11月至1946年8月，共36期）。

性質。[114]但是，考慮到上海文化場域中的小報數量眾多，結合上述的情況，可以想像整體讀者群的數量不少，甚能代表場域中的主流社會想像。

查爾斯·泰勒曾說明，他運用「社會想像」（social imaginary）一詞，在於這個詞指的是一般人對社會的想像，這種想像並未經系統的理論分析和整理，而經由圖像、故事及傳說所承載。這種想像跟理論只有少數人所理解不同，它為社會中大部分人所共享。[115]這種情況，非常適用於分析張愛玲於上海時期的場域狀態，因為當中大部分人對其人或其作品的想像，大多通過流言、傳說、小道消息等流播並凝聚；同時，這種社會想像往往包括人們對群體的一種期望和欲望；查爾斯·泰勒更指出，這種社會想像的實踐，往往是群體之間都有一種固定遵守的戲碼（repertory），人們知道某種集體行動應該如何進行，彼此都在一種社會空間的默會地圖（implicit map of social space）中去作出決定和區分。按照這種說明，張愛玲身處的場域中所包括的社會想像，是一種有默契的、集體的決定，人們之間有某種共識：我們可以這樣去想像、形塑這一種「女作家」。

查爾斯·泰勒認為，人們通過言談來與他人交流並產生聯繫，這種言詞行動（speech act）具有力量，通過它特定的模式，表現了人們與受話者的關係和地位。這種言談能留下印象，並且在多數情況下，它假定受話者是能夠被說服的。這些最後都歸結到人們如何

---

[114] 〈上海的小型報文化座談會〉，《雜誌》第11卷第6期（1943年9月10日），頁10-15。

[115] 查爾斯·泰勒著，李尚遠譯：《現代性中的社會想像》（台北：商周出版社，2008年），頁48。

通過想像去發現自己在這種敘事中的位置，以及相關的權力網。[116]
通過這一點，我們可以發覺，張愛玲作為一個女作家，在這種社會想像之中，處於一個被談論的位置，各種各樣的人們具有一種權力，或通過報章這個公共空間（public spaces），去談論，同時也是一種形塑的權力，去把女作家變成一種公共的談資，一方面這彰顯了人們的權力，另一方面則顯示了人們默認的一種狀態：女作家成為了公眾人物，選擇這種職業就等於默認需要付出這種被談論和被想像的代價。

在日本於1945年無條件投降之前，社會需要把「張愛玲」與其他女作家一樣，想像成一種可供討論的、公眾的女性形象，並通過這種說明去宣洩一種社會的欲力。按照古蒼梧的研究，當整個上海在1942年進入淪陷時期後，在極有限的自由下，反而創造出一個空間令鴛鴦蝴蝶派與個人主義色彩較濃的作家得到發揮空間，而新文學傳統的載道派卻被迫偃旗息鼓。[117]但是，如果結合場域內的各種報章報導來看，卻可以看到非常多的輿論對張愛玲和胡蘭成進行討論和諷刺。如此看來，按照古蒼梧的說法，雖然張愛玲較多發表作品的《古今》、《天地》、《雜誌》等都沒有明確宣傳大東亞文學，但是，場域內的人把張愛玲看成是胡蘭成、柳雨生等人的陣營，並且在抗戰勝利前後的報章之中把一種不能直言的欲力發洩於「張愛玲」之上，並且把她塑造成一種異質他者的取向，是無容置疑的。這種集體的想像和形構，具有一種集體無意識的特質，亦反映這個場域中的精神現象。

---

[116] 查爾斯・泰勒著，李尚遠譯：《現代性中的社會想像》，頁52-53。
[117] 古蒼梧：《今生此時今世此地──張愛玲、蘇青、胡蘭成的上海》（香港：牛津大學出版社，2002年），頁56。

四、結語

　　從上文的討論讓我們看到，張愛玲的成功既有來自於場域中各種因素，包括出版社和編輯對她的青睞、文人間的互相吹捧、利用輿論去促銷等；但同時場域中的各種力量亦會因應政治欲力、勢力利益等去攻擊和破壞，從而爭奪場域中的話語權，形成形形色色的勢力關係網。張愛玲早年寫作成功的現象得益於淪陷區獨特的文學場域狀況。但是，在場域的另一面，女作家仍然成為大眾的集體色情想像的對象，女性形象的塑造聯繫的是現代中國這一民族的生存狀況。雖然上海文學場域著力想像和塑造女作家形象的情況早於三〇年代已經很常見，然而，當時的報刊（特別是小報）對女作家的想像較少色情，卻是從賢妻良母的傳統女性形象入手去把女作家與國族連結，例如把丁玲塑造成不善處理家庭，且和丈夫爭吵的「反面形象」；或是把冰心想像成典型的傳統女性，從正面的角度去想像她具有母親、女秀才的形象。[118]這一點構成了與本文所論述的抗戰前後上海文化場域的明顯區別：由於三〇年代早期未有日本入侵的明顯危機意識，故此把特定女作家想像成危害國族的符號的需求仍然未見急切，場域需要建立傳統賢妻良母的女性形象來加強國族論述。但是，隨著日本入侵的情況越趨激烈，文學場域內對女作家之想像角度明顯轉趨更為極端，色情與國族想像的連結更為明確。加上上海報刊，特別是小報為求生存，往往會跟隨大眾的口味和方

---

[118] 有關三〇年代上海小報對女作家的想像，參見李楠：〈晚清、民國時期上海小報和小報中的名人〉，《中國讀書報》2004年1月16日，以及李楠：《晚清民國時期上海小報》（北京：人民文學出版社，2006年），頁178-197。

向而行，因此，抗戰後國族想像在場域內急促發展，令張愛玲這位與「漢奸」論述連上關係的女作家更容易成為被想像和被形構的資源，這種情況體現在上海小報本身具備的「窺視」、「八卦」的性質以外，更加入了「欺凌」和「譴責」的特徵，這構成了與過去上海文化場域報章生態的明顯分別。

　　劉紀蕙曾經討論過，國家論述是線性歷史觀之下中國為了彌補落後感和自卑心而興起的產物。這種以「國家」作為欲望之補償的情況，造成了二〇至四〇年代中國對國族狂熱的認同。借助這一說法有助理解上文提及到的場域中的欲力，這種欲力導向以國族認同為中心的同質化，任何危害這種同質化的元素都會被視為異質之物，從而被排斥和消滅。[119]依據這一思路，就可以明白為何同為女作家，丁玲和白薇儘管同樣具有被想像和被形塑的婚戀、性別塑材，但由於其與國家論述的同一陣線，並且被想像成新文學的陣營，符合了現代中國「正統」的想像需要，因此她們並不曾遭受如張愛玲一般被色情化和性別化的想像；而蘇青和潘柳黛，亦由於跟「危害」「國族」的「偽政權」連上關係，因此她們同樣在抗戰勝利後，面臨一種積壓甚深而反彈的欲力所想像和形塑，成為當時同樣被批評的對象。然而，由於她們始終沒有如張愛玲與胡蘭成婚戀的「確鑿」事實，因此她們被攻擊的力度，或是被想像的方向，始終不及張愛玲所面對的那麼極端。

　　通過上述的分析，可以讓我們看到在包括國族和性別想像上海文學場域中，張愛玲的女性形象如何被國族論述所運用，反映出時人在動蕩變化的中國現代歷史場境中的想像。上述的攻擊和批評都

---

[119] 劉紀蕙：《心的變異——現代性的精神形式》（台北：麥田出版社，2004年），頁9-25。

顯示了抗戰勝利前一貫對女作家的想像，就是對她們作出性和色情的想像。在抗戰勝利前，場域通過把女作家色情化的手法，化解場域內的成員對失去領土的焦慮，這種心理往往把女作家以色欲的方法塑造，同時把她們打造為危害國族利益的不忠誠女子。在抗戰勝利後，「國家」收復失去的領土，場域內的勢力立即要進行清算，要處理這些在「國家危難」時紅遍上海的女作家，最好的方式同樣是以「性」的角度去塑造她們的形象，透過強調女作家在性方面的不滿足，或把她們寫成娼妓，來處理這些曾經直接或間接跟殖民者有聯繫的女性，報復她們對「國族」的不忠誠。在面對場域需要把「張愛玲」本身想像成漢奸的形勢下，作為女作家的張愛玲本身，由名字到外貌、婚戀到便溺等私領域的話題，都一一於場域中被想像和形塑，這種特殊的狀態亦顯示了張愛玲這位女作家的案例與其他女作家的不同，亦可見到場域內的各種勢力如何主宰女作家被想像和被形塑的方向和力量。

【附錄】

圖一：〈女作家情書特輯‧煩交張愛玲女士〉，《上海灘》1946年第5期
　　　（1946年5月14日），頁6。

圖二：〈女作家情書特輯・煩交張愛玲女士〉，《上海灘》1946年第5期
（1946年5月14日），頁7。

---

* 本文初刊於《臺北大學中文學報》第28期（2020年9月），頁459-518。

1970至1999年台灣文學場域中報章對張愛玲及其作品的想像和形塑

一、引言

　　張愛玲在台灣文壇的影響力一直持續多年，但其人其文同時也是一種「被形塑」和「被想像」的資源，在不同時代的台灣文學場域中，都反照出各種場域的面貌。「張愛玲現象」不論從作家本身，或是從其作品出發，歷年都成為學術界的研究熱點，並且多從接受史的角度來進行研究，例如：溫儒敏有關張愛玲在中國的接受情況的研究、[1]陳芳明從張愛玲影響台灣文學發展的研究、[2]邱貴芬有關台灣女性文學傳統與張愛玲關係的研究、[3]田威寧從「張愛玲現象」的角度分析台灣文學場域中的互動等。[4]然而，上述研究較少從場域中的報章資料作全面觀照去審視「張愛玲現象」，而事實上，「張愛玲現象」本身由四〇年代的上海場域開始，到其後於台灣和香港場域，甚至九〇年代重回中國大陸文化場域，都不囿於學術或文學界，而更多地在普羅大眾當中成為談論、形塑、想像、分類的焦點。因此，本文對台灣文學場域中有關張愛玲的報章進行

---

[1]　溫儒敏：〈近二十年來張愛玲在大陸的「接受史」〉，劉紹銘、梁秉鈞、許子東編：《再讀張愛玲》（香港：牛津大學出版社，2002年），頁19-59。

[2]　陳芳明：〈張愛玲與台灣文學史的撰寫〉，楊澤主編：《閱讀張愛玲——張愛玲國際研討會論文集》（台北：麥田出版社，1999年），頁413-434。

[3]　邱貴芬：〈從張愛玲談台灣女性文學傳統的建構〉，楊澤主編：《閱讀張愛玲——張愛玲國際研討會論文集》，頁435-451。

[4]　田威寧：《臺灣「張愛玲現象」中文化場域的互動》（台北：國立政治大學中國文學研究所碩士論文，2008年）。

研究，其重要性在於以史料說明與張愛玲共時的讀者，他們對張愛玲其人其文的看法和評價；同時可組織出一個較為全面、並且按時序排列的具體景象，讓學術界在一般期刊和文學雜誌以外，獲得更多思考和觀察角度，去審視已經成為一種現象的「張愛玲」。

　　本文搜集了1970至1999年間台灣報章有關張愛玲的報導共552則，扣除160則是張愛玲的作品發表以外，有關她的評論和回憶文章共392則。綜觀1970至1999年的三十年間，台灣報章上對張愛玲的討論和關注點都非常不同，當中的高峰在1995年張愛玲去世後，有關她的討論和回憶在報章刊登的數量都大幅飆升。本文將以兩條主線作分析，第一是有關張愛玲生平回憶和討論、傳記、書信、故人訪問等，第二是有關張愛玲的作品評論與文學史想像，藉此更為全面地觀察她作為一個作家與文學場域的發展關係，以及「張愛玲」本身如何成為一種「被形塑」和「被想像」的資源，從而豐富和補充過去張愛玲在台灣文學史的接受研究。

　　台灣文學場域中有關報章對張愛玲的報導，從目前可見的資料中可以知道，最早的是於1953年12月14日刊登的〈張愛玲　敵偽時期女作家之一〉，[5]直至約1957年，此時段的報導多圍繞張愛玲的生平和過去在大陸的情況。由1957年起，場域中開始出現一些關於張愛玲電影劇作的報導，同時，夏志清亦於這一年發表對張愛玲的評論文章。[6]然而，其後十年間，場域中對張愛玲的關注不多，報章對張愛玲的討論近乎沒有，只有1960至1964年間幾篇有關張愛玲

---

[5]　奚志全：〈張愛玲　敵偽時期女作家之一〉，《聯合報》1953年12月14日，頁5。

[6]　這兩篇文章為夏志清：〈張愛玲的短篇小說〉，《文學雜誌》第2卷第4期（1957年6月20日），頁4-20；夏志清：〈評《秧歌》〉，《文學雜誌》第2卷第6期（1957年8月20日），頁4-11。

電影劇作的報導，或是1966至1967年間《聯合報》曾刊登過張愛玲翻譯的《老人與海》。按照陳芳明的說法，要到1968年皇冠出版社重印張愛玲之早期作品，場域才在七〇年代初出現了水晶和唐文標對張愛玲研究的兩種討論方向，並在報章刊登有關夏志清對張愛玲的評論文章。[7]除了陳芳明以上的看法以外，陳麗芬也同樣以夏志清、水晶和唐文標這幾條線索，從女性主義的角度，梳理張愛玲由五〇至七〇年代被想像形塑的情況。[8]因此本文以1970年為起點，搜集並梳理直至1999年這三十年間的台灣報章，並以此作研究範圍，並在上述的研究基礎上，進一步考察場域中更多具體的例子，並希望在張愛玲研究中常常被用作研究材料的文學期刊和雜誌以外，探討報章內各種更能代表大眾想像的文章如何折射出場域的整體勢力。

由1970年的台灣報章，我們可以看到一個突然的趨勢，就是場域內突然出現不同研究張愛玲的勢力，這幾股勢力由水晶、朱西甯、夏志清、唐文標和王拓等人，從1971至1974年，大量於《中國時報》刊載有關張愛玲的訪談或評論文章所形成。由1971直至1974年，《中國時報》刊登了水晶的〈尋張愛玲不遇〉、〈試論張愛玲「傾城之戀」中的神話結構〉、〈蟬──夜訪張愛玲〉、〈夜訪張愛玲補遺〉、〈「爐香」裊裊「仕女圖」比較分析張愛玲和亨利·詹姆斯的兩篇小說〉、〈張愛玲的處女作〉；朱西甯的〈「一朝風雲」二十八年記啟蒙我和提昇的張愛玲〉、〈回顧與前瞻之十三

7　陳芳明：〈張愛玲與台灣文學史的撰寫〉，楊澤主編：《閱讀張愛玲──張愛玲國際研討會論文集》，頁417。

8　陳麗芬：〈超經典·女性·張愛玲〉，《現代文學與文化想像：從台灣到香港》（台北：書林出版社，2000年），頁155-173。

她是純中國的——讀張愛玲生「談看書」的一點「感傷」〉、〈遲覆已夠無理——致張愛玲先生〉；夏志清的〈張愛玲的「赤地之戀」〉；王拓的〈另一個角度的觀察：也談張愛玲的小說〉及唐文標的〈張愛玲舊作新魂〉等。這些文章貫串了四年的《中國時報·人間副刊》，其刊登的密集程度建構起一個強大的想像架構，主導了這個副刊對張愛玲的想像方向。這些文章有的關於作者對張愛玲的想像，這部分本文將會在第三節深入討論；其餘的則主要是有關張愛玲作品的文本分析和評論。由這些文章所造成的龐大力量，為張愛玲「回到」台灣場域作出了很好的鋪墊。也是由1974年起，台灣的主要報章《中國時報》和《聯合報》大量刊登了張愛玲的作品，包括〈談看書〉、〈談看書後記〉、〈三詳紅樓夢〉、〈五詳紅樓夢〉等，帶起了場域內一股張愛玲熱潮。到七〇年代末至八〇年代初，隨著更多的張愛玲舊作在報章上刊登，有關這些張愛玲其人其文的評論文章亦相應增多，形成一種對話的風潮。例如唐文標的〈張愛玲舊作新魂〉、[9]〈海外奇談錄——張愛玲序文所談到和沒談到的〉[10]等文章都以搜尋張愛玲舊作為重點，或是對張愛玲就刊登舊作看法的一點回應；又例如張愛玲於1978年3月15日在《中國時報》刊登〈對現代中文的一點小意見〉後，[11]在6月27至29日連續三天，就刊登了江南書生的〈關於漢語演變的一些常識——從

---

[9] 唐文標：〈張愛玲舊作新魂〉，《聯合報》1974年5月26日，頁12。

[10] 唐文標：〈海外奇談錄——張愛玲序文所談到和沒談到的（上）〉，《聯合報》1976年2月27日，頁12；唐文標：〈海外奇談錄——張愛玲序文所談到和沒談到的（下）〉，《聯合報》1976年2月28日，頁12。

[11] 張愛玲：〈對現代中文的一點小意見〉，《中國時報》1978年3月15日，頁12。

張愛玲的「小意見」說起〉作為對這篇文章的回應；[12]另外，林以亮（宋淇）亦於1976年為張愛玲撰寫〈私語張愛玲〉，[13]這些都為場域內的想像張愛玲的方向作出定調，亦反映了當時的台灣文學場域以文本分析或作品研究為重心的取向。通過梳理上述大量場域內的報章資料，研究者才能夠按時序對這一股場域力量有更明確的了解，同時也可從這樣的排序看到，張愛玲和林以亮等如何承接場域的這股力量，適時配合發表更多張愛玲後期的作品，帶動台灣場域對張愛玲的接受。

本文以上的初步說明，旨在突顯研究場域中的報章，能在過去有關張愛玲與台灣接受史的論文以外，更為具體地補充更多細節，顯示場域中各種力量的配合。下文將會在這些集中在文本研究的研究以外，梳理和分析另外兩股更為強大的想像和形塑張愛玲的場域力量。

二、場域對張愛玲其人的想像和形塑：有關張愛玲生平回憶和討論、傳記、書信、故人訪問

在1970至1999年的台灣文學場域中，有關張愛玲本人的討論和回憶文章不勝枚舉。由於過去訊息流播較不自由，場域內成員對張愛玲在上海時期、香港時期以至後來到美國後的生活等都所知不

---

12 江南書生：〈關於漢語演變的一些常識——從張愛玲的「小意見」說起（上）〉，《中國時報》1978年6月27日，頁27；江南書生：〈關於漢語演變的一些常識——從張愛玲的「小意見」說起（中）〉，《中國時報》1978年6月28日，頁28；江南書生：〈關於漢語演變的一些常識——從張愛玲的「小意見」說起（下）〉，《中國時報》1978年6月29日，頁27。

13 林以亮：〈私語張愛玲（上）〉，《聯合報》1976年3月1日，頁12；林以亮：〈私語張愛玲（下）〉，《聯合報》1976年3月2日，頁12。

多，因此場域內傳播有關張愛玲的傳記性文章、舊友親朋的訪問和書信注解等，都成為人們理解和想像張愛玲的重要資料。例如張愛玲去世後，場域內曾就張愛玲的海葬問題做過一番討論：林幸謙於1997年12月於《明報月刊》發表對海葬安排的批評，張錯於1999年4月15日的《中央日報》上發表〈張愛玲與荒涼〉一文，回應治喪委員會的決定。[14]另外也有一些文章記錄張愛玲在美國生活的細節資料，例如張鳳〈張愛玲與哈佛〉就曾記載張愛玲與賴雅最後幾年在哈佛所在地、美國劍橋的生活；[15]還有一些是文人紀念張愛玲的創作，例如羅青曾作詩一首紀念張愛玲逝世等。[16]這些文章都顯示出台灣場域內對張愛玲的重視。

在這些數量眾多的資料中，不能忽視的一種類型是關於張愛玲的生平和傳記類的報紙文章。過去的台灣文學場域，在宋以朗整理出版張愛玲與宋淇和鄺文美來往的書信，以及夏志清出版他與張愛玲的書信之前，讀者對張愛玲的晚年生活所知不多。據夏志清於《張愛玲與賴雅》中所寫的序所記，直至1996年3月，有關張愛玲的重要傳記資料主要包括1977年胡蘭成所寫的〈民國女子〉、張子靜提供資料的《我的姊姊張愛玲》及林式同文章〈有緣識得張愛玲〉，而後兩者都是張愛玲於1995年去世後所出版的。要到《張愛玲與賴雅》於1996年出版，這才提供了更多有關張愛玲晚年的生活和創作資料。除了這些傳記資料外，在1970至1999年間，台灣報章內所刊登有關張愛玲的生平和書信資料，都成為場域成員對張愛玲

14　張錯：〈張愛玲與荒涼〉，《中央日報‧中央副刊》1999年4月15日，頁22。

15　張鳳：〈張愛玲與哈佛〉，《中央日報‧中央副刊》1996年6月23日，頁18。

16　羅青：〈讀張愛玲‧悼張愛玲〉，《中央日報‧中央副刊》1996年11月24日，頁18。

的形象和其作品作集體想像的重要素材。張愛玲在台灣文學場域中被打造成怎樣的形象、她被想像成怎樣的文學資源,這一類型的報章報導在這方面具有重要作用。

與這些書信相關,不少報章文章都是根據這些重要的文學史料而撰寫的。例如《張愛玲與賴雅》在1996年由台灣大地出版社出版,大地出版社社長姚宜瑛於1996年5月25日,刊登了〈她在藍色的月光中遠去:與張愛玲書信往來〉一文,以自己與張愛玲的書信往來,加入她對張的回憶及跟張有關的文化人來往的記述,配合《張愛玲與賴雅》的資料,寫成一篇感性的回憶文章。文中道:

> 她愛看月亮。月亮是她孤寂一生中的伴侶,許多作品中都用月亮作背景。……孤獨對年長者是一條淒涼的死胡同,走進去再也走不出來了。[17]

這段文字,以「淒涼」、「孤獨」等字眼,打造張愛玲晚年孑然一身、晚境淒涼的形象。文中亦以張愛玲的兩任丈夫——胡蘭成和賴雅——作比較,姚並作出了以下評述:

> 她真不幸,遇到兩個男人都靠不住,不能給她安定。[18]

文章接著羅列胡蘭成和賴雅對張愛玲造成的傷害,並強化了

---

[17] 姚宜瑛:〈她在藍色的月光中遠去:與張愛玲書信往來〉,《中央日報·中央副刊》1996年5月25日,頁18。

[18] 姚宜瑛:〈她在藍色的月光中遠去:與張愛玲書信往來〉,《中央日報·中央副刊》1996年5月25日,頁18。

張愛玲的晚境淒涼：「林（式同）文說她最後兩年，是伏在紙箱上書寫時，我想到那些精美的卡片，忍不住又落淚。」[19]這種對張愛玲晚年孤身一人、無親無故、家徒四壁的紀錄和感想，主導了九〇年代末場域中讀者對她晚年生活形塑和想像。然而，張愛玲的晚境是否真的如此一貧如洗、生活艱難呢？根據宋以朗的記載，張愛玲去世時在美國的戶口有二十幾萬港幣，在香港由宋淇和鄺文美代為管理的財產則有約二百四十萬港幣左右，[20]可見九〇年代讀者大眾對張愛玲晚境的了解，受到文學場域中的報章報導所左右的想像不少。除此以外，場域內還有不少由舊友親朋對張愛玲的追憶和懷念文章，例如莊信正妻子楊榮華就曾記敘在美國跟張愛玲相聚的點滴，成為了這方面想像的重要資料補充。[21]

另一種於報章內刊登的重要想像資源是傳記類文章，這種類型最重要的代表是余彬在張愛玲去世後，於《中央日報》共刊登了171天、每天一則的〈張愛玲傳奇〉。這些資料以傳記的方式，每天於副刊刊登，融入了作者余彬的個人看法和抒情文筆，例如：

> 如果說同炎櫻在一起她面對的是一個無憂無慮的少女的世界，那麼和蘇青在一起，張愛玲則進入到一個更帶世俗氣然而也更有人生酸甜苦辣滋味的女人世界。[22]

19　姚宜瑛：〈她在藍色的月光中遠去：與張愛玲書信往來〉，《中央日報‧中央副刊》1996年5月25日，頁18。
20　宋以朗：《宋淇傳奇：從宋春舫到張愛玲》（香港：牛津大學出版社，2014年），頁248-257。
21　楊榮華：〈在張愛玲沒有書櫃的客廳裡〉，《中央日報‧中央副刊》1995年9月16日，頁18。
22　余彬：〈張愛玲傳奇〉，《中央日報》1996年1月1日，頁19。

我們通過更多有關張愛玲的書信和生平紀錄，知道張愛玲在港大期間與炎櫻的生活，並不是全然的「無憂無慮的少女世界」。張愛玲在這段時間，需要憂慮學費和生活費，以致有同學邀請她到青衣島的別墅遊玩，她都因為要省錢而推卻；[23]從《小團圓》的情節推斷，九莉在讀大學時也同樣因為學費和獎學金的問題而與母親有芥蒂。故此，張愛玲與炎櫻在一起時的大學生活並不是如余彬所說的那麼「無憂無慮」。除此以外，《中央日報》連續多日刊登余彬的〈張愛玲傳奇〉，把張愛玲由早期到晚期的作品與她的生平連結，並加入了作者的評價，這對普羅大眾對張愛玲其人其文的想像有很大的影響，例如：

> 　　對小說形式更多的關注是張愛玲後期創作的另一個特點，與《傳奇》相比，她後期的小說在技巧上無疑更加純熟老練，如果說《傳奇》時期的某些小說給人整體不如局部的感覺的話，此時的作品則特別見得渾成，有整體感⋯⋯。但是，她在形式技巧上的刻意追求從另一面看卻也暴露出她面臨的危機——創作激情的消退。[24]

當時由於材料所限，余彬仍未得以見到後來出版的《小團圓》、《雷鋒塔》、《易經》和《少帥》，未知張愛玲晚年也完成了幾部中長篇小說，故此才有「近三十年的創作量加在一起，不敵

---

[23] 張愛玲：〈憶《西風》——第十七屆時報文學獎特別成就獎得獎感言〉，《中國時報・人間副刊》，1994年12月3日，頁34。

[24] 余彬：〈張愛玲傳奇〉，《中央日報・長河》1996年3月12日，頁19。

一部《傳奇》」的評價。這種說法除了反映材料的限制局限了場域內成員對張愛玲晚年創作情況的了解，亦可從中見到對張愛玲作品「晚年不及早年」的說法，在當時已經成為主流評價。余彬發表這171篇〈張愛玲傳奇〉的時間，正正是張愛玲去世後，場域中對張愛玲的關注正非常熱切，因此這一系列的文章加強了場域對張愛玲的想像和形塑。

　　另一個想像張愛玲的熱門議題是「張愛玲與上海」，配合九〇年代至世紀末的上海研究熱潮，成為了這個時段一個研究熱點，[25]這個熱潮並於2000年隨著李歐梵的《上海摩登——一種新都市文化在中國1930-1945》出版而達到高峰。在報章方面，從這個方向出發的有關張愛玲個人生平和舊事的文章成為風潮，張愛玲與上海風情成為了撰寫文章的熱門題材，例如陳丹燕的〈在這裡愛上胡蘭成——張愛玲華麗不羈的上海公寓〉一文，以懷舊和抒情的口吻，重回張愛玲曾經在上海住過的公寓，想像張愛玲和胡蘭成曾經在此發生的愛情：

> 　　從浴室到了張愛玲從前住過的客廳，當年胡蘭成到這間客廳裡來的時候，曾經被它的一種華麗而不羈的氣概而攝住，被他說成有一種兵氣。現在它已經蕩而無存，變成了一間小小的儲藏間兼飯間，和一間一家三口的臥室。從前，張愛玲是在這裡愛上了胡蘭成。
> 　　外面就是他們的戀愛和結婚以後總盤桓的大露台，他們在陽台上看過上海黃昏時的紅塵靄靄⋯⋯。我站在陽台的一

---

[25] 梁元生：《晚清上海：一個城市的歷史記憶》（香港：香港中文大學出版社，2009年），頁2。

角上，看著那長長的，還是老的鑄鐵扶欄，那是張愛玲從前說著什麼的地方嗎？[26]

　　這段文字以一種業已逝去、不能挽回的口吻，去塑造張愛玲成為一個象徵舊時上海的文學符號。作者以一種過去式卻又同時帶有現在進行式的手法，不斷帶領讀者出入張愛玲過去的文學場景和現在的現實場景，令張愛玲的形象被想像成與懷舊相關。文字中不斷引用張愛玲和胡蘭成廣為人知的場景和語句，對加強「張愛玲」本身成為一種被想像的符號有重要效果。

　　還有一種以批評為主的文章，也在九〇年代的文學場域中成為想像張愛玲的重要資源。在張愛玲逝世消息公佈的幾天內，報章刊登了大量類似的文章，例如台灣作家姜穆寫了一篇長文，名為〈張愛玲與「名」〉，以三天的篇幅在《中央日報》的副刊刊登。[27]這篇文章由作者得悉張愛玲的死訊，到梳理張愛玲由踏入文壇時已喜歡賣弄自己的貴族身份和名聲，再談論張愛玲成名的過程如何得到包括柯靈、胡蘭成等人的吹捧，到最後以她的「名」去反襯她晚年去世的「淒涼」，作者對張愛玲的貶抑取向非常明顯。姜穆最後以魯迅去跟張愛玲作比較：

　　　　張愛玲無論從舊文學根底上，與小說的創造藝術上，都不能與魯迅相比，不談他的《阿Q正傳》，就是《狂人日記》張愛玲的小說也難與之比較。阿Q已是典型的人物，但

---

[26] 陳丹燕：〈在這裡愛上胡蘭成——張愛玲華麗不羈的上海公寓〉，《中央日報・長河》1996年11月4日，頁19。

[27] 分別刊於《中央日報・中央副刊》1995年9月13-15日，頁18。

> 張愛玲小說的人物，那位叫得出名，並為社會所接受？……
> 死後留名，對於愛名的張愛玲來說，應沒有遺憾了。[28]

　　這種寫法除了把張愛玲與魯迅比較外，亦試圖以這種比較去為剛剛去世的張愛玲在場域內找尋一個位置。在姜穆眼中，張愛玲的位置是靠賣弄名聲而來，其筆下人物由於沒有阿Q這個角色的典型和著名，而成為一個張愛玲不及魯迅的評價的理據。這種想像日後亦成為場域內對張愛玲作負面形塑的主要方向。「張愛玲」因此成為場域內被想像之物，用以為不同群體提供想像的材料。

　　與此相關，我們亦可從場域內的報章背景去作深入思考。以《中央日報》為例，由於它所具有的國民黨黨報背景，我們可以看到其副刊刊載了多位具國民黨背景，或是由大陸遷台的文化人和學者對張愛玲的回憶和評論文章。其中發表文章較多的是具有藍星詩社、中華民國比較文學學會、中國青年寫作協會等統派背景的學者張健；以及具反共背景的中國婦女寫作協會的姚宜瑛等。在張愛玲於1995年9月8日被發現去世後，大量報章報導文人學者對她的回憶和評價，最早出現的報導是1995年9月10日。當日《中央日報》以全版的規模報導張愛玲去世的消息，除了回顧她的生平以外，各篇文章中曾收錄的名人學者對張愛玲的評價包括：

1. 柯基良：「張愛玲真正洞悉身為作家的責任，也肩負著歷史的使命感，即使時代背景不同，她的作品卻不會因此而減損

---

[28] 姜穆：〈張愛玲與「名」（下）〉，《中央日報·中央副刊》1995年9月15日，頁18。

價值。」[29]

2. 張小燕：「張愛玲小說中最擅長撰寫民國初年的故事，其實寫的就是我外公那一個年代的故事。」[30]

3. 李瑞騰：「從小說藝術性的角度來看，張愛玲作品的結構嚴謹、意象繁富，人物的性格鮮明……」[31]

4. 陳若曦以「講究文字　馬虎自己的張愛玲」[32]來形容作者本人與張愛玲見面的印象。

5. 平鑫濤對《小團圓》未完成表示遺憾。[33]

6. 張健說，張愛玲的短篇小說更是精品，百分之八十禁得起一看再看。散文亦極出色，新文學史上可名列前茅。她在小說界的影響力，只有魯迅可並論……[34]

在9月11日，報章上仍然有大量記念張愛玲的報導文章，例如：

1. 在洛杉磯的一項「以詩迎月」的活動中，詩人紀弦、張錯和

---

[29] 曾意芳、盧家珍：〈文建會：作品反映時空　撼動人心——「張愛玲研討會」幕未開人已別　令人感慨〉，《中央日報・焦點透視》1995年9月10日，頁3。

[30] 魏永齡：〈感覺很親卻很神秘　景仰已久從未謀面——姨媽走了　張小燕震驚〉，《中央日報・焦點透視》1995年9月10日，頁3。

[31] 李瑞騰：〈她，彰顯了人類存在的悲劇〉，《中央日報・焦點透視》1995年9月10日，頁3。

[32] 陳若曦：〈講究文字　馬虎自己的張愛玲〉，《中央日報・焦點透視》1995年9月10日，頁3。

[33] 平鑫濤：〈「小團圓」夢未圓　平鑫濤好惆悵〉，《中央日報・焦點透視》1995年9月10日，頁3。

[34] 陳正毅：〈文筆承襲紅樓夢精華　才女地位無人超越——張愛玲留下未完成的長篇小說〉，《中央日報・焦點透視》1995年9月10日，頁3。

秀陶等為張愛玲默哀。[35]

2. 台大中文系教授郭玉雯認為坊間以「孤傲」和「孤僻」形容張愛玲是誤解，認為她其實是多情的人。[36]

3. 「張愛玲過世消息傳來，引起本地藝文界極大震撼，雖然，大家早知會有這麼一天，但當噩耗傳來，大家還是不能接受這個事實」同時報導了，作家余光中認為張愛玲的遺囑很不實際，遺物不應交由病重的宋淇和鄺文美來處理。他建議應組織一個委員會處理比較恰當。[37]

4. 朱西甯懷念張愛玲，重提欲為張愛玲寫傳記一事，並提到胡蘭成認為「看來寫傳者須較受寫者要大」，故朱西甯反思自己大不過張愛玲，不宜為其立傳。文中亦讚揚張愛玲：「為中國文學不只是豎立一座里程碑，更會是豁開新路的起點，也是極應重視的一道康莊軌跡！」[38]

　　從這些報導我們可以看到當時的台灣文學場域中不少代表成員，都以「中國」和「民國」等角度去想像和形塑張愛玲。本文將會於下一節再次討論這種情況。

---

[35] 馮志清：〈送別張愛玲　詩人吟「無言的詩」紀弦、張錯難過　秀陶請大家默哀〉，《中央日報・焦點透視》1995年9月11日，頁3。

[36] 潘大芸：〈「張愛玲選擇有尊嚴的死」郭玉雯認為她外表冷酷內心熱情〉，《中央日報・焦點透視》1995年9月11日，頁3。

[37] 黃富美：〈民國世界的臨水照花人〉，《中央日報・焦點透視》1995年9月11日，頁3。

[38] 朱西甯：〈終點其人，起點其後——悼張愛玲先生〉，《中央日報・文教》1995年9月11日，頁3。

三、場域對張愛玲其文的想像和形塑：有關張愛玲的作品評論與文學史觀國族想像

在1970至1999年的台灣文學場域中，除了大量對張愛玲的生平作回憶和訪問的文章外，報章中亦有為數眾多有關張愛玲作品的討論，不少更以具文學史觀的視野進行大規模的國族想像。在台灣場域的報章中，不少著名作家和文化人均曾發表文章討論張愛玲作品，包括水晶、朱西甯、余光中、洛夫和張健等。

縱觀整個七〇年代台灣三大報章中所刊登有關張愛玲的報導和文章，主要出自水晶和朱西甯之手，他們象徵著這個時代的文學場域中兩種主要對張愛玲作品的想像和形塑的方向。以水晶為主的作品評論方向，包括了運用新批評、神話原型和比較文學的方法，有關這方面的研究，陳麗芬已有專門論述。[39]到八〇年代，亦有報章刊登了韓立對張愛玲作品的重讀。[40]到九〇年代，張健在張愛玲去世後發表〈張愛玲的六部傑作〉，評價了張愛玲幾個重要長篇作品。首先，張健在文章開首已下了判斷：「我始終認為她（張愛玲）是中國最有資格獲得諾貝爾文學獎的二三人之一。」他讚賞《半生緣》「我想不出還有什麼別的作品可以跟它媲美」，並認為這個作品的好處在「作者溶合了十九世紀（譬如珍・奧斯汀、

---

[39] 陳麗芬：〈超經典・女性・張愛玲〉，《現代文學與文化想像：從台灣到香港》，頁155-173。

[40] 韓立：〈桃花扇　重讀張愛玲（之一）〉，《中國時報》1983年6月23日，頁33；韓立：〈桃花扇　重讀張愛玲（之二）〉，《中國時報》1983年6月24日，頁31；韓立：〈桃花扇　重讀張愛玲（之三）〉，《中國時報》1983年6月25日，頁39；韓立：〈桃花扇　重讀張愛玲（之四）〉，《中國時報》1983年6月26日，頁39；韓立：〈桃花扇　重讀張愛玲（全文完）〉，《中國時報》1983年6月27日，頁16。

喬治・愛略特等）和二十世紀（譬如維琴妮亞・吳爾芙）若干一流小說家的技巧」。這裡張健把張愛玲與英國的著名女作家相提並論，並讚揚她的小說技巧。在四部作品中，張健認為《赤地之戀》一書有較大的爭議，主要有兩大爭論點：其一，有人認為此書是由香港美國新聞處委託而作，而張健認為閱讀效果是最重要的，而他閱讀此書時的感動雖稍遜於《秧歌》，但仍然是「難以諱言的」。第二，張健引述水晶認為《赤地之戀》的部分場景挪用自《半生緣》，張健不同意之餘，亦提出劉荃可算是張愛玲小說中的一個「英雄人物」。[41]這種著重從作品本身出發的內部分析角度，其實是經歷了七〇、八〇年代場域中具「民族鄉土」意識的方向而來。以上的研究方向以作品分析和文本細讀為主，主要對張愛玲作品內部作想像和形塑。

　　另一個以朱西甯為代表的想像方向，則具有作品外部的形塑作用。這些報章文章藉張愛玲與台灣文學史想像來表現作者本身的國族想像，比起上述的文本分析類型在場域中的影響更大且更為深遠。以朱西甯寫於1971年之文章〈「一朝風雲」二十八年記啟蒙我和提昇我的張愛玲〉為例，這篇文章著力描寫過去他對張愛玲之愛國印象：

> 　　日本東京舉行「亞洲文學者大會」，菲律賓、印度、暹羅、安南、緬甸、上海和北平，都參加了大批作家，但是上海的作家只有張愛玲拒絕出席。這件事使我在作品之外，認識了張愛玲的人格；在全國那樣子氣候的時期裏，

41　張健：〈張愛玲的六部傑作〉，《中央日報・中央副刊》1995年9月17日，頁18。

民族至上的意識幾乎成了衡量一切的最高標準，不用說，大義凜然的張愛玲造像，高高矗立起來，我是那樣的仰視著她，用文學和愛國主義兩種惹眼的彩石為她砌起的一座大碑。

然而如今想來，未必罷？在她所有的作品裏，即使對共產黨作那樣嚴正而尖銳批評的《秧歌》和「《赤地之戀》裏，也並尋找不出一般的習慣概念所期待的那種所謂的愛國情操。當然，五四以來的新文學小說，誰也沒有她的作品那樣純純粹粹的中國。[42]

　　儘管朱西甯在首段文字後曾反思以愛國主義這種說法來形容張愛玲是否正確，但他在上文最後一句仍然以「純純粹粹的中國」來形容張愛玲的作品，反映出七〇年代文學場域中濃厚的「民族鄉土」概念。如果說七〇年代的鄉土文學論戰是部分地回應由現代主義所代表的美國文化入侵，那麼「張愛玲」在朱西甯筆下就是一種回應鄉愁、想像「傳統中國」的切入點。

　　關於這一方面的「張愛玲想像」，朱西甯到1974年仍然把張愛玲形塑成一個「純中國」的符號。他在〈她是純中國的——讀張愛玲先生「談看書」的一點「感傷」〉中說：

……她的小說源頭，騰空越過「三十年代」和「五四」，直接繼承了中國自己的小說。特別是《傳奇》（張愛玲短篇小說集），就連表現形式也是中國自己的，……

---

42 朱西甯：〈「一朝風雲」二十八年記啟蒙我和提昇我的張愛玲〉，《中國時報》1971年5月30日，頁9。

但她呈現在作品中的，卻是地地道道的中國，不著西方痕
跡。[43]

　　文章中多番強調張愛玲的創作所具有的中國性，是超越五四，
並且直接承繼於中國傳統，文末朱西甯更說張愛玲的成功源於「她
深邃渾厚的民族自信」。從這些說法我們可見，朱西甯在七〇年代
的台灣文學場域中如何努力形塑張愛玲成為「中國」的文化符碼，
甚至把她想像成直接聯繫至中國傳統文學，並「擺脫」了五四影響
的小說家。這種在報章副刊中形塑的「大中華」形象，跟其後於八
〇和九〇年代所想像的「張愛玲」有莫大差異，下文會繼續在這方
面進行比較分析。[44]有趣的是，在1974年同月出版的《文季》，唐
文標卻是持相反的意見，認為張愛玲的作品只是寫上海租界的人
物，是一種限制，並認為「這些人物是中國幾萬萬人中佔少數的少
數，是不可能代表她身處那個時代的」。[45]這種說法跟朱西甯認為
張愛玲所具有的中國代表性截然不同，反映張愛玲於同一場域中被
形塑的情況。
　　在1979年年尾發生的美麗島事件，引發其後十年台灣本土主義

[43] 朱西甯：〈她是純中國的——讀張愛玲先生「談看書」的一點「感傷」〉，
《中國時報》1974年5月11日，頁12。
[44] 本文所用「大中華」一詞，具有政治、文化和經濟上的意思，主要指由
中國大陸、台灣和香港等地所組成的泛指概念，並引申為「大中華經濟
圈」、「大中華文化圈」和「大中華政治圈」等含義。詳參Janet Vinzant
Denhardt and Robert B. Denhardt, The New Public Service: Serving, Not Steering
(Armonk: Routledge, 2007), pp. 47-48.
[45] 唐文標：〈一級一級走進沒有光的所在〉，原載《文季》1974年第3期，
現收入唐文標：《張愛玲研究》（台北：聯經出版事業公司，1983年增訂
版），頁16。

的急促發展。然而，文學場域中原先已占有主流位置的成員，並未與這些本土論者互相認同。[46]如果把這種情況放於對張愛玲的形塑上來看，我們可以從余光中寫於1980年3月，並於1980年4月1日及2日《聯合報》刊登的〈斷雁南飛迷指爪——從張愛玲到紅衛兵帶來的噩訊〉一文看到，作為主流場域成員的余光中仍然把張愛玲想像成反共的代表，並把張愛玲與陳若曦作比較：

> 一提起寫大陸生活的海外小說家，大家很自然會想起陳若曦。其實這類小說的奠基者是張愛玲。……我覺得《赤地之戀》雖不如《秧歌》那麼完整而貫串，但在探討共黨制度的本質與表現知青的幻滅上，仍具咄咄逼人的力量，在同類小說之中，仍是佳作。張愛玲領教共產社會的經驗，一共不過三年，卻能憑觀察、資料、思考，和驚人的想像，剖析大陸經驗的真象……[47]

從這篇文章可以看到，余光中在八○年代想像張愛玲是一位對共產黨統治作出反思的作家，這種鮮明的形象，阻礙了「張愛玲」被發展成台灣本土主義的象徵符碼，「她」無可避免地是屬於外省作家的陣營。這種情況與九○年代後，越來越少台灣文學場域的成員談及《秧歌》和《赤地之戀》，而重回討論張愛玲上海身世的想像潮流，有十分明顯的差別。同樣是與台灣本土勢力隔離，八

---

[46] 張誦聖：〈臺灣七、八○年代以副刊為核心的文學生態與中產階級文類〉，陳建忠、應鳳凰、邱貴芬、張誦聖、劉亮雅合著：《臺灣小說史論》（台北：麥田出版社，2007年），頁282。

[47] 余光中：〈斷雁南飛迷指爪——從張愛玲到紅衛兵帶來的噩訊〉，《聯合報》1980年4月1日，頁8。

〇年代和九〇年代對張愛玲的形塑雖有一個共同的「大中華」的背景，但前者是一種具傳統意識的中國想像，後者則是一種具商品意識的文化符號。整個八〇年代前中段對張愛玲的想像還不是高峰，在報章副刊中刊登的大多是張愛玲的舊文挖掘，成為一種補充的記憶。[48]直至八〇年代末，特別是自1989年起文學場域中的學者和文化人開始大量討論張愛玲作品，並作出評價，由這時起，文學場域對張愛玲的形塑才達至高峰。

八〇年代末對張愛玲的形塑最重要的是「學院化」和「歷史化」，王德威於1988年7月13日及15日發表的〈女作家的現代鬼話 從張愛玲到蘇偉貞〉一文可算是這一個文學場域變化之標誌性現象。王德威這篇文章一改由水晶、朱西甯和唐文標於八〇年代早中期所進行之以文本解讀為要之文學批評模式，轉變成梳理歷史脈絡、為「張派」歸類，甚至是把「張愛玲現象」由過去式想像成一種能被後繼者所繼承和發揚光大的現在進行式。由此，王德威以文學內部的相似性作為歸納標準，於文章中把施叔青、李黎、鍾曉陽、李昂、西西和蘇偉貞等連成脈絡，從「現代鬼話」的角度找尋這些女作家之間的共同符碼，並把這種符碼上升為一種派系式的連結，並把「張愛玲」想像成一種「傳統」的開端，其後的「祖師爺爺」、「祖師奶奶」一詞也是由王德威式的想像而帶入文學場域內並造成影響。後來王德威於1991年6月14日在《中國時報》刊登的〈張愛玲成了祖師爺爺〉一文，明確用了「張派譜系」、「祖

---

48 由余光中於1980年發表〈斷雁南飛迷指爪——從張愛玲到紅衛兵帶來的靈訊〉至1988年王德威發表〈女作家的現代鬼話 從張愛玲到蘇偉貞〉，當中有關張愛玲的報章報導主要都是其作品討論和舊文重刊，這些較少有明顯的想像和形塑功能，故不在本文的討論範圍內。

師爺爺」等字眼，文題上亦明言：「細數這一脈相傳的張派作家，施叔青、白先勇、蘇偉貞、朱天文、朱天心、袁瓊瓊、鍾曉陽、三毛、郭強生、林俊穎……」等說法，代表王德威更進一步在文學場域內加強他於1988年提出的文學場域想像。在論及白先勇和施叔青的作品時，王德威提到白先勇的《台北人》「極能照映張愛玲的蒼涼史觀」；論到施叔青時則是「施與白無獨有偶，都深深浸潤於傳統文化脈絡間，她從不避諱是張愛玲的忠實信徒，實則卻另有所長」。[49]儘管王德威在論及多位「張派作家」時仍然強調他們與張愛玲的不同，但是，這些在報章上刊登的評論文章，強化了一種文學脈絡的想像，同時仍然維繫了上述由八〇年代初開始的形塑「張愛玲」方向：一種具有大中華背景的傳統想像。因此在這種強而有力的形塑工程之下，不論是香港的鍾曉陽、台灣的朱天文和朱天心，乃至上海作家王安憶，統統都在這個龐大的文學場域中被撥歸到一個具「中國」背景的領域。再加上朱天文於1996年在《中國時報‧人間副刊》發表〈記胡蘭成與張愛玲　花憶前身〉一文，就更加強了這方面的想像。[50]

　　如果從文學場域的理論角度來看，由七〇年代到九〇年代的報章可見，場域中對「張愛玲」的想像跟場域內各種權力爭奪位置有密切關係。不同背景和派系的文化人、作者或學者，他們占據報章所代表的客觀關係的網絡（network），並運用自身的資本，去影響位置與位置之間的從屬和支配關係。[51]「張愛玲現象」在場域中

---

[49] 王德威：〈張愛玲成了祖師爺爺〉，《中國時報》1991年6月14日，頁31。

[50] 朱天文：〈記胡蘭成與張愛玲　花憶前身（1）〉，《中國時報》1996年9月27日，頁19；朱天文：〈記胡蘭成與張愛玲　花憶前身（2）〉，《中國時報》1996年9月28日，頁19。

[51] 布赫迪厄，華康德著：《布赫迪厄社會學面面觀》（台北：麥田出版社，

沒有固定形象，它被放置在各個位置上去爭取場域中的話語權，因此「張愛玲」一直被想像成多面而複雜，其「可塑性」成為了「張學」、「張派」、「張腔」、「張迷」等關鍵詞所反映的一種團夥意識。如果這種情況用布赫迪厄（Pierre Bourdieu, 1930-2002）的話來說，即是一種文學場域與權力場域之間的支配和被支配的關係。布赫迪厄曾言：

> 文學場域被包含在權力場域之中，而且在這一權力場域中，它占據著一個被支配的地位。其次，必須勾畫出行動或機構所占據的位置之間的客觀關係結構，因為在這個場域中，占據這些位置的行動者或機構為了控制這一場域特有的合法形式之權威，相互競爭，從而形成了種種關係。除了上述兩點以外，還有第三個不可缺少的環節，即必須分析行動者的慣習，亦即千差萬別的性情傾向系統……[52]

由這段分析我們可以思考，「張愛玲現象」本身作為一種在文學場域內出現的強大資本，成為了場域內各個成員爭奪的目標。鑑於其大陸離散作家的背景，「張愛玲」在早期的台灣文學場域中自然就被形塑成為一個代表中國傳統的文學符碼。在上述時期的文學場域中，「張愛玲」被占據評論位置的文化人和學者所支配著，他們或多或少都借助想像和形塑「張愛玲」，去控制和爭取場域中合法形式的權威。我們從上述的分析，亦可明顯看到文學場域以內，

2008年），頁157-158。
[52] 布赫迪厄，華康德著：《布赫迪厄社會學面面觀》，頁168。

報章副刊所具有的文學生產作用，並由較早時候的嚴肅文學生產過渡到後來的商品化文學生產。在這個過程中，「張愛玲」的想像和形構又會面臨一次轉變。

上述王德威於1988年7月13日及15日發表的〈女作家的現代鬼話　從張愛玲到蘇偉貞〉一文更具有一重關鍵意義：這篇文章是在1987年解嚴以後，於報章發表的正式「學院派」評論文章。[53] 然而直至他於1991年6月14日在《中國時報》刊登的〈張愛玲成了祖師爺爺〉，這段時間中間除了一些張愛玲的舊作發表以外，報章內刊登的比較重要的評論文章當數由鄭樹森策劃、李焯雄和陳輝揚所撰的「民國世界的臨水照花人・認識張愛玲的作品」上下系列。這兩組系列由李焯雄所撰〈臨水自照的水仙：從《心經》和《茉莉香片》看張愛玲小說中人物的自我疏離特質〉和陳輝揚所寫〈歷史的迴廊：張愛玲的足音〉，分別以十天的篇幅，每篇文章占五天的方式刊登。[54] 這兩組文章由於都在鄭樹森所擬訂的「民國世界的臨水照花人・認識張愛玲的作品」標題以下，因此這句來自胡蘭成形容張愛玲的「民國世界的臨水照花人」，[55] 就成了閱讀這兩篇文章的主導視角。一般來說，張愛玲很少把自己歸類為「民國」的作家，卻多番強調自己的上海市民屬性。因

---

[53] 按紀錄，水晶於解嚴後的1987年7月28日和29日曾發表〈從屈服到背叛　談張愛玲的「新」作〉一文，但由於跟7月15日解嚴當日距離甚近，未能反映解嚴後的影響，故此本文暫不作討論。

[54] 這兩組文章包括鄭樹森策劃、李焯雄著：〈臨水自照的水仙：從《心經》和《茉莉香片》看張愛玲小說中人物的自我疏離特質〉，《中國時報・人間副刊》1989年2月27至3月3日，頁23；鄭樹森策劃、陳輝揚著：〈歷史的迴廊：張愛玲的足音〉，《中國時報・人間副刊》1989年3月4日至8日，頁23。

[55] 胡蘭成：《今生今世》（北京：中國社會科學院，2003年），頁159。

此，由胡蘭成在《今生今世》中以「民國世界」來把張愛玲歸納到這個標籤之下，到上述兩組文章集中以自戀的水仙型人物和心理分析的角度去解讀張愛玲的多篇小說，這種注重小說內部分析的評論文章，與上述王德威的文章角度有異，但背後的「中華民國」背景仍然清楚可見。

到九〇年代，「張愛玲現象」開始被另一種方向所想像和形塑。楊照曾在〈台灣文學批評小史（一九四五－一九九五）〉一文中，討論到台灣文學批評界在九〇年代的風格和走向。在學院派走嚴肅而長篇論述的風格之時，媒體則走輕批評的路線，例如《文訊》在九〇年代都以刊登短文為主。與之相對，報章的副刊則從文學性轉型為思想性、文化性和時事性為主。[56]如果把這種現象放到本文所討論的「張愛玲現象」形塑和想像的問題上來看，可以見到整個九〇年代，報章都以梳理張愛玲形象、把她建立為文化符碼為重點，其焦點與八〇年代重視文本研究不同，而是大量通過文化人對她的回憶，或是刊登彼此的書信、以她作為傳記主角等，意圖補充文學場域內對張愛玲後期生平和作品的空白。這可從這十年間有關「生平回憶」的文章數量比「作品分析」的數量更多可以得到證明。在九〇年代的十年間，「張迷」於場域內的影響力大大減少，與前十年或二十年間出現水晶或朱西甯等文章去為場域內進行「張愛玲想像」的情況非常不同。這些想像與七〇和八〇年代比較，較多著重於「歷史」的重構，例如以書信這些「歷史證據」去塑造張愛玲的形象。這些想像同時較為理性，較少以抒情的口吻去表達對張愛玲的想像。

---

[56] 楊照：〈台灣文學批評小史（一九四五－一九九五）〉，《霧與畫：戰後臺灣文學史散論》（台北：麥田出版社，2010年），頁569。

另一方面，九〇年代台灣報章內亦呈現了一般讀者對張愛玲的看法和評論，普遍都對張愛玲作品中的細節，特別是散文內顯示的對飲食文化和生活的細節有較大的關注。例如在《中央日報》副刊中的一個「讀者迴響」的欄目，讀者林衡茂就以〈張愛玲的小嗜好及晚年〉一文討論他對張愛玲喝咖啡、起床時間和感冒等生活作息的看法。[57]另一種是讀者對評論張愛玲文章的反應和商榷，例如《聯合報》副刊中設有「回音壁」欄目，讓讀者表達意見。曾經有一位署名李建儒的讀者，以〈也談張愛玲的引語〉回應水晶的〈我看張愛玲的對照記〉，提出了兩項商榷之處。[58]從性質來說，九〇年代報章中的讀者想像仍然以上述輕批評和文化性為主，與過去例如1949年前的上海文化場域或九〇年代以前台灣文化場域的讀者想像方向並不相同。從數量來說，跟學者和文化人在報章發表的大量文章相比，讀者回應的文章數量寥寥可數，並不能成為這個場域時段內的主流想像。

四、結語

　　安德森（Benedict Anderson, 1936-2015）在討論想像共同體時，曾提及共同體的背後其實都存有一種如宗教般的想像，[59]以此來觀察本文上述論及的台灣文學場域，可見到張愛玲在不同的年代，都曾被形塑成如女神或祖師般的存在，這正正反映她所具有的龐大而

---

[57] 林衡茂：〈張愛玲的小嗜好及晚年〉，《中央日報・中央副刊》1999年8月6日，頁18。

[58] 李建儒：〈也談張愛玲的引語〉，《聯合報・聯合副刊》1994年1月30日，頁35。

[59] 班納迪克・安德森著，吳叡人譯：《想像的共同體：民族主義的起源與散布》（台北：時報文化出版社，1999年），頁50-51。

複雜的「被想像」潛力，這亦是「張愛玲神話」一直持續著的原因。布赫迪厄曾提及，場域內的各種勢力都在爭奪文學正當性的話語權。一方面「張愛玲現象」本身在場域中既需要與其他的勢力，包括七〇年代的鄉土文學勢力、八〇至九〇年代的學院化、本土化和市場化的各種文學批評潮流等競爭或融合；另一方面各種勢力亦借助「張愛玲其人其文」來爭奪更多的話語權。諸如反共、現代主義、新批評、女性主義等各種文學思潮都曾經與「張愛玲現象」連上關係。本文透過1970至1999年的台灣文學場域內的報章研究，呈現在眾多張愛玲被想像和形塑的勢力和方式中，其中一個可以見到綜合而時間連貫的可研究板塊。

在解嚴前，《中央日報》、《聯合報》和《中國時報》等仍然屬於國家控制的報章，它們對「張愛玲」的看法在副刊內充分反映當時文學場域內的互動情況。張誦聖曾把報紙副刊所產生的公共空間定為屬於中產讀者品味的範圍，[60]這種情況更與市場化、學院化、菁英主義等場域發展趨勢連結，而「張愛玲」本身就在這些各種各樣的發展勢頭中變形，成為了一個內涵越來越豐富、文化資本越趨豐厚的符碼。而隨著解嚴後意識形態的鬆綁，「張愛玲現象」本身在純文學以外更發展出了文化研究、流行文學、學術研究等更多的位置，與之相應的文化資本亦不斷發展和增加。「張愛玲現象」成為了一種難得的資本，不僅占有文學場域內的多個位置，更成為一種可以「再生產」的產品，並由此衍生更多的資本。本文透過報章研究，梳理了大量過去被忽視的研究資料，為過去研究成果

---

[60] 張誦聖：〈臺灣七、八〇年代以副刊為核心的文學生態與中產階級文類〉，陳建忠、應鳳凰、邱貴芬、張誦聖、劉亮雅合著：《臺灣小說史論》，頁278。

豐碩的接受研究、文學場域研究，補充了更多張愛玲被學者和大眾
等場域勢力想像和形塑的情況。

* 本文初刊於《文史台灣學報》第14期（2020年9月），頁93-123。

1952至2016年香港和台灣文學場域中報刊對張愛玲及其作品的想像和形塑之異同和意義

一、引言

自張愛玲於1952年離滬赴港，有關她的報章評論在香港和台灣多年來持續不斷。如果梳理這數十年來在台灣和香港文學場域當中有關張愛玲的評論，我們可以發現三個討論的高峰，包括冷戰開始至中段時期（五〇至六〇年代）、張愛玲於1995年去世後和千禧年以後三個時間段，而每一時間段中的討論焦點都不盡相同。除了反映台灣和香港的場域焦點不同外，除側面顯示張愛玲影響之廣泛和多元。

本文挑選的這三個時間段，每段時期的場域焦點都有不同，其中由於地緣政治的緣故，有關張愛玲的想像和形塑主要集中於台灣和香港的文學場域。在冷戰開始至中段時期，即約五〇至六〇年代之間，港台文學場域有關張愛玲的報導主要圍繞其電影創作，這跟國際電影懋業公司在這段時期創立並急促發展有關；同時這個時候的文化場域仍然承接著1952年前上海文學場域對張愛玲形塑和想像的方向。第二個時間段為1995年後，亦即張愛玲於1995年9月8日去世後，港台文學場域掀起一陣追思和評論的熱潮，大量的報導鞏固了過去較為零碎的張愛玲想像，初步顯出一種蓋棺定論的趨勢。第三個時間段則為2010年張愛玲的遺作《小團圓》出版，再次掀起文學場域內重新審視張愛玲創作的熱潮，並激發長期研究張愛玲晚期作品的新焦點。有關這三個時間段的分析，下文將有詳細論述。

二、冷戰時期（五〇至六〇年代）

　　張愛玲於1952年移居到美國，她除了依靠翻譯為生，亦通過宋淇的關係為電懋撰寫多部電影劇本。於1956拍攝、後於1957年上演的《情場如戰場》，就是張愛玲第一部為電懋寫的劇本。由這一年起，有關張愛玲和她的電影劇作開始出現於香港報章上，並開始進入這個文學場域。例如在1956年一篇題為〈張愛玲編的上乘大喜劇《情場如戰場》　淺水灣別墅外景經拍完〉的文章，就在電影外景拍攝完成就已經開始宣傳：

　　　　張愛玲偏向於小說的翻譯和創造，很少寫劇本，直至最近，她又完成了一個電影劇本《情場如戰場》，是個喜劇，以青年男女們的生活作素材，加以漫畫的寫法，那故事叫人看來就會笑。[1]

　　從這段文字可見電懋在1956年為這套後來於1957年5月29日正式上演的喜劇造勢，其中一個賣點就是這個電影劇本是由一直較多寫作小說的女作家張愛玲所寫，並且強調它的喜劇特色。這篇文章刊登於具有國民黨背景的《工商晚報》上，亦可見電懋與之的良好關係。在電影正式上演前，《工商晚報》持續為電影造勢，例如刊於1957年5月26日的一篇〈張愛玲與喜劇　秦羽林黛一雙姊妹花〉，就再次提及張愛玲所撰寫的劇本，並介紹其內容：

---

[1]　〈張愛玲編的上乘大喜劇《情場如戰場》　淺水灣別墅外景經拍完〉，《工商晚報》1956年12月23日，頁2。

張愛玲最近為「電懋」編寫的劇本:《情場如戰場》
就是充分地描繪一對姊妹花的戀愛故事。作者有她豐實的人
生觀,所以,對人物的造型和劇情的發展,也小心翼翼地灌
注了青年男女活躍著的青春感,讓導演把它鋪排到畫面上
去。[2]

　　除了《情場如戰場》,張愛玲緊接著在1957年亦為電懋撰寫了
第二部電影劇本《人財兩得》。《人財兩得》後來於1958年1月1日
於香港上映,《工商晚報》同樣於1957年4月已經開始為這部電影
宣傳造勢。在一篇題為〈女作家張愛玲在美完成的新劇本 《人
財兩得》‧妙趣橫生〉的文章中,作者強調這是張愛玲的第二部
喜劇:

　　這又是張愛玲第二部新喜劇成功之作。所謂寫情寫理,
妙趣橫生,是《人財兩得》劇本最大的優點![3]

　　這部成功的喜劇具有情理兼備和趣味的優點,是承接《情場如
戰場》票房報捷後的另一佳作。
　　在台灣方面,《中央日報》亦有報導《人財兩得》的消息。在
題為〈人財兩得〉的文章中,作者如此介紹:

[2] 〈張愛玲與喜劇 秦羽林黛一雙姊妹花〉,《工商晚報》1957年5月26日,
頁2。
[3] 〈女作家張愛玲在美完成的新劇本 《人財兩得》‧妙趣橫生〉,《工商
晚報》1957年4月25日,頁2。

……是兩個妻子的故事，張愛玲為國際公司繼《情場如
戰場》後寫的喜劇。由於岳楓導演細心，故能有喜劇風格，
諧趣效果不弱，……國產喜劇片，有此水準是上品。[4]

　　從這裡可見報章的介紹同樣以張愛玲為招徠，並把《人財兩
得》與《情場如戰場》聯繫，使之成為張愛玲第二部成功的喜劇。
這種做法，強調了張愛玲開創喜劇新路向的成功。張愛玲在過去的
上海時期擅寫悲劇，《不了情》是文華電影公司的成功之作。後來
的《太太萬歲》是她首度嘗試喜劇之作，同樣大為成功。上述的各
種報導，突顯場域內成員有意把張愛玲來港後的作品塑造成一系列
的成功喜劇，這開啟了後來電懋中產式的喜劇電影風格路向。同
日在《聯合報》上有另一篇文章〈朱旭華改於月中來台　張愛玲
作品有進步〉如此評論：

　　現旅居美國的我國女作家張愛玲，去年替電懋寫了兩個
劇本，一是林黛主演的《情場如戰場》，一是現正在此間上
映的《人財兩得》，雖然兩個都是喜劇，但風格各殊，論編
劇成就，張愛玲描寫女人心理之細膩，已勝前一籌了，可惜
《人財兩得》上映以來，似乎不如《情場如戰場》的受人重
視。[5]

　　這段文字仍然表明視《人財兩得》為《情場如戰場》的喜劇

4　〈人財兩得〉，《中央日報》1957年11月11日，頁5。
5　〈朱旭華改於月中來台　張愛玲作品有進步〉，《聯合報》1957年11月11
　　日，頁6。

脈絡，雖然在心理刻劃上勝過從前，但其上演的受歡迎程度似不及
《情場如戰場》。

　　這種以喜劇角度串連劇作的說法可在其後張愛玲為香港和台灣文學場域所寫的第三部電影劇本《桃花運》見到。有關這部電影，台灣的報章有以下的報導。《桃花運》於1959年4月9日在香港上映，同樣地，文學場域中早於1958年7月31日已經為這部電影造勢。《中央日報》刊登的文章〈桃花運〉同樣以喜劇為重點來宣傳這部影片：

> 　　岳楓導演，葉楓初度主演的一部國際公司出品，是一部相當好的喜劇；好在不俗、不亂、有題意。張愛玲（《情場如戰場》）編劇，是一個飯店老闆追求一個歌女的故事，……開場、承接、發展以至結束，岳楓處理很順，雖仍有俗筆，但少敗破，是上乘喜劇。[6]

　　這段文字除了盛稱其結構和劇情，同樣提及影片由《情場如戰場》的編劇張愛玲所撰，並把它連結到這一系列的喜劇創作之中，並稱之為「上乘喜劇」。另一篇同題的文章〈桃花運〉，也同樣以喜劇的角度來評論這套電影：

> 　　張愛玲的編劇著重於財色的諷刺，而導演岳楓更把它誇大處理，加上劉恩甲之寶相，吳家驤的噱頭，產生了很多笑料。但有些地方仍不脫國片鬧劇的老套，椅子被取走使人坐

6　〈桃花運〉，《中央日報》1958年7月31日，頁5。

空摔交這類玩意，似乎還當作正宗滑稽來引用。[7]

　　這種以喜劇角度扣連張愛玲劇作的報導，使當時的香港和台灣文學場域以一種新的視角去觀察張愛玲，並為她在場域中尋求到一個小說家以外的新的位置。這種情況一直維持到1963至1964年間，例如《小兒女》在《中國時報》的報導中仍然被視為張愛玲結合小說風格和電影喜劇之作，例如在題為〈小兒女〉的文章中：

　　　　張愛玲編劇，輕鬆地構設這段接近現實的情節，也保持了她的莊諧調和的風格，……但本片的策劃與導演仍嫌鬆懈，因此動不夠暢，靜未凝結，減失劇力。[8]

　　這段文字以「莊諧調和」來形容《小兒女》的風格，顯示這個時期的張愛玲在喜劇的處理方式上跟五〇年代時已有不同，加入了倫理的嚴正議題，配以輕鬆的風格。從這些報章評論中我們可以得見張愛玲由《太太萬歲》到《南北喜相逢》的喜劇風格的轉變。
　　除了電影劇作以外，在這段期間台灣文學場域亦關注張愛玲的去向，不少報章都對其本人而非作品作出評價，這種情況是承接上海時期張愛玲在抗戰勝利到解放前後的幾年間在場域中所受的大量攻擊而來。在張愛玲於1952年赴美後，台灣文學場域中開始報導張愛玲的近況。在這個時段的較早時期，約為1953年左右，台灣報章上對張愛玲的評價主要集中在她的個人之上，而非她的作品本身。這跟1947至1952年在上海的報刊對張愛玲的想像非常相似。例如

[7]　蜀山青：〈桃花運〉，《微信新聞》1958年7月31日，頁1。
[8]　〈小兒女〉，《微信新聞報》1963年8月13日，頁7。

1953年的一篇由文亦奇撰寫的〈關於張愛玲〉，文中記載張愛玲的家族事蹟，包括她的祖父，以及她父母親離異不和，以及她成名的經過等。但有一點跟上海時期的報刊相似的，就是報章必定會提及張愛玲奇裝炫人的消息：

> 但她自己所穿衣服卻非常古怪，作者曾在上海「蘭心」戲院三樓排戲室，和她工作多時，那時在排她的劇本《傾城之戀》，她穿橘黃色緞子旗袍，下面卻像依麗沙白時代子般撐出，但下端卻又生著寬緊帶收緊，中間放一只大圓圈的藤圈，真像個大燈籠。在同時工作的職演員，個個對她的怪裝，笑個不主[住]。[9]

　　這篇文章的取材和立場跟上述有關張愛玲電影劇作的評論方向非常不同，反而更為貼近上海時期文學場域中攻擊張愛玲的幾個方向，包括其家勢、服裝打扮、戀愛生活和政治態度等。又例如奚志全所寫〈張愛玲——敵偽時期女作家之一〉一文，承接上海1947至1952年的場域文風，以性別的角度固化對女作家的偏狹想像：

> 唯因《傳奇》之扉頁，係作者本人之半身銅版照一幀，星眸半睜，情態朦朧，自難免引人非議，再加她以尚未出嫁的閨秀身份寫出諸多超年齡越經驗的作品當然也要和蘇青一樣的使人嘖有煩言了。[10]

---

[9]　文亦奇：〈關於張愛玲〉，《聯合報》1953年12月25日，頁6。
[10]　奚志全：〈張愛玲——敵偽時期女作家之一〉，《聯合報》1953年12月14日，頁5。

如果把這些文字與上海時期的報章比較,可發現其非常相近之處。這些文章都著意形容張愛玲作為女作家的一面,甚至以性的角度去渲染女性帶來的誘惑。兩年後,於1955年,《聯合報》卻又突然把張愛玲塑造成反共作家,一反上述1953年場域中的描述。這篇文章題為〈香港自由陣容的優秀女作家 張愛玲膺聘赴美工作〉:

> 中國著名女作家張愛玲,她是從鐵幕內逃出反共最激烈的作家之一。在港逗留三年,先後完成了《秧歌》、《赤地之戀》兩部巨著。本月九日,應美國某出版社之聘,前往紐約工作。在張愛玲本人,從此有了更輝煌的前途,但在香港自由文藝界來說,卻少了一員健將。[11]

從以上可見,1955年起台灣文學場域把張愛玲塑造成反共作家中最具代表性的一位,並隱隱然把《秧歌》和《赤地之戀》與反共作品連上關係。

三、張愛玲去世後（1995年後）

張愛玲於1995年9月8日逝世,其後港台文學場域突然掀起新一波討論和懷念張愛玲的熱潮。在她逝世後兩天,在1995年9月10日,台灣《聯合報》刊登了一系列的紀念回憶文章。例如〈未向任何人告別 張愛玲孤寂離世〉就記錄平鑫濤遺憾與張愛玲有通信之誼三十年卻未能與她見面;〈喜歡悲壯,更喜歡蒼涼〉一文則訪問

---

[11] 〈香港自由陣容的優秀女作家 張愛玲膺聘赴美工作〉,《聯合報》1955年10月14日,頁6。

了白先勇、聶華苓、高張信生、紀弦、楊牧、張錯和夏志清幾位作家和學者，記錄他們對張愛玲本人的回憶和作品的評價；另有一篇由戴文采寫的〈送別也太遲〉，記錄了戴在知悉張愛玲去世的消息後，到她所住的公寓去查探的情況；又有一篇由記者所寫的〈訪張愛玲不遇　下來一隻黑貓〉報導，記錄當年高信疆拜訪張愛玲而未見的經過；以及一篇由鄭樹森所寫的〈張愛玲「吞沒遺稿」的真相〉，澄清傳聞張愛玲「吞沒」賴雅遺稿的真相。[12]

在同日的《聯合報》副刊刊登了「蒼涼的麗影——傑出作家張愛玲紀念專輯」，除了刊載了張愛玲的處女作〈不幸的她〉及發現此文的陳子善所寫紀念文章〈天才的起步——略談張愛玲的處女作《不幸的她》〉，亦有水晶的〈張愛玲創作生涯〉一文，回顧張愛玲多年來的創作歷程。除此之外，這個專輯還包括鄭樹森的〈一個時代的終結　一座城市的消逝〉、蘇偉貞〈張愛玲書信選讀〉、蔡登山〈活在作品中的張愛玲〉、王德威的〈張愛玲現象——現代性、女性主義、世紀末視野的傳奇〉和平鑫濤的〈出版家眼中的張愛玲——選擇寫作選擇孤獨〉。[13]在1995年9月11日，《聯合報》

---

[12] 李玉玲：〈未向任何人告別　張愛玲孤寂離世〉，《聯合報》1995年9月10日，頁3；趙慧珍、許彬文：〈喜歡悲壯，更喜歡蒼涼〉，《聯合報》1995年9月10日，頁3；戴文采：〈送別也太遲〉，《聯合報》1995年9月10日，頁3；李玉玲：〈訪張愛玲不遇　下來一隻黑貓〉，《聯合報》1995年9月10日，頁3；鄭樹森：〈張愛玲「吞沒遺稿」的真相〉，《聯合報》1995年9月10日，頁3。

[13] 陳子善：〈天才的起步——略談張愛玲的處女作《不幸的她》〉；水晶：〈張愛玲創作生涯〉上；鄭樹森：〈一個時代的終結　一座城市的消逝〉；蘇偉貞：〈張愛玲書信選讀〉；蔡登山：〈活在作品中的張愛玲〉上；王德威：〈張愛玲現象——現代性、女性主義、世紀末視野的傳奇〉和平鑫濤：〈出版家眼中的張愛玲——選擇寫作選擇孤獨〉，上述文章均刊登於《聯合報》1995年9月10日，頁36-37。

刊登了有關張愛玲遺體處理安排的報導，也有關於她平日在公寓的
生活狀況和遺產處理等項目的跟進報導。[14]除此以外，在當日的副
刊亦有蔡登山〈活在作品中的張愛玲〉下篇和水晶的〈張愛玲創作
生涯〉下篇這兩篇文章承接9月10日的報導。[15]《聯合報》作為1995
年前十年中刊登最多張愛玲新舊作品的台灣報章，一直以來爭取張
愛玲的作品於該報發表，故此，在張愛玲去世後的兩天，《聯合
報》即以數頁的篇幅去深度報導與張愛玲去世有關的消息，形成一
種蓋棺論定的想像；而這種想像是由當時的文學場域菁英，包括著
名作家、文化人和學者所共同塑造。

　　在《中國時報》方面，同樣於1995年9月10日起報導張愛玲去世
的消息，在「焦點新聞」版，記者以〈中秋月圓乍聞表姐噩耗　張
小燕母親感觸良多〉、〈張愛玲　繁華世界的孤絕女子〉、〈張
愛玲之死　撞擊無數張迷的心靈〉、〈俐落的她　有深情的一
面〉、〈張愛玲給「人間」的最後一封信〉五篇文章報導有關消
息。[16]在同日的「人間副刊」則有蔣勳的〈花的鬼魂——悼張愛
玲〉、陳芳明的〈張愛玲與台灣〉、李昂〈我們三個姊妹與張愛
玲〉三篇文章組成「懷念張愛玲專輯1」。[17]翌日，《中國時報》

---

[14] 王聯懿：〈文友惜張愛玲：火化，太淒涼了〉及〈鄰居看張愛玲：很瘦，
　　 像是有病〉，同見《聯合報》1995年9月11日，頁6。
[15] 水晶：〈張愛玲創作生涯〉下；蔡登山：〈活在作品中的張愛玲〉下，兩
　　 篇文章均刊登於《聯合報》1995年9月11日，頁37。
[16] 徐紀琤：〈中秋月圓乍聞表姐噩耗　張小燕母親感觸良多〉、葉振富：
　　 〈張愛玲　繁華世界的孤絕女子〉、徐淑卿：〈張愛玲之死　撞擊無數張
　　 迷的心靈〉、徐淑卿：〈俐落的她　有深情的一面〉、〈張愛玲給「人
　　 間」的最後一封信〉等五篇文章均刊登於《中國時報》1995年9月10日，
　　 頁3。
[17] 蔣勳：〈花的鬼魂——悼張愛玲〉、陳芳明：〈張愛玲與台灣〉、李昂：

在「社會脈動」版刊登了三篇報導，分別為〈了其遺願　骨灰將撒玫瑰岡〉、〈「絕望　張愛玲後半生的詛咒」〉、〈神秘生平　留後人說傳奇〉等，從淒豔蒼涼的角度描述張愛玲之死留給後人的想像；[18]同日的「人間副刊」繼續刊登「懷念張愛玲專輯2」，包括了鄭樹森的〈張愛玲的電影藝術〉、水晶的〈細思她的為人——深深悼念張愛玲女士〉、楊照的〈在惘惘的威脅中——張愛玲與上海殖民都會（上）〉及柯靈的〈柯靈悼張愛玲〉。[19]在同日的「影視新聞」亦有兩篇關於張愛玲電影和劇作的報導，包括〈劇中人張愛玲？原著小說改編成電影，多屬上乘作品〉和〈劇作家張愛玲——《情場如戰場》等喜劇片，帶給觀眾不少歡樂〉，兩篇文章都回歸了張愛玲過去的電影劇作創作，以及其生平被改編為電影的情況。[20]而《中國時報・人間副刊》的「懷念張愛玲專輯」持續刊登到1995年9月17日共8輯，組成了華文文學場域中各主要的作家、文化人和學者對張愛玲懷念、追憶和評論一個龐大文本。

　　至於香港文學場域方面，在1995年9月10日已經有報導關於張

〈我們三個姊妹與張愛玲〉，三篇文章均刊於《中國時報》1995年9月10日，頁24。

[18] 徐淑卿：〈了其遺願　骨灰將撒玫瑰岡〉，卜大中：〈「絕望　張愛玲後半生的詛咒」〉，徐淑卿：〈神秘生平　留後人說傳奇〉，三篇文章均刊於《中國時報》1995年9月11日，頁7。

[19] 鄭樹森：〈張愛玲的電影藝術〉、水晶：〈細思她的為人——深深悼念張愛玲女士〉、楊照：〈在惘惘的威脅中——張愛玲與上海殖民都會（上）〉、柯靈：〈柯靈悼張愛玲〉，四篇文章均刊於《中國時報》1995年9月11日，頁39。

[20] 宇業熒：〈劇中人張愛玲？原著小說改編成電影，多屬上乘作品〉，以及蔡國榮：〈劇作家張愛玲——《情場如戰場》等喜劇片，帶給觀眾不少歡樂〉，兩文均刊於《中國時報》1995年9月11日，頁22。

愛玲辭世的消息，例如〈隱居洛杉磯、孤高不群——傳奇作家張愛玲辭世〉：

> 張愛玲在洛杉磯西木區的一幢公寓中走完人生最後一程，貫徹了她孤高不群的精神……。戴文采指出，張愛玲近年來整個生活都在探索自己的內涵，一直順著自己的直覺在生活，完全拋棄生活的規則，也不與人來往，躲避所有認識的人，拒絕接受訪問。[21]

　　這段報導著重塑造張愛玲晚年生活的離群索居，顯示其與眾不同之處。在張愛玲去世的消息報導後，出現了不少有關張愛玲的文章，論者較多從感性的角度去回憶和紀念張愛玲，例如《文匯報》於1995年9月17日刊登梅子的文章〈多情的人去了〉就從張愛玲的個人感情去形塑她對這個世界的看法和價值觀：

> 張愛玲畢竟是有情的，雖則這世界越來越無情……。張愛玲的多情，還體現在對待異性朋友上。例如對待她的先後兩名先生，……正因為多情、深情，所以張愛玲特別厭惡世俗的劣跡，受不了委屈。而當她越來越發現這世間人情日漸淡薄時，她唯有躲到自己的世界裏，自得其樂了。[22]

　　上述文字突顯了張愛玲在愛情和人情上的「多情」、「有情」

---

[21] 〈隱居洛杉磯、孤高不群——傳奇作家張愛玲辭世〉，《星島日報》1995年9月10日，頁A8。

[22] 梅子：〈多情的人去了〉，《文匯報・文藝》1995年9月17日，頁D6。

和「無情」，以及從這點上解釋張愛玲特立獨行的晚年生活。在同日的《文匯報》中，也刊載了艾曉明的文章〈「生命自顧自走過去了」──漫說張愛玲〉：

> 孤獨的死就一定不好嗎？在陌生人面前受盡死前的難堪、折磨自己也折磨別人就好麼？與親人戀戀難捨最後迫不得已或無知無覺撒手歸西就好麼？死總是孤獨的，如此說來，孤獨的死，仍不失為體面的死吧。況且張愛玲的小套房裡，沒有傢具，起居都在一張精緻的地氈上。睡過地氈的人都會明白地氈與床的區別，睡床起床容易，睡地氈起身費勁多了。誰又知道張愛玲是不是早做好長睡不起的準備了呢？她生得令人稱絕，至死依然，這是她留下的最後一個「蒼涼的手勢」。[23]

這篇文章也是從個人生活細節的角度去評價張愛玲晚年生活的特殊性，同時突顯她在一般人眼中奇特的死亡所蘊含的意義。

四、千禧年以後（2010年前後）

2009年2月24日張愛玲遺作《小團圓》出版，然後2010年為張愛玲九十歲冥誕，皇冠出版社推出其自傳小說《雷峰塔》、《易經》，這個時期，香港和台灣兩地的報章出現第三次討論張愛玲的熱潮。在台灣，《小團圓》出版後引起轟動，有關《小團圓》的創作討論在2009年於《聯合報》刊登就有12篇。牽起的話題貫串過往

---

[23] 艾曉明：〈「生命自顧自走過去了」──漫說張愛玲〉，《文匯報·文藝》1995年9月17日，頁D6。

文學場域中各式各樣的創作關係，例如皇冠出版社創辦人平鑫濤和《滾滾紅塵》的製片徐楓曾討論過《小團圓》跟1990年由林青霞和秦漢演的《滾滾紅塵》十分相似，文章亦討論了三毛是否曾閱讀過《小團圓》。[24]又例如台大外文系教授張小虹以「合法盜版」批評張愛玲遺產執行人宋以朗「違反」張愛玲意願出版《小團圓》。[25]同時也有不少文化人或名家談論《小團圓》，例如陳克華對《小團圓》的閱讀，集中於當中的同性戀議題。他在《小團圓》中找到填補張愛玲生平這片空白之處，例如張愛玲與炎櫻的關係：

> 尤其是炎櫻，港大時兩人要好到她母親警告她，不可以被她操控。顯然兩人「同性戀愛」的傳聞越洋從香港到了上海（她母親的關係人脈甚至隔海鋪到了港大教員裡，想必張身邊不乏眼線）——而張也不忌諱，詳細描寫在宿舍裡炎櫻兩人互相較量小腿。[26]

陳克華在這篇文章中亦有討論張愛玲的姑姑和母親曾被親戚間戲言鬧同性戀愛，並分析了現代文學中多個同性戀文人的事例。

除此以外，不少學者和作家都以多重文本對讀的角度去閱讀《小團圓》。例如大陸文化評論家陳丹青對《小團圓》的評論，他從胡蘭成與張愛玲的戀愛作為切入點評論《小團圓》：

---

[24] 〈小團圓大轟動〉，《聯合報》2009年3月14日，頁D4。

[25] 張小虹：〈「合法盜版」張愛玲　從此永不團圓〉，《聯合報》2009年2月27日，頁A4。

[26] 陳克華：〈閨中密友與書生書僮〉，《聯合報・聯合副刊》2009年3月17日，頁E3。

張愛玲骨子裡是西方人，胡蘭成卻是「徹底的中國儒生」。因此他談男女關係「有個底限」，不像張愛玲敢在《小團圓》中大談性事。他認為胡蘭成「不是文學家，卻勝似文學家」。[27]

　　這是典型從張胡戀的角度討論《小團圓》的評論取向，同時亦引申出去胡蘭成著作去對讀《小團圓》的可能性。又例如逢甲大學中文系張瑞芬教授所撰之〈今生今世對照記〉一文，對《小團圓》和《今生今世》兩本書有如下的評價：

　　胡蘭成風流自賞的回憶散文，張愛玲藉小說之筆怨毒著書，這桃花女與周公的比試，果然勢均力敵，同稱精采。……[28]

　　這也是以胡蘭成的作品與張愛玲之小說比較對讀的又一例證。《聯合報》在2009年3月8日，更以「名家三篇小團圓」為總標題，邀請了袁瓊瓊、黃錦樹和駱以軍三位作家，以不同觀點解讀《小團圓》。袁瓊瓊在〈多少恨：張愛玲未完〉一文中，認為《小團圓》可以評為寫得極糟，或者好看得驚人兩種評價：

　　兩種看法源於兩種角度。若是放在張愛玲的文學地位來看，這本書實在不能替她加分。但是還原成她的「自傳」，則這本書坦率得嚇人。書裡呈現的張愛玲是所有文學史料或

---

[27]　陳宛茜：〈我沒有胡蘭成的誠懇……〉，《聯合報》2009年3月9日，頁A5。
[28]　張瑞芬：〈今生今世對照記〉，《聯合報》2009年3月7日，頁E3。

她自己的文本裡完全不曾披露過呈現過的。[29]

　　這段文字說明了《小團圓》的出版引起轟動的原因，也反映了讀者對這本書的兩極評價，這些都源自讀者把《小團圓》看成是張愛玲自傳所致，故此，就不免把各式各樣的文本與《小團圓》作對讀比較。在〈多少恨：張愛玲未完〉，袁瓊瓊就以〈色，戒〉曲筆寫胡蘭成與《小團圓》做了比較。而黃錦樹在〈家的崩解〉中對《小團圓》的評價如下：

　　　　《小團圓》前半本（一至三節）乍讀確實比較雜亂，太多的人物太多名字，泰半只有輪廓不及著色（香港的學校生活、家族關係），仔細看，即使換了名字還是張愛玲小說世界及她傳記裡的故人，那無比龐大的沒落貴族瓜蔓親（表大爺、〈小艾〉中席五老爺）。相較之下，後半部單純，完整得多。但如果沒有前面的鋪墊，後半部也無法水到渠成。在家族繁雜的社交架構下，九莉與邵之雍的戀情，反而像是插曲。這是部自我反思之作，即是自剖，也深刻的感省了家族關係對女主人公人格與行為的長期影響。[30]

　　黃錦樹的評論代表了一部分評論者對張愛玲後期小說如《小團圓》的看法，就是結構較早期小說雜亂，同時亦指出了《小團圓》具有作者個人經歷和自省的意味，讀者不免會把張愛玲本人的親身經歷跟《小團圓》的情節作比對，或是如黃錦樹所言，以張愛玲其

---

[29]　袁瓊瓊：〈多少恨：張愛玲未完〉，《聯合報》2009年3月8日，頁E2。
[30]　黃錦樹：〈家的崩解〉，《聯合報》2009年3月8日，頁E2。

他的作品與《小團圓》對讀。駱以軍對此也有類似的評價：

> 從「張愛玲小說」──「張胡戀祕辛」──《對照記》
> 的家族時間軸所謂「第二次死去」之多重覆寫，……每一個
> 敘事句子必然如液態炸彈，語義洶湧、層層陰影下望，不斷
> 轉頻換檔之延異引爆……[31]

　　駱以軍這裡指明《小團圓》與張愛玲過去多個文本有關，同時
亦與現實中的「張胡戀」構成對讀關係，故此具有一種擺盪於多種
文本與現實時間之感，並在文章最後呼籲讀者在閱讀《小團圓》時
回到小說本身。

　　《小團圓》出版成功，亦成為了2009年文學場域中具有商業元
素的報導的重要例子。例如有關《小團圓》成為暢銷書第三名的
報導：

> 誠品書店昨公佈二〇〇九年度暢銷書榜，龍應台以《大
> 江大海一九四九》，拿下本土作家久違的冠軍寶座。美國作
> 家梅爾的《暮光之城》緊追在後，第三名則是張愛玲半自
> 傳小說《小團圓》，前三名都是女作家的天下……。張愛玲
> 生前不打算出版的《小團圓》，卻在兩岸三地皆打破「祖奶
> 奶」的銷售紀錄，成為張愛玲迄今最暢銷的作品，為張愛玲
> 寫下另一則「傳奇」。[32]

---

[31] 駱以軍：〈脈脈搖曳的張愛玲時間〉，《聯合報》2009年3月8日，頁E2。
[32] 陳宛茜：〈大江大海奪冠 逼退暮光之城〉，《聯合報》2009年12月24日，
　　頁A12。

從這則新聞可見張愛玲出版《小團圓》所掀起的熱潮，其銷售量冠絕張自己的所有作品。這種把「張愛玲」商業化的報導越演越烈，例如2010年陳宛茜的一篇文章〈跟張愛玲一起喝杯咖啡〉：

> 這裡的Menu是這樣寫。色戒：以一抹紅色為界線，勾勒出男女主人公當時的情感；半生緣：外觀感覺似夕陽一般，就好比男女主人公淒美的情感，美麗而沒有結局；傾城之戀：蜂蜜和紅石榴糖漿分別代表白柳[流]蘇和范柳原，咖啡代表他們之前遇上的坎坷往事。

> 千采書坊標榜的「張愛玲特飲」，就跟台灣的「張愛玲文學宴」一樣，名字沾點張味馬上身價百倍。不過來這裡的張迷可不會心疼，因為這家咖啡館就位在常德公寓——胡蘭成在〈民國女子〉中記下的張愛玲地址，靜安寺路赫德路口192號公寓6樓65室，就在樓上。[33]

這可見「張愛玲」已經成為一種品牌，其作品名稱成為了各式餐飲的名字，代表一種中產的優閒品味。

這種情況在香港文學場域亦有出現，而更多以性、消費等消閒式和次文化的角度報導。在香港報刊專欄中談論張愛玲最多的，當為專欄作家邁克。在《小團圓》出版後，邁克以其獨特視角多次談論此書。例如他的〈張之乾物女〉從性的角度來輕鬆談論《小團圓》這本書：

---

[33] 陳宛茜：〈跟張愛玲一起喝杯咖啡〉，《聯合報》2010年1月3日，頁D2。

在這本小說裏，何干化名韓媽，「有一天韓媽說：『廚子說這兩天買不到鴨子。』九莉便道：『沒有鴨子便吃雞吧。』」，立即遭耳明心邪的女傭「一聲斷喝」。當然是諱忌「雞吧」諧音「雞巴」，……搶閘披露的《雷鋒塔》內容，則有僕奉勸小主人睡覺合起大腿一節，陰啲陰啲的執行性教育，貫徹了這個代母自願攬上身的天職。所以她在英文本得到Dry Ho的稱號，我一聽就笑，弗洛伊德的恢恢天網，果然疏而不漏。[34]

邁克以細緻的閱讀指出《小團圓》中各項跟性有關的禁忌，以輕鬆的筆觸表現他對這方面的閱讀心得。除此以外，邁克也有討論《雷峰塔》中譯本的人物翻譯問題：

自從讀了英文版《雷峰塔》，並且得悉皇冠打算把它譯成中文，我就不停想像書裡人物的名字會對上怎樣的親家。媽媽Dew和姑姑Coral恐怕難逃「露」和「珊瑚」，Elm Brook和Autumn Crane也有「榆川」和「秋鶴」可供對號入座，但女主角Lute，總不會譯成核突到痹的「琵琶」吧？唉，真是好嘅唔靈醜嘅靈，上星期「張愛玲九十冥壽禮物」面世，作者可憐的替身果然被冠上這兩個字，今生今世水洗不清了。[35]

---

[34] 邁克：〈張之乾物女〉，《蘋果日報》2009年8月23日，頁E09。
[35] 邁克：〈琵琶怨〉，《蘋果日報》2010年9月24日，頁E07。

邁克從讀者的角度，關注張愛玲後期作品中各項細節，例如上文有關翻譯名字的考量。

　　香港文學場域中亦有商業性質報導。與台灣的暢銷書榜比較，香港亦有類似的情況。例如在2010年1月18日的《明報》報導：

> 　　商務印書館剛發表2009年暢銷書榜，售逾萬本的張愛玲遺作《小團圓》輕易登上香港榜首，連同內地所賣出的百萬本，在台灣「博客來」及「誠品」又各登第十及第三位，而且帶動舊經典《傾城之戀》、《對照記》、《半生緣》及其他銷售不俗的相關新著如《霓裳‧張愛玲》，祖師奶奶紅遍兩岸。[36]

　　跟台灣文學場域類似，《小團圓》成為2009年香港暢銷書榜的榜首，並指出其帶動其他有關張愛玲的書籍的銷售量。同期還有具「張愛玲熱」的國際書展：

> 　　張愛玲辭世十五年，今年是九十歲冥壽，「張熱」不斷升溫，香港電影資料館於一月十六日至三月七日舉辦「借銀燈──張愛玲與電影」專題節目，選映十多部由張愛玲編劇或改編她作品的影片，據聞「祖師奶奶」的電影文學劇本正籌備出版。[37]

---

[36] 王雙：〈2009最暢銷2010張愛玲三著作推出〉，《明報》2010年1月18日，頁D08。

[37] 卜蒙斯達bookmonster@mingpao.com：《明報》2010年1月17日，頁11。

這些資料可見香港文學場域在2009年同樣因為《小團圓》的出版而帶動有關張愛玲的閱讀和研究，同時亦重新掀起相關書籍和電影受時人關注。

五、結語

通過本文梳理上述三個時段的港台文學場域，可見張愛玲自1952年脫離上海文學場域以後，較大程度上擺脫了過去那種被性別想像所主導的集體想像，而更多地邁向了與電影、個人生平和消費文化相關的想像方向。與1952年前的上海場域相比，1952年後港台文學場域中的報刊報導對張愛玲的想像和塑造減少了政治性的想像，這跟同期學術場域中包括文學評論雜誌和期刊中略有差異。當然，在報刊中的想像也有不少來自於學者和研究者的評論文章，但總體來說，港台在這個範圍的想像仍然算是擺脫了泛政治化的意識形態。本文挑選的這三個時間點，亦可反映出港台文學場域中對張愛玲想像的趨向性，由電影評論到個人生平到重新評價，這亦側面反映出張愛玲研究的可塑性之大、影響力之廣泛，遍及文化場域內的方方面面。本文整理龐大數量的資料條目，希望能藉史料和客觀資料顯示張學研究多年的發展情況，並初步呈現以數據庫資料整理現當代文學研究材料的重要性。

* 本文初刊於《書目季刊》（Bibliography Quarterly），第55卷第3期（2021年12月），頁73-88。

報刊文章選編

1943至1949年上海報刊中的張愛玲

1. 醉雲〈女作家〉

《力報》1943年11月16日，頁3。

　　方今女作家之文章散見各刊物者甚眾，唯小型報間尚不多見，有之，祇潘柳黛一人而已。潘作小品文亦似曳風之柳，曼妙多姿，愚未識潘柳黛時，讀其文能想見其人之清姿梅骨，便潘柳黛三字，亦足以使人傾慕其顏色，但，既見其人，則與己往之心理完全相反，蓋潘柳黛並不美顏如玉，爽脆且具鬚眉氣概，故言，見潘柳黛其人不如讀其文佳，更不如見其潘柳黛名字佳，今日舞榭間有名路黛琳者。此人姓字都美，亦足以使人嚮往，而乍見其人，亦有不如見其氏字之感，張愛玲亦今日女作家，文章差潘柳黛遠甚，唯名字蕩冶，適與潘柳黛相反，論者謂此三字，不但蕩冶，且惡俗似貨腰女，如不知其能寫寫文章者見之，不當其舞女者也幾希。

2. 文海犁〈《傳奇》印象〉

《力報》1944年8月24日，頁3。

　　張愛玲的「傳奇」出版了，每本是親筆簽名，贈送照片，蘇青的「浣錦集」簽名只限精本，這一回，張愛玲則一視同仁，「普濟眾生」，不過這位蜜司張的手要簽酸了。

　　研究張愛玲的簽字，是一條斜橫的打圈的曲線，頗有曲線美，不過，又像蚯蚓，又像蛇，這怕是張愛玲的標記，我覺得倒也說明了張愛玲作品的風格，曲折有致，極有誘惑力。

　　而張愛玲簽字的時候，我猜想是像簽銀行支票一樣的快感，張

愛玲是精明，她簽一本書的時候是算計到版稅的收入的。

張愛玲簽的是外國字，這在簽的時候可以省力一些。不過這幾個外國字母，費煞人猜疑，有人說這像印度人寫的，有人說像蒙古喇嘛畫的符。

且看照片，密司張的樣子倒蠻漂亮，斜著頭，頭髮像海一樣，微闔著眼似的，有些像洛麗泰揚，好在「東方的洛麗泰揚」沒有，密司張可以佔領這頭銜。

「醉翁之意不在酒」，讀者化了二百大洋好奇而看「傳奇」，而我想作者也是「醉婆名利雙收」，也並不希望讀者讀作品，且說我朋友買來一本「傳奇」，和我共同研究照片簽字後便「金屋藏嬌」似的，陳列在書架上，我問：你不看為甚麼買？他微笑不答，我問他借，他不肯。他說：這是剛出版的，我要陳列，等到過了時借給你——於是我不掃他將新書做裝飾品的癖好，和他告別。

可是我對「傳奇」的印象是如此如此，不過，我也覺得好似「讀過」這本「傳奇」了。

3. 真西哲〈論胡蘭成與張愛玲〉

《海報》 1944年9月6日，頁2。

正是：——

請看論人者，人亦論其人。

胡蘭成喜歡作論，論得天花亂墜，論得不知所云，一論就能論出十萬八千里。

比方像「論路易士」，能將路易士論回十五世紀去，能將路易

士論到法蘭西，論成荷馬的「手杖交」（註：因荷馬為盲詩人，無庸考證，必是拿手杖的魚），論成拜倫的「兄弟淘」；於是，這文章哄動了，胡蘭成擱筆休息了一個時期。

靜極思動，在這文章發表炙手未涼時，他又情感衝動，寫了一篇如火如荼的〈張愛玲論〉。

上一次他「論路易士」時，論得奇，論得野。而這一次，「論張愛玲」，卻論得柔情蜜意，成為一篇標準「鴛鴦」「蝴蝶」派的好文了。

「但為蝴蝶甘同夢，願作鴛鴦不羨仙。」所謂鴛鴦蝴蝶派，雖不做這樣的解釋，但，胡蘭成的文章，是有其不可抹煞的價值的。

現在且讓我開始論胡蘭成的「論張愛玲」。

上一次「論路易士」，他曾將路易士比成吊貴族女人膀子沒有吊著的唐吉珂德。這一次「論張愛玲」他卻將愛玲比作立在長窗前西班牙的貴族的女人了。

自然，胡蘭成究竟比唐吉珂德不同，他與唐吉珂德有相同的地方，也有不相同的地方。不相同的就是他比唐吉珂德高明，相同的就是他也在迷信於張愛玲的貴族血統。談起張愛玲貴族血的成分，就好像兩年以前夏威夷左近的太平洋裏淹死過一隻鷄，於是我們這兒天天使用的自來水也都還是在自說自話的認為就是鷄湯一樣。

胡蘭成是會寫文章的。拋開他的熟鍊[練]的手筆與潑辣的格調不談，就憑那感人肺腑的熱情，胡蘭成的成功不是偶然的。而且他的理解力很強，他很會比喻，他對於花襲人與賈寶玉的情感，便分析得非常清楚。

當然，張愛玲的文章，並不是不好。但也只是很會迎合讀者，很懂得意生眼[生意眼]而已，並沒有什麼社會意義。寫來寫去也還

是在男女戀愛的邊緣上繞彎而已。論古比不了「紅樓夢」，論今也不過就是將鴛鴦蝴蝶派的文章翻成白話。談到文學價值，頂多也不過像美國「康時髦卜立登」一類雜誌上的通俗小說一樣。

第一次讀張愛玲的小說，對於她的比喻也許很以為奇妙？其實這樣的句子，若是坐在那兒定下心去，想個三二十分鐘，誰都能想出一二十打來的，只是別人沒有這樣空，沒有這樣心思而已。

何況這樣比喻看多了也不過總是那一套？而胡蘭成將她比做西哲，那麼這西哲恐怕也不過就是劉郎文章裏的「西哲有言」的西哲了。

胡蘭成「論路易士」，是將路易士論回十五世紀去，將路易士論到法蘭西。

胡蘭成「論張愛玲」卻是胡蘭成本身先論得頭昏腦熱，論得魂不附體。

所以我認為或者還是我這篇「全無心肝」的論文倒還來得合理化，來得冷靜，來得不感情用事。因為至少，我的頭腦是用冰凍杏仁豆腐湯汰過才寫的。

好在：——

論自由我論，人還是他人。

4. 克武〈張愛玲搶劇作者飯碗　金鎖記改編完成〉

《海報》 1944年11月23日，頁4。

張愛玲的傳奇小說，頗受讀者吃香，其中「傾城之戀」一篇，鄭小秋曾擬將其改編為電影劇本而搬上銀幕，一度曾與張接洽過，

結果因她的索價過高，嚇得鄭小秋不敢動手。

　　不久之前，張親自將「傾城之戀」改編為舞台劇本，因舞台劇演出後，有編劇稅■抽，其進賬較改編電影劇本要好上十倍，所以張決意放棄拍電影而從事於舞台劇的編寫。

　　「傾城之戀」編竣後，因張對於舞臺技巧不甚熟悉，乃送交柯靈請其修改，柯乃略加指正後，由「大中劇團」接洽演出該■，目前由朱端鈞擔任導演，定下月初旬在「新光」上演。

　　張既於第一個劇本已有出路，便著手寫她的第二個劇本。決計抄老文章，將自己的傳奇小說略加改編即成，於是她便動手將「金鎖記」一篇小說，改編為舞台劇了。

　　張愛玲在文壇上素稱多產，如果「傾城之戀」的演出能夠獲得成功的話，那麼她在劇壇上也許能經常的寫作，成為多產的劇作家，倒也是目前鬧■劇本荒的上海劇壇的福音哩。

5.　重開〈《傾城之戀》與《北京人》〉

《繁華報》，1944年12月17日，頁4。

　　有人說，藝術家是人類靈魂的工程師，而我老覺得藝術家是人類的愛人——因為他熱愛著這廣大的人群，儘管他對於美好的歌頌著，贊美著，而對於醜惡的，諷刺著，鞭撻著；但他正好像一位慈愛的母親責罰她不肖的孩子一樣，鞭子雖是落在孩子的身上，然而卻痛在她自己的心裏。

　　我讀了曹禺先生的「北京人」，我覺得作者是嘔著血，流著淚在訴說他對人類的愛，在婉惜著這些人類的不肖子孫，最近讀了張愛玲女士的「傾城之戀」，使我有同樣的感覺，雖然「傾城之戀」

的作者是含著笑，輕鬆地，幽默地在敘述一個平淡的故事；但她對人類熱愛的程度是相同的，甚至這兩位作者對人類的愛與憎的看法，都有著相同的出發點。

范柳原對流蘇說：（傾城之戀第二幕）「這月亮，不知道為什麼使我想起地老天荒那一類的話，有一天，我們的文明整個毀完了，什麼都完了——燒完了，炸完了，坍完了，就剩下這空空蕩蕩的海灣，還有海上的月亮，流蘇，如果我們那時再在這月亮底下遇見了，也許你會對我有一點真心，也許我會對你有一點真心」。他又說：「回到大自然啊！至少在樹林子裏我們用不著扭扭捏捏的耍心眼。」

這正和袁任敢說的一樣：（北京人第二幕）這是人類的祖先，這也是人類的希望，那時候的人，要愛就愛，要恨就恨，要哭就哭，要喊就喊，不怕死，也不怕生，他們■年儘著自己的性情，自由地活著，沒有禮教來拘束，沒有文明來綑綁，沒有虛偽，沒有欺詐，沒有陰險，沒有陷害，沒有矛盾，也沒有苦惱，吃生肉，喝鮮血，太陽曬著，風吹著，雨淋著，沒有現在這麼多人吃人的文明，而他們是非常快活的！」

的確，像「鐘早已停了」擺的白家這一群，不都是渺小，自私像「小耗子」一般地在活著嗎？這種人活著，真「是給有用的人糟塌〔蹋〕糧食」，「真是他的（人類的祖先）不肖的子孫」！是「活死人，死活人」！等到「什麼都改變了，天長地久的田地房產，匯豐銀行，美金金磅〔鎊〕，全不可靠了」（傾城之戀第四幕）的時候，這種人就要變成「活人死」了！如果要想真正的活著，只有那敢於肩負著重擔，勇敢地一步一步登上山去吸取生命的泉水的人們！

我愛「北京人」，也愛「傾城之戀」，——因之在這兩部作品裏，都同樣充沛著對人類無上的熱愛之情！

6. 文落〈「流言」一段〉

《社會日報》1944年12月25日，頁2。

因了「流言」的出版，才得重新讀到張愛玲的一篇散文「洋人看京戲及其他」，大概是以一種機鋒與智慧來分析中國舊劇的細微處的。這種功夫如果有人肯大量來做自然也是優美的收穫，而京戲因此而能夠得到一種新的看法，成功一種新的傾向也是未可知的。

這樣的「看法」，雖然未免近於「冷眼」，沒有刺破舊物的最終的熱烈情性，然而總算給了「京朝烈士」們和小市民們一種迥異尋常的滋味。作者說：「外行的意見是可珍貴的」，正因為如此，所以如「洋人看京戲及其他」之類也成為張愛玲的文章的特色之一的罷。

7. 冷凌〈《傾城之戀》觀後感〉

《上海生活》第3期（1944年12月31日），頁3。

一個劇本的優劣，往往是拿劇本的主題與純熟的技巧來決定的。「傾城之戀」在劇情上講還不失為一個好故事，白公館這些形形色色的人物都是很富於戲劇性的。可是好的題材是需要高明的藝匠來雕塑的，否則即使是再好的題材，由於作者的技巧的拙劣，也成就不了偉大的作品。

這也許是作者太拘泥於小說的直敘方式，因此整個戲都在平淡

中過去，沒有利用編劇上應有的技巧，而形成整個戲不夠緊湊，常常發現冷場的缺點。

寫劇本的對話應該與小說不同的，它是比較誇張的，不然性格便會模糊而不明朗。故改編劇本，決不是把小說裁成片斷而已，而是應該重新佈局捏造新的語彙，除掉僅僅的主題故事以外是不可能全盤拷貝的。

張愛玲先生把「傾城之戀」的小說語言原封不動地編成劇本，這是很失策的地方，因此像流蘇柳原這些人物，在舞台上就沒有小說那麼富有生氣。

「傾城之戀」寫得比較成功的還是第一幕，徐太太的進場出場作者都寫得很聰明。不過三太太四太太相親回來，金枝問話似乎顯得死板，一句又一句的問話太缺乏技巧。第二幕流蘇的洗澡睡覺太浪費時間，使觀眾冷場得難受，柳原先打電話來忽而現身，神出鬼沒得不合情理。外國公主這個人物似乎有些多餘，處處顯得討厭。第三幕的姨父也可以省去。第四幕闔家光臨也有些調侃過份，不若改作在柳原與流蘇結婚後再團聚比較妥當。

演員舒適羅蘭為戲所限無甚特殊發揮，倒是端木蘭心和韋偉，都有很好的成就。

8. 蘇少卿〈記：傾城之戀〉

《海報》1945年1月2日，頁3。

許久不看話劇，非不欲看，無餘閒，亦無餘錢也。日劍[前]適逢聖誕節之前夕，又值星期日，周前雲老友以「傾城之戀」座券相贈；卅年老交，不遺腐朽，很像聖誕老人之送禮，情義深長可感；

其意焉能辜責[負]。於是提前吃過晚飯,換了夜行衣,(我有一舊皮大氅,夜間有戒心,不敢穿出,換一呢大衣,禦寒且便步行,此我之夜行衣也。)緩步前往,到了新光戲院,坐第一排優座。其時台上的一幕戲已將閉幕,我由客堂一幕看起,說明書索百元一冊,我想買而有些心疼一〇〇,一遲疑間,賣書女郎已去,吾遂不知其中情節。好在女主角名白流蘇,男的叫范柳原,我早已曉得,其餘的可以不問了。

客堂樓等候汽車,眾人閒議論白小姐的一幕;依我看,眾人出進太雜,這客堂樓的門戶很多,四通八達,路道似乎欠清楚。像畫山水,山路不分明,水脈少源頭。若比下一幕的香港飯店,來龍去脈,清清楚楚。這一幕的佈置紛亂,須待改良。

香港飯店范白談情的兩景,全足以令人滿意。扮白小姐的羅蘭瘦得可憐,是美中不足。演戲的天才極佳,臉上似笑非笑時,尤其好看。聲音語調,都入上品。老天再能增加她腿上的一點肉,就十全十美了。扮男主角的舒適,也漂亮非凡,足與羅蘭旗鼓相當。浴室的裝置,及羅蘭屢次入內,最能引人注目。看到印度公主醉後入室胡鬧後,忽然警報大鳴,這時鬧一笑話:羅蘭又入浴室,旋出一人非羅蘭,似她已借水遁而逃而是一個戲外的男人,手提一黑箱出,初不知何故。此黑箱即發聲云:「現逢緊急警報,停戲十五分鐘再看。」乃麥克風報告也。我想就此打道回府,免得久候成空。聞末幕有男女主角擁吻甚長之豔跡,我為時間已「晚」,「蘋」白蔘紅般很美麗的粉面朱唇緊合著的熱烈鏡頭,固然無福觀賞,且恐當日在座觀眾,皆未能觀此長吻。根本今日男女主角命中注定少此一吻,若欲補吻,則在後台或別處可耳。(以下晚蘋先生)

9. 〈蘇青與張愛玲〉

《繁華報》，1945年3月28日，頁2。

　　蘇青張愛玲兩位先生，近作婦女家庭婚姻各問題之對談，公開其紀錄於某刊物，余因便得一讀之。嚴格說來，只算蘇青之獨白，張愛玲作詞殊欠爽辣，不能像蘇青般痛快。或是娘兒們與小姐們之不同乎？該刊以兩位女作家來現身說法，大概頗有「覺醒癡迷」的效力，不怕我佛動氣，倘亦所謂生意眼乎？生意人人會做，余今寫上一段者，不過想代繁華報拉些生意，決無「普渡眾生」之野心，一笑。此稿依理應請編者提前發表，余不為之者，終究這種生意，上海人打話「弗是生意經」，不必巴結過甚耳。

　　余是一張男性的「過期票子」，決不敢以「前進」「意識」「革命」「奮鬥」諸詞為「法寶」，否則說話必不甚好聽，有些像批評家寫論文，太大驚小怪矣。如今不過和讀者隨便談談，叨女作家的光，寫上幾百個字。但亦決不敢輕薄，不當無故對人不敬也。

　　蘇先生似是寧波人？余頗見過幾位寧波嫂嫂，覺彼等談話，與蘇先生在「對談」中之口吻相像，也是那麼「柴爽氣啦」。張先生似是號稱有貴族血液（其實此四字罵苦了張先生）者？果然說話頗知進出，是那麼地「捫之無稜」。

　　不管兩位先生個性如何閱歷如何，其有共通之一點，即大家處處不忘記自己是個女人，而又的確代表了上海一般婦女的心理，（其實不過是余個人私見而已）並未作好高務[騖]遠的高調。其有使男性不能不赧然有愧者，（其實又是余個人私見）則兩位先生同時承認了男性的神聖，有所謂「被屈抑的快活」。惟蘇先生所舉欲

仙欲死之例，不免使「排骨男性」「兩腿刮刮抖」：蘇先生總是那麼本色。聖人云：食色性也；則蘇先生之言不背聖人之道，不過說得爽快而已，爽快是美德，「一出場咬著巾角斜眼」，小旦腔耳。

　　讀全篇對話紀錄，字裏行間，有一顆「傷心」躍躍而動。此一顆心的主人，蘇青也。真像有無窮怨氣，要噴射而出。感情衝動似太烈，說話不免偏激，神經過敏諸男性，或許要疑惑自己「也是一個混蛋」。實在蘇先生滿腹牢騷，有一瀉千里之勢，怪不得張先生不能（或不肯更或不便）與之旗鼓相當地來一個棋逢敵手的演出矣。（演出兩字，勉強通得過去，蓋二人作對談，有人導演也。）三月十七日。

10.〈讀者之聲──關於張愛玲等〉

《現代週報》第3卷第8期（1945年3月31日），頁36。

編輯先生：

　　我是一個剛進高中的女孩子，對於一切的事都不太懂。今天突然的寫信給你，也許有些不當；不過請你原諒我的真誠，信也許寫得不好，也別字和不當的地方，也請先生們指正。

　　今天到學校裏去的時候，在報攤上看到貴刊的封面上，刊有「張愛玲及其他」的標題，同學芬以為是介紹張愛玲私生活的文字，所以居然破鈔買了一冊，與我二人在電車上爭先披閱。結果使芬大失所望，可是我卻高興極了。為什麼，讓我慢慢的道來。

　　我們學校中高中部有三百多個女孩子，其中有百分之八十是愛讀張愛玲，蘇青等的文章的。這個原因，並不是因為他[她]們的文章寫得好，或者是技術高明，看了可以增進我們寫作的技能的緣

故；實在的說來，我在初中二三年級的時候，我早就能寫比他[她]們更流利的文章了。可是我們的同學為什麼愛讀他[她]們的東西呢？很簡單的，因為他[她]們敢大胆的描寫一切我們女孩子所要知道，所想知道的「性」的知識；雖然說，關於「性」的技能方面，知識方面，也有牠[它]專門的專著，可是我們不能在學校中，教室中，乃至於同學面前公開的看，但是張愛玲，蘇青，尤其是蘇青的著作卻是公開的可以在教室中看，就是給先生發覺了，也沒有什麼關係。我老實的告訴你，我們女孩子的所以喜歡看他[她]們的著作，是把他[她]們來代表「性」的著作的；從他[她]們的著作中，我們學會了不少門檻，也從他[她]們的著作中，我們知道女子是應該以出嫁為職業的。我們更知道，我們不能在高中畢業之後再進大學，因為大學畢業的女生是沒有人要的。

先生，我們在這時代是夠苦悶的，這種苦悶不能發洩的時候，就自然而然的轉到「性」的方面去了，可是人都是怕羞恥的，誰能像張愛玲，蘇青那般公開的說呢？有了張愛玲，蘇青使我們的苦悶得了一個啟示，也因此使我們同學間增多了不少患有不可告人的暗疾的。先生，張愛玲，蘇青的書所以能風靡一時的，也是這道理。我想，做女人而做到張愛玲，蘇青是可以死而無憾了；因為他[她]們在無形中已把數千數萬的女子帶到墮落的沉[深]淵中去了。販賣人口，誘良為娼是有形的，他們的技術不高明，所以他們受法律的制裁，輿論的責罵。可是張愛玲和蘇青，他[她]們是知識階級，能寫文章，能把照片印了送人，所以他[她]們受人歡迎，受人捧場。先生，你說對不對，我真為一批因為誘良為娼而吃官司的人叫寃。為什麼目的相同，不過方法有些相■而所得的待遇就有天壤之別呢？社會真的是盲目的嗎？先生，請你告訴我。

在這一個遍地色情的上海，張愛玲和蘇青之存在自然是有他[她]的必然的；不過我真想不到中國的青年男女，真的這樣自甘墮落嗎？真的自暴自棄嗎？國家事雖然不要我們現在來管，但將來總得我們來問的。我是一個女孩子，但是我就不想拿出嫁作職業，我更想不到大學畢業以後會嫁不了人的。在我看來，嫁不嫁人都不成問題，充實自己到[倒]是第一。張愛玲和蘇青他[她]們也許沒有想到，在中國的女孩子之中，他[她]們心目中還有國家和民族存在的吧！他[她]們只知道戀愛至上，肉體第一；但是他[她]們有沒有看到遍地烽火，大多數的人都不能聊生呢！先生，在這情形下誰能有他[她]們這樣的餘暇來研究性的知識。先生，我們年紀還輕，所以我們的思想也容易受他[她]們的欺騙。這個你想危險不危險——很不好意思的，我們同學之間都想學蘇青一樣，在現在和男人們發生一下「關係」。先生，你想，對於這批可憐的，已經中了毒的孩子要怎樣來救濟來挽回？中國是一個以人倫道德為重的國家，可是到今日，張愛玲蘇青他[她]們目中還有什麼「道德」呢？「人之所以異於禽獸者幾希」，在於制慾而已，可是現在的文化界卻偏要領我到做禽獸的路上去，先生，你看要怎麼辦？先生，上海的輿論真的都死了嗎，為什麼除了這篇文章以後，就沒有一篇批評他[她]們的。可是先生，你還得指示我們的去路才是■祝你們好

一個女學生上

11. 子曰〈張愛玲之貴族身世〉

《東方日報》1945年4月12日，頁2。

張愛玲女士以女作家而聞名海上，為近年來文壇走紅之一人。

記得不久以前，各報爭刊張之貴族血液文字；而對張之「貴族身世」，則鮮有提及，按愛玲為前有利銀行買辦張廷重之女，廷重為孫慕韓（寶琦）之乘龍快婿，與盛老四（澤承）同為「孫門駙馬」，愛玲為慕老之外孫女也。

　　最近愛玲創一時裝公司，此時裝公司與其他時裝公司所不同者，為代客選擇顏色，代客選擇衣料，代客選擇式樣，等於上菜館吃和菜，客人化錢，菜館配菜，不過她以最新的一切，及與來人身材年齡配合為原則，是故不但生面別開，愛好新噱頭的上海人，也許「吃」她這一「弓」，何況她又擁有大量的讀者，說不定讀者中的一部份，就是顧客呢？

12. 商朱〈看女作家〉

《光化日報》1945年7月10日，頁2。

　　我和我的朋友有一天騎著腳踏車在街上玩，老遠我看見一個窈窕的背影。我說那一定是張愛玲。我的朋友向來是張愛玲的喜愛者（我指文章），他很好奇，因此主張追上去看，他看見的是一個平凡的女子，只不過臉上多一副眼鏡，他變得很失望，「因為」，他說，「我想看她是怎樣的奇裝異服。」而事實那天不過穿了一件普通的旗袍。

　　我以為普通讀者仰慕一位作家的心理也是這樣的。真實與幻想之間有一段頗不短的距離。美的無限的境界便是在想像。張愛玲的散文美於她的小說，初期的小說又美於她近期的。有許多讀者被她的作品所魅惑，以為她必是一個美人，至少和她作品中的人物一般美。少數人把她想成一個怪腔的女人，這也是他們在讀她的作品時

所有感覺所產生的，因為她的文字的美，便美在怪腔。這怪腔更流散在她的奇裝異服的設計上。用正當的美的標準來講，她是第一流的散文作者，次流的小說家，她的服裝式樣設計卻尚未入流。美的無限是在想像中的，它可以用文筆和畫筆表現，卻不能用服裝的形式，因為那是另一種藝術，所以張愛玲不如把這工作留給專家（如紅幫裁縫）做。

13.〈張愛玲寫信給胡蘭成說「願為使君第三妾！」〉

《精華》第1卷第11期（1945年11月9日），頁2。

　　當群醜們高唱「和運」時，胡蘭成也曾在政治舞台上活躍一時，但是手段不高明，遭人傾軋，於是改行做「政論家」，成了失意「政客」，居然也大出風頭。

　　胡蘭成之成名，得力於張愛玲不少，他的「和平理論」是沒人讀的，至於「評中國之命運」那一類文章，更教人看了生氣，他雖然會投機，可是他的立場根本錯誤。祇是那一篇「論張愛玲」，好似很有人注意，並不是文章好，實在是捧得肉麻。

　　袁殊魯風吳江楓這一群無恥文人將張愛玲捧上三十三天後，不知怎樣一來，竟垂青於胡蘭成了。兩人熱戀的程度，非外人可能明悉，胡蘭成已有二個老婆，可是張愛玲卻寫信給他說「願為使君第三妾！」

　　胡蘭成與張愛玲談戀愛，他的小老婆應瑛娣大吃其酸，應瑛娣原是一個嚮導女，便將張愛玲也當作婊子看待，時時刻刻想捉姦。

　　有一天，胡蘭成回來告訴應瑛娣，明天要上南京去，大概有好

幾天耽擱。次日，應瑛娣到兆豐公園去散心，忽見上南京去的丈夫正和張愛玲並坐，很親熱地談話，這下子，可被她捉住了，便跑上前去，不問三七廿一，舉手向張愛玲要打耳光，所幸胡蘭成眼快，連忙站起來，一記耳光打中在他的臉上。

14. 章緒〈附逆未遂之女作家 —— 張愛玲琵琶別抱〉

《大觀園週報》 1946年第10期（1946年2月22日），頁7。

　　張愛玲之「看中」胡蘭成，原是胡的「捧功」所致，但他兩人最初的相識，還有一段故事的，愛玲出道係某公的刊物上連登數篇小說，又發動各報及雜誌加以粉飾批評，漸引起讀者注意，尤為胡蘭成注意，會陶亢德正欲胡蘭成為其撐腰而攫得「太平書局」之老板背影，遂毛遂自荐，甘為「拉馬」，約會於飛達咖啡室，其中亦有柳雨生參加。

　　在先前袁殊亦曾用「雜誌」之「大稿費」欲發動愛玲之心，殊知愛玲既愛鈔亦愛人好，蘭成與袁殊，言鈔則袁多於胡，言人則胡高於袁，且張不齒袁之官僚氣色，喜胡尚具書生本色，因此一拍即合，而胡則大賣氣力寫〈張愛玲論〉而轟動當時「文場」，表示愛玲己[已]成「胡記」。

　　自此以後，往返甚密，有一時期張胡皆輟筆，蓋正戀愛白熱化耳，一天胡蘭成佯言將赴南京公幹，須三四日方返滬，由其妻（亦非正式者）伴送上火車，午後其妻往遊兆豐公園，陡見池塘岸柳之下，乃夫與一女郎相偎而坐，情語喁喁，當時醋性大發，疾趨上前給該女郎兩記耳光，蘭成窘狀莫名，該女郎亦即張愛玲也。一場醋

打，鬧得遊人大大驚笑不已。

愛玲經此侮辱，決心與胡婦以報復，歲月易逝，不上半年，遂有胡蘭成夫婦脫離關係之啟事刊登各報，而胡張戀愛成功之消息亦傳遍文化圈中。

勝利後，胡逆潛匿，而張則改絃更張，琵琶別抱，正埋頭寫作，以求新的如意郎君，實一附逆未遂之女「作家」。

15. 友蘭〈張愛玲失蹤〉

《海光》1946年第14期（1946年3月6日），頁2。

女作家張愛玲，文筆極清麗。惜交友不慎，玷及清譽。故於勝利以後，渠即自漸不遑，未便更以作品問世，迨至近時，有人就其寓所，數往訪候，輒不見影蹤。再三詢之女僕，但言其早於月前悄然遠引，亦不知何往。由是「張愛玲失蹤」一說，遂爾傳遍眾口矣！

16. 呵呵〈胡蘭成生死未卜　張愛玲行踪之謎〉

《海晶》1946年第4期（1946年3月14日），頁5。

漢口捉漢奸很利害，獨有胡蘭成漏了網。一說他在天津被捕，又聞胡已投奔中共，躲在「解放區」。到底怎樣，還是不清楚。不過急壞了他在上海的愛人張愛玲，對胡的生死存亡，甚為憂疑。有人問她胡的消息，終是回答不知道。

最近常常有人慕名到張的公館去尋她，終是被一位蘇州娘姨，擋駕，上個月說：「妮小姐勤拉醫院裏響生病。」這個月

說：「妮小姐到鄉下去哉！」張愛玲行蹤也像胡蘭成那樣神秘起來了。

17. 路人〈張愛玲買橘子〉

《海濤》1946年第4期（1946年3月17日），頁2。

　　張愛玲雖然為了交上胡蘭成，弄得人人為了[之]側目，可是在作品上說，她究竟本是個有希望有修養的寫作者，祇是太好名太好利了。在她最紅的時候，算是到處撒[撒]嬌，稿費要多，版稅要重，尤其是上演她「傾城之戀」的時候，更加自信得不得了，其他女作家都不在她目中的。她的人外表上看起來雖然貴族而不大說話，其實出風頭的心，比任何人都要強，祇要看她穿的那些衣服就知道，在旗袍上，也許穿上一件清朝式滾花邊的棉背心或襖子，據她的「時裝設計」上說便是新古典主義，其實他[她]的作品也是如此，在西洋技巧上，來加上一套中國古色的羅曼蒂克的外衣，但實質上是浮華的新異感覺，但她敢穿出來自然是膽量，所以有人說她心裏有點變態，正和她愛胡蘭成一樣，但她的新異，卻至今使人轟動一時，勝利後，有人說她和胡逃了，有人說她仍在靜安寺某處居住，其實她沒有離開上海，依然在赫德路上一家公寓中和她姑姑住著，上星期，她一個兒在靜安寺路電車站邊賣[買]了一紙袋福橘，她已不穿那奇裝，可是仍穿著一件藍布旗袍，穿上花緞鄞[鞋]。

18. 木梁兒〈張愛玲從此孤枕獨眠〉

《風光》1946年第2期（1946年3月18日），頁9。

　　在淪陷期中，上海產生了好幾個所謂「女作家」，她們唯一的作風，就是以色情來作號召，所以寫得越猥褻，越出風頭，有幾個連她們的床第[笫]私事，也形之於筆墨，所謂「大膽作風」，便是她們的傑作。因此，像蘇青，張愛玲等輩，居然「芳」名傳播一時。而張愛玲的大作，竟然以「第一流」「紅牌」頭銜，擠進了當時的「偽文壇」。

　　勝利以後，這些過去的「女作家」，當然是被陶[淘]汰了，那種大作，自也退藏於密。「女作家」張愛玲的大名，也被一些人遺忘。其實她豪華生活，根本不靠幾個稿費和版稅。反之，有無是絕無問題的。那時她的外子胡蘭成，淪陷時期在上海灘上，當了一名偽官，還算兜得轉，勝利之後，躲躲閃閃，生活照樣過得尚稱舒服。但最近忽傳有「落網」消息。這消息假使是實情，那倒不是胡蘭成的不幸，因為他罪有應得，可憐的倒是張愛玲，當落得影隻形單，孤枕獨眠了。在這個環境中，或者她又有文章好寫，阿彌陀佛。

19. 廣成〈張愛玲怪模怪樣穿怪裝〉

《香海畫報》1946年第1期（1946年3月18日），頁5。

　　上海女人的服裝，近來突然復古，廢止旗袍，上面一件花花綠綠的棉襖，下面來一條男裝西裝袴，實行中西合璧，今古交流。

這種裝束的始作俑者是誰，上海人數典忘祖，知道的不多，說起來，這人也是鼎鼎大名的，是勝利前紅極一時的作家張愛玲。當時張舉行什麼招待晚會，就是穿了這種服裝出席的。

張愛玲舉止和脾氣，陰陽怪氣，穿出來的衣裳也怪模怪樣，她還計劃開一爿成衣店，想同「綠屋夫人」別苗頭，在當時的雜誌上發表「炎櫻衣譜」，以作宣傳，不料日本人投降，一切都成為泡影。

張愛玲衣店雖開不成功，但中西合璧的棉襖長褲裝束的怪裝束，卻風行起來了，可惜當時不曾註冊專利，否則到[倒]是一筆好生意。

20. 鳳三〈張愛玲刻意求工〉

《星光》創刊號（1946年3月20日），頁7。
（以下排版錯誤乃依據原文）

據說托爾斯泰的原稿更易七次，可知這文學巨匠對於著作的認真，而馳譽於東方的那位小泉八雲，也將原稿修改了好幾遍纔予發表，大抵藝術品形成，決將毛坯細心加以彫琢，但，這些大作家所彫琢的都以內容為主，這裏我想到一位家在形式上大事專彫琢的張愛玲，上海人對於活躍在過去淪陷時的作家大概久違了，

許多人嚮往於她字句的美麗，美麗是事實，當然費盡得思考，再此斥[斧]鑿的痕跡處處可見，這是藝術未臻十分圓熟的徵象。不僅寫文章是如此彫琢著，說話也一樣。有一次蘇青找她去撩[聊]天「一連串向她提出了三個問題」末一個較主要「她一個沒有答覆，蘇青卻亟於一催著末一個問題的答覆，張愛玲仍是遲緩的說：「我

還在思考怎樣答覆你一個問題呢！

張愛玲就是一那未刻意求工的人，別說文章與談話，看她打扮就知道，果然燦爛得像朵花，然而是上海「畫錦里」一帶宮粉店裏所售的絹製假花。

21. 周太太〈張愛玲開壽衣店〉

《黑白》1946年第2期（1946年3月24日），頁4。

在勝利之前風頭十足的女作家張愛玲，此婆怪氣十足，文章裏南國的華貴氣味濃厚，最近極少寫作，或許是寫了不發表，最近傳說她已在電台上唱申曲，是開玩笑呢？是真有其事，怪人怪事，未當面見其演身說法者，這話難[以]易斷定。

此婆平時穿的服裝，總是怪裏怪氣，中西壁合，前一個時期她曾計劃開設一爿時裝店，自勝利後，和她的文章一樣的無聲無臭了，有人計劃倘若張愛玲能夠開設一爿死人用的壽衣店，她的設計一定受摩登死人熱烈歡迎的。

22. 愛讀〈張愛玲做吉普女郎〉

《海派》1946年第1期（1946年3月30日），頁5。

自從勝利以後，張愛玲埋姓穩[隱]名的，沒有到公開的場合出現過，文章也不寫了。在馬路上走，奇裝怪服也不穿了，一直蟄居在赫德路公寓的高樓之上。不大到外面招搖。

有人談說她在趕寫長篇小說，「描金鳳」，這倒頗有可能。只是寫了之後，又拿到什麼地方去發表呢？正統派文壇恐怕有偏見，

不見得會要她的作品，而海派刊物，她也許不屑。

　　張愛玲過去雖揚言賣文為生，其實她的家境很好，不然與她姑姑兩人，無論如何住不起高等華人才住的公寓的。前些時日，有人看見張愛玲濃■豔抹，坐在吉普車上。也有人看見她挽住一個美國軍官，在大光明看電影。不知真相的人，■定以為她也做吉普女郎了，其實，像她那麼英文流利的人有一二個美國軍官做朋友有什麼希奇呢？

　　至於她英文究竟如何流利，只要去問一個漫畫家就知道了，這位漫畫家當初代表漫畫匠工會公宴張愛玲去邀請，而碰一鼻子灰狼狽而歸的。碰的釘子是：張愛玲用流利的英語回答他：「我不是出堂差的」。

23. 馬川〈張愛玲徵婚〉

《上海灘》1946年第1期（1946年4月1日），頁2。

（以下排版錯誤乃依據原文）

　　張愛玲自從與胡蘭成分離後，一個人孤伶伶似的坐在閨中，好不寂寞人也，於是閒來寫寫小說，寫的啥，乃長篇「描金鳳」，她表示我張愛玲不是起碼腳色，照樣我的書有銷路。

　　同時在某電台播送申曲，這並不是奇聞，因為張愛玲對於申曲頗感興趣。

　　所以有某刊物傳說她「失蹤」了，這完全是「無稽之談」。

　　而胡蘭成已經被拘禁張愛玲則只好再嫁了，雖然她愛打扮，尤其愛著奇裝異服，可是一隻面孔文藝氣息太濃厚了，誰也沒有追求胃口，於是乎宣告擱淺法[去]了，當然在這春天張愛玲，苦悶得要

死，因之沒有辦「之餘，張愛玲想到香港去寫上海無留戀的必要。不過，描金鳳」是完成了，她又。了一個短篇，名「徵婚」那大約是寫出她的性的苦悶

現在桑弧編了本「大眾」，那便是將起用張愛玲稿子。（馬川）

24. 風聞〈張愛玲‧欣賞名勝　解決小便〉

《香海畫報》1946年第3期（1946年4月1日），頁27。

蘇青提到她的同行張愛玲的小便問題。蘇青說：她自己最怕多走路，路走多了，屎也就急了，可是張愛玲碰到多走路，尿就急了。張愛玲對蘇青說：「我最不歡喜出門旅行，除非萬不得已，我總不出遠門的。假如出門的話，到了某一個地方，別人在那裏趕著欣賞名勝，我卻忙著先找可以解決小便的處所，因此別人問我看見了什麼，我並不知道。我那裏有心去看風景呢，假若找不著地方小便……」

25. 阿拉記者〈張愛玲鬧雙包案〉

《星光》1946年第4期（1946年4月9日），頁9。
（以下排版錯誤乃依據原文）

「十八世紀摩登狗兒」新文藝「巨子」「胡門張氏」張愛玲，據說因在「大東亞戰爭」時期為「文壇」宣勞過度心力憔悴故好久的沒有看到她的「傑作」發表了。最近有人看見她在為國家代盡地主之誼，不惜降低堂堂「貴族血液」身份做吉普女郎招待外賓，也有人說她是仍舊在埋頭寫作，和平後之處女作：「描金鳳」

不日行將問世，更有人說她也祕密離滬了。眾言紛紛，可說其[莫]終一是。明[某]天意外地自一電台業同行口中又聽到張愛玲的「豔息」，據他說張愛玲現在竟已與筱月珍許雅琴做同行，拋開筆桿唱起申曲來了，為了這事實似乎太不可信，於是在卅一日下午黃昏便到北京路之金城電台去訪問了一次改行唱申曲的張愛玲，（因為張愛玲是日八時至十時有播唱節目）走到那兒，有一位招待先生便出來招待，承他的情又陪我到播音處於作了一次觀光，那時候的節目湊巧是我欲拜訪的張愛玲的申曲，招待先生把我引進播音處，便指著一個正在麥克風前大唱「庵堂相會」的蟹型」女人說：「這位便是申曲女健將張愛玲小姐」，一看之下，不覺■暗叫奇，這那兒■張愛玲，簡直是張愛玲的好婆呢，至此張愛玲唱申曲之謎始告打破。張愛玲想不到與陳雲裳閃電一般正也會鬧出雙包案來了！

鬧雙包案原是「名人」們的必有之事不過歌場與舞場人物居多，你可在舞女歌女中發現很多陳燕，陳云裳之流，奇怪的是申曲界中人竟也會傚效文人的名字。

26.一廉〈張愛玲遣嫁有期〉

《海風》1946年第22期（1946年4月13日），頁2。

在敵偽時代有「文壇女縱橫」一句術話，原是指的蘇青與張愛玲，蓋當時張蘇兩女，頗能叫座。如戰國時蘇秦張儀也。然而各有撐腰文人在後，蘇青是陶亢德與柳雨生。張愛玲則有與袁殊與胡蘭成。四男兩女，皆有密切關係，於是在袁殊的「什誌」上，有張愛玲論，在柳雨生的「風雨談」上，有蘇青論。捧得蘇張兩位女士渾渾淘淘的，以致蘇青自己宣佈：「曾經與陶柳三人同一床。」張愛玲

則硬要做胡蘭成「小之又小」而未得。勝利以後，蘇張匿跡銷聲，都怕去嘗鐵窗風味，日子久了，仍安坐自己家中，似乎不大要緊，所以她們靜極思動，又活躍起來。蘇青已經主編了「山海經」是旬刊，不是週刊。張愛玲亦將以主辦「人鬼談」出現於海派週報之群，這還不算，就是她的姑姑以「張愛玲不能不結婚了」，在親友中物色了一位如意郎君江某，經介紹他們相識之後，恰與「傾城之戀」的男主角相同，他是喜歡這個典型男人的「小姐」，所以一拍即合，大致在全國民眾弔屈大夫的日期，便是他們江張兩府在紅運樓上舉行嘉禮之日。

　　江某何如人？讀者且看下期的報道。

27. 良廷〈張愛玲「安定登」〉

《是非》1946年第4期（1946年4月18日），頁9。

　　自詡血管裡流著「貴族血液」的張愛玲，本來沒有什麼大罪，就因為和倚老賣老的「狗屁政論家」胡蘭成「攪七念[捻]三」，於是「文化漢奸」的大帽子也加在張愛玲頭上了，女孩子總是貪慕虛榮，她自己沒有細加考慮，跟著捧的人跑，只得怪自己不好。本來張愛玲已經打好如意算盤，預備和胡蘭成結合，勝利砲驚醒了她的幻夢，只好在赫德路Edington公寓，大寫其小說。她所住公寓F[E]dington諧音「安定登」，怪不得，她安定地登下去。

　　每天黃昏，在靜安寺一帶還可以看見她穿著短未及膝的一九五〇年式的旗袍，平跟軟底漆皮鞋，白紗襪，怪模素的，悠然自得的在散著步，有一次，她還在報攤上找「題材」。

28. 漢公〈張愛玲相戀貴公子〉

《海晶》1946年第9期（1946年4月18日），頁8。

有貴族血統的張愛玲，現在是墜入苦悶的深淵，因為胡蘭成已悄悄溜往陝北，讓她孤另另地丟在上海，而她的稿子又無出路，寫得雖多，雖好，也只有給自己欣賞。

因此她是寂寞悒鬱的，在淒清中排遣悠長的歲月，然而最近卻不然，她的住所突然鬧熱起來了，原來有一位貴公子自重慶飛來，說起來他們是親戚，只是疏遠已八年多了，這次因久慕她的大名特來拜訪，而張愛玲獨守空閨，有佳賓來臨，自然是受寵若驚，一個深情，一個意深，倆人自然熱絡起來。

據說這位貴公子年方二五，風度翻翩[翩翩]，為某要人獨子，曾在外洋鍍金，現有新使命赴港，途過上海，這幾天他們倆白天在外面逛，晚間則在赫德路寓所玩得很起勁，至夜深，才由張愛玲伴送這位公子返旅舍，這樣形影不離的樣子，在局外人看來，大有結合的可能。

這位公子日內即將離滬，故連日在四大公司購物甚為忙碌，而張愛玲現正整理其已完成之創作，交某出版公司印行，說不定也將與貴公子偕行。

29. 鐵郎〈張愛玲千里尋情人〉

《海濤》1946年第9期（1946年4月20日），頁10。

胡蘭成在和平之前是一塊紅牌子的政論家，鋒頭特健，勝利

後，突告失蹤，音信杳然，有些人說他生死不明，其實他並沒有死也沒有落網，勝利的炮聲一響，他便一溜煙的溜出了上海，奔赴至蘇北，加入了中共。

胡蘭成在上海時，就與張愛玲打得火熱卿卿我我，早超過普通友誼以上，如今胡蘭成遠走高飛，留下張愛玲依照[舊]住在上海未免感到有些寂寞吧！據說她已下了決心，在短期內，將赴蘇北尋胡蘭成去了！

女人大多是多情的。

30. 無心〈張愛玲衣譜〉

《海濤》1946年第10期（1946年4月27日），頁5。

某週刊又傳張愛玲喜訊近，言之確實，對方據說是江某云云。這次好事成，張公館裏一箱一箱描金廣漆的皮箱嫁妝，內中滿裝了一襲襲奇裝怪服。新婚前夜，婆太太拾了一串白銅鑰匙，開出箱籠點嫁妝，噴出一陣樟木香，無心人在旁邊偷覷一二如下：

（一）燈罩式的春大衣。短大衣，五色方格花呢料子，齊肚皮鼓以竹圈，圓兜兜像大肚子，底下一排七色瓔珞流蘇。遠望如圓椎式的新穎燈罩。

（二）皮球形的春大衣。翠綠長大衣，肚皮底下鼓以竹圈，齊腳踝又收緊，七寸金蓮凌波微步，則如水晶球似一幌一幌，三輪車夫見之叱曰：「三點。」

（三）前紅後綠旗袍。前面大紅，後面藍綠。紅面子上釘二檔綠扭扳，直腳扭，比普通的粗大。

（四）闊滾棉鞋。一雙棉鞋，一隻紅，一隻藍。紅的藍緞闊鑲

邊，藍的紅緞鑲邊。

（五）孔雀西服。花綢料子，西洋款式，長袖短裙，立起時如
孔雀屏，光彩奪目。

31. 定一〈張愛玲結婚禮服設計〉

《海星》1946年第12期（1946年5月7日），頁9。

女作家張愛玲，據說快要做新嫁娘了，新郎官是一個也有貴族
血液的蔣某，他們倆在開快車原則之下，婚事進行得十分順利。有
人替她設計，結婚禮堂最好黃浦江裏的美國兵艦上，假使能夠得到盟
軍將領的許可，比李阿毛女兒以前在水上飯店結婚，要彈硬得多了。

還有，張愛玲是一向以豔妝異服馳名文壇的，所以這一次她結
婚時穿的禮服，也得動一些腦筋，筆者供獻一點意見，張女士大可
穿南洋地方的紗籠，戴蒙古地方的草帽，披美國式的兜紗，著日本
式的木屐，再佩一把湯姆生手鎗，保險可以轟動上海，替結婚時新
娘禮服，另闢一個新的「反興」了。

32. 傑克・劉〈煩交張愛玲女士〉

《上海灘》1946年第5期（1946年5月14日），頁6-7。

愛玲姊姊：

請原諒我，肉麻的稱呼你，實在的，我似乎做了許多夢，為
了你。

你的溫馨的臉蛋，你的秀麗的髮絲，你的纖手，你的纖腿，沒
有一部份不美，是詩的結晶。

可是文章是更美的，你所寫的分析男人的文章，是多麼偏重於心理的研究，而你美妙的散文，好像一個吃醉了酒的少婦，是多麼的世界末底，我也好像吃醉了酒，同時，我妄想到你的櫻嘴，那麼智慧和美麗，我的嘴唇，也莫想湊上你。

你有空嗎？我想效學人約黃昏後，請到茅長順來吃老酒，你是怪爽氣的，來，我們一同研究文藝之後，法倫斯通宵如何？

（你的小說迷）傑克・劉

（寫于風和日暖時）

33. 春長在〈張愛玲化名寫稿〉

《香雪海畫報》 1946年第1期（1946年6月26日），頁8。

善於心理描寫，在中國也有一部份讀者的張愛玲，自從勝利以後，便擱下中國筆，打開打字機，從事英語著述，準備像林語堂那樣換取大大的美國金洋錢。但據消息傳來稱：張愛玲近忽化個叫「世民」的筆名，寫了許多小品，交最近出版的「今報」的「女人圈」發表。她的第一篇東西叫「不變的腿」，是一篇頌揚女性大腿美的讚美詩，寫來清[輕]鬆有味，引證亦多。據該報「女人圈」的編者蘇紅說：「張愛玲還有十幾篇題材寫給我，並要求我，每一篇替她都換上一個新的筆名呢。」

34. 白色記者〈看見張愛玲〉

《海濤》 1946年第20期（1946年7月18日），頁5。

太陽晒得兇，張愛玲給晒得額汗淥淥，拿著手絹，輕輕地拭

著，撐起小油紙傘，抬著頭，看傘上花紋。

記者乘她不備，欣賞一下她的裝飾。

還樸素，紫醬色印花綢旗袍，失去光彩的大皮包，還有平跟軟底鞋。

立在報攤旁，任意地翻閱，找題材吧！

翻了五分鐘，沒買，報販厭恨地看她一眼。有沒有想到她是當代女作家？

電車來了，她已經等二十分鐘了哩。

弱不禁風的桂花身體竟也擠得上電車。

大家擠，擠得痛就呼娘喊爺；她卻始終緘默！

從成都路到靜安寺終站，她始終沒開口，買票時，是默默無聲地遞給鈔票，再默默地接回票子。

想些什麼？

為什麼，儘向藍天望著，看浮雲？想過去麼？

35. 琳丁丁〈張愛玲浪漫有法國風味　她的母親嫁過法國人〉

《海晶》1946年第22期（1946年7月28日），頁10。

自命貴族血液的張愛玲大作家，現在已落魄了！

貴族血液的來源只是她的祖父是李鴻章的女婿而已，這件事在「孽海花」，及她自己的大作「傳奇」中都有詳細的記載。

現在是「民主時代」了，談不上什麼貴族不貴族，那些靠「先天遺傳」的噱頭當然賣不出錢！好久沒有聽見她的消息，想當年在萬象中寫「連環套」時提高稿費的魄力而今何在？

就是她喜歡打扮奇奇怪怪，也就是■算出風頭主意，現在不料竟成了落水狗！

她■浪漫有些法國風味，這是一件有原因的事。

原來她的母親在多年前早改嫁給了一個法國人，那些浪漫作風也許是受了那位法國晚爺的影響吧！娘兒倆反正是一派作風！

可是她還■怕醜，並且愛挑他人的醜事，他[她]在敵偽時期的作品，無不有因，如「傾城之戀」是寫她的一個表姐，其他把自己的姐姐親友全拉進去連自己的父親也罵在內。

她本來被她的父親趕出來，■情因為她的改嫁母親回國來了她■探望母親。這裏的晚娘問她■■兒去，竟一言不合拔拳動手，結果，逐■家門！

衣服相當奇怪；「照會」，兩只[隻]眼睛向下吊，一張巨口，醜！家醜，自己醜，真醜！

36. 蠮螉〈跟在張愛玲後面〉

《香雪海》1946年第1期（1946年7月31日），頁5。

式樣挺新穎的紫醬印花綢旗袍，裹住一個沒曲線美的身軀；跣著纖白的六寸圓趺，穿奶黃色軟底平跟鞋，在挾著褪色的大皮包，俏立在報攤上，東翻翻，西翻翻，不是張愛玲嗎？

結果沒有買，報販對她死瞪著眼，有沒有想到她就是煊赫一時的女作家。

張愛玲有些惆悵，佇立在「多多福」門口，看裏面蒼蠅叮蛋糕；皺皺眉，默然地走了。

驕陽肆著威，跑馬廳的大鐘，已經指著四點了；電車還沒來。

她等了二十分鐘了呢。

　　撐起小油紙傘，是一物二用吧；剛才帶出來是防雨的。

　　電車來了，人多擠。

　　你別瞧她風也吹得到[倒]似的掛骨一塊，擠得過人呢。

　　別人誰知道她是女作家；不管，一樣擠，她的腰可給人截了一下，沒皺眉。

　　默默的從皮包裏掏出一百二十元給賣票，默默的接著票子，誰知道這纖纖玉手是寫過多多少少美麗的柔情的文學呢。

　　她的一張十元破鈔票掉在月台上，她沒嚮[響]，皺著眉對它看了五六眼，雖然小數目，可是心痛呢；窺個空，彎下腰，拾起來了。

　　人擠人，誰多自言自語地讓著，她可沒嚮[響]，多靜。

　　深度近視眼裏的遲鈍眼光，不時注視著藍天，幾呆[朵]靉靉白雲在漂游著；她是在想自己吧：

　　電車裏的乘客少了一些了，她尋著一隻挺合理想的座位，低著頭默默地在思索。

　　座旁，一個西裝青年在讀她著的書——「傳奇」，她憂鬱地釘[盯]一眼，苦笑，再望著藍天。

　　終站了，賣票叫魂似地喊著「到了，大家下去！」

　　她憂鬱地下了車，默默地數著自己銷[瑣]碎的步伐。

37. 赫金〈張愛玲的繡花鞋〉

《國際新聞畫報》1946年第50期（1946年8月4日），頁10。

　　張愛玲女士，我們丟開其他不談，寫作小說的技巧，可以說是

近代女作家中佼佼者，描寫之細膩，手法之老練，胡蘭成說她得力於紅樓夢和金瓶梅，我們也覺得張小姐的作品，和這兩部中國小說傑作，有相似的地方

此外，張小姐的作品，充滿著一種憂抑感，使人看了，像有一種傷感的氣氛，包圍著整個的心，尤其是描寫敗落鄉紳人家的那種情景，可稱好到極點。

張小姐是愛戀東方古典味的服裝，她最愛穿繡花鞋，穿了更顯得她的美，據她自己說，她的腳，從小穿「緊襪套」所以，足趾尖尖的，穿了繡花鞋再好看也沒有了像我姊姊足，一向愛穿高跟皮鞋，把腳大得像羅宋姑娘了。

38. 上官燕〈貴族血液的大胆女作家 —— 張愛玲重述連環套〉

《上海灘》1946年第16期（1946年9月22日），頁4。

「貴族血液」女作家胡門張氏張愛玲女士，勝利之後，因為附逆嫌疑，一度遭人檢舉，即避匿鄉間，最近為了生活問題，又出來矣。

最初擬在大報館做做女記者，但因身份問題鮮有問津者，彼不得已，故而只有藉翻印其敵偽時期成名之作，「傳奇」「流言」二書，來敷衍生活。也許是她財運未斷，二書翻印出來，果然問津者大有人在。

目前外傳竟有一重慶某銀行行長之子，向彼求婚，然即遭彼婉言謝絕，她向人表示：願白首偕老共赴燕爾之喜者，並非市儈市虎，可知他[她]過去搭上胡蘭成也是有道理的。

觀乎「傳奇」「流言」翻版生意之好，故而張愛玲暇來握管，又在趕著二大「傑作」，其一為宣傳已久之「描金鳳」，其二即過去在萬象月刊曾一度登過的「連環套」。「連環套」是一篇言情小說，情節至美，筆調之佳，不在乎[於]「傳奇」之下。不過昔萬象所刊者為短篇，張愛玲今擬改述為長篇，此文不日印單行本問世，也許又挑了貴族血液小姐大大地賺一票也。

39. 諸葛〈張愛玲嗜吃臭荳腐干〉

《上海灘》 1946年第20期（1946年10月23日），頁12。

一日，與潘柳黛閒談，論及張愛玲，潘說：「張愛玲這人脾氣真怪，真是冷若冰霜，我講十句，他[她]說一句，並且還不喜見客！」同時她說：「張愛玲還有一個怪癖便是喜歡吃臭荳腐干，有一回的黃昏，她正在寫作，發見弄堂裏臭荳腐干的聲音，連忙立起來，換旗袍，塗口紅，搭[搽]胭脂地走出去，可是化裝[妝]時間達一刻鐘之久，而張愛玲拿了碗追上去，已是過了兩條街，結果有志者[事]竟成，張愛玲追著賣臭荳腐干的，賣[買]了四五塊，一面吃，一面嗅，那樣子真使人難過！」

真的張愛玲是一個歇斯的里的女人，尤其是胡蘭成入牢監以後，張的性慾苦悶已是到了頂點。

嗜臭，也許是一種怪癖吧！又據一個女友說，張愛玲每次走在中正路上，總打重慶路一彎，那裏有臭味十足的老牌油煎荳腐干攤一個，她便是他們的老主顧了。

40. 紅娃〈傳奇〉

《誠報》1946年11月13日，頁3。

　　說張愛玲是畫家，實在似乎有點過份，不過她卻喜歡賣弄這點小聰明，從前，在自己寫的小說中畫插圖，後來，又為自己的單行本畫封面，一部份也出於她那位女友炎櫻之手。

　　「傳奇」又要再版了，而且增添了不少頁，封面仍是由張愛玲自己「設計的」，同時，也畫了一部份，另一部份是從「百美圖」翻版而得的，並且這位小姐，還親自趕到印刷所去挑選顏色。

　　封面上面有一個人頭是沒有面目的，頗帶一點鬼氣，從窗外伸入。

　　「傳奇」本來傳「奇」，帶點鬼氣也很好，記得「流言」的封面上，也有個沒面目的張愛玲。

41. 柳絮〈傳奇的封面畫〉

《飛報》1947年2月16日，頁2。

　　張愛玲的畫，是「女文人」的畫，而非「畫家」的畫。明白此點後，再去讀她的畫，自有一種愛嬌意味，不想苛求。

　　可是這次「傳奇增訂本」的封面畫，無論如何是「惡札」。這封面據作者自己說是炎櫻女士所設計，一幀「晚清時裝仕女圖」，為吳友如舊作；闌干外的半身裸女影子，則是愛玲女士手筆。拼[拼]起來非常不自然。雖然作者已這樣說明：「如果這畫面有使人感到不安的地方，那也正是我希望造成的氣氛。」但讀者對於這

畫，不僅「感到不安」而已，其實有些討厭。

今後再版，希望能廢除這一角半身裸女畫，或者存此一角而放棄吳友如的舊作也好；否則會因這幀封面的可厭而影響讀者對於全書之愛憎。

42. 高唐〈《不了情》的寫作者〉

《鐵報》 1947年2月18日，頁3。

陳燕燕重蒞銀壇，第一張片子是桑弧導演的「不了情」，有人歡喜這「不了情」的題名很好，因為一望而知是一齣苦戲。導演者桑弧，他是寫劇本的高手，於是大家都以為這劇本，一定是出於他的手筆，其實這劇本不是桑弧所寫，乃是女作家張愛玲在半個月裏面趕出來的作品。到現在為止，這一個謎，還沒有人揭破過。

我也最近方始曉得，有人讀過「不了情」本事的，說：故事的輪廓，有若干地方，與西方「再生緣」相似，而供給這故事的輪廓者是桑弧，題名者也是桑弧，其他則全是出於張小姐一人寫下來的了。她寫這個劇本，在去年歲暮，為了趕，開過幾次夜車，文華公司在未曾開拍以前，沒有露出過這個消息，最近方始有人傳語，也是藝文壇上的一個喜訊吧！

43. 韓海〈關於《不了情》　張愛玲編‧桑弧導‧劉瓊陳燕燕主演〉

《中華時報》 1947年4月10日，頁3。

把永遠不能了的愛情，帶到另外一個地方去回憶，痛苦⋯⋯這

是多麼苦呢！

　　但是，為什麼要產生這種愛這種情呢？明明知道這是一種不可能的愛——一位有了妻子的丈夫，一位有了孩子的爸爸，這種人應該去愛的嗎？一位有錢的經理，成天的在外花天酒地，不管家裏的孩子，把自己的妻子放在鄉下，難道你能斷定這是一位可愛的男子嗎？你能斷定他是能夠了解愛情的男子嗎？你能斷定他一直不愛他的妻子，而只為了同情而靜心的矜持著的嗎？那麼試問他們又怎麼會結婚？怎麼會結合又怎麼會有孩子？幾年的日子又是怎麼過過來的呢？難道你就不能說他是放蕩浪子棄舊迎新的上海花花公子嗎？而且在電影院裏面偶然的認識了一位小姐，而想把自己的車子送她回去，希望能作更進一步的友誼，此種舉動能說他是好青年嗎？還值得去愛的嗎？既然是愛了，又何必濫用情呢！既然雙方固已發現有相互的愛情，且知道是不應該而不能有很好的結果的，那麼也早應該回頭是岸，何必又要等到他的妻子哭鬧提出要求，致回想到自己的身世而覺得同情，可憐而再離開呢？來不及了，這既不能解除雙方的痛苦，更不會使他們夫妻破鏡重圓，恢復感情，結果…不用我說，是一幕「不了情」的悲劇。

　　這就是一種應該愛而愛的[得]不堅強，不對[過]話又得說回來，事實是事實，理論是理論，故事是故事，戲劇是戲劇，如果不是這樣，又從那兒來的戲呢？

　　整個戲劇最好的地方，就是簡單明瞭人數的稀少大概是在銀幕上很少看到的，把幾個人的個性從各種不注意的小節枝上深刻地淋漓盡致的指摹出來，這就是張愛玲所以成功的地方，也是女作家特有的才能，我想。

　　陳燕燕與劉瓊在銀幕中可說是標準的一對，這一次合演中年情

侶，是最適合沒有的了，而且戲裏面的虞家茵所需表演的只是一位知識的賢妻良母而已，那麼陳燕燕在表面上看起來，已足夠具此種典型的人物了，這即是她成功的最大理由，但是可惜身材不佳，太肥胖了，減去了很多的美觀。

劉瓊的姿態又是最適當於演中年男子。

抗戰勝利以來，一切所演的戲盡是些淪陷，自由，勝利，奮鬥，漢奸，熱血男兒，時代的寫真，看完戲，會增加你許多重量，憤怒，牢騷，那麼這倒是一個新趣味，所以依我的估計，賣座一定不衰，於以前的戲劇。

44. 羌公〈張愛玲與《不了情》〉

《鐵報》1947年4月13日，頁3。

余不甚愛觀電影，年不一履影戲院門，則以終日伏案，神思疲勞，更令於昏暗中寂坐兩小時，全神復須貫注銀幕，殊感沉悶勿舒也。國產片唯友好所攝製者，有時尚以一睹為快，餘亦不多觀。自朱石麟桑弧之「洞房花燭夜」後，昨始往觀「不了情」試片，則以此為桑弧之作也。並與內子偕行，尤為破題兒；結縭逾二十載，固未曾雙攜出入遊樂場也。是片編劇者為張愛玲女士，述一女子，因其父別有所眷，置糟糠妻於勿顧，乃深憾之。女任家庭教師於某姓家，主人與其妻不睦，妻以病養疴故里，有一幼女名亭亭，留滬乏人教養，因延女為之師。久之主人於女，情好殊洽，遂欲拋卻故劍，與女重訂鴛盟；女恐亭亭他日以慈母見棄於乃父，將貽終身隱痛，而銜乃父刺骨，其所遭之痛苦，固將同於己身，己所勿欲，何忍施於人？遂毅然出走，以不了了之。張愛玲寫此，實為

有感而發,張之自傳中,曾述家庭事,其尊人少壯日,頗耽聲色之好,蓄姬妾數輩,而棄其髮妻如敝屣,不復問其生計,愛玲依母為活,未曾得享團聚之樂,故於其父,憎恨殊深,見於字裏行間。今茲所編,雖非自寫影事,而張之隱恫已若揭,蓋亦借他人酒杯,藉澆自己塊壘耳。全劇輕鬆明快,如讀抒情小品,於無限纏綿中寓有無限凄哀。我婦觀後為之潸然,絮絮問後事如何?我戲之曰:「女以輪船觸礁受重創,入廈門病院,迨其情人聞訊馳至,女已不治死矣。」婦曰:「人死情了,既曰不了,必有重逢日;此善女子也,天必為之佑。」其言固可哂,然亦見斯劇感人之深。

45. 游汙瀆〈張愛玲手套遮醜〉

《力報》1947年4月15日,頁3。

　　洋規矩傳在中國,有的人奉為金科玉律,這卻限於有利於某一階級,如「太太第一」LADY FIRST在一般歐化朋友…誠奉若神明,其實一般「短打」朋友就毫不照辦了。

　　還有一種帶正手套的規矩,其流行也是一樣,在西人出此是為講究衛生,也是禮貌。而中國人則更用以遮醜,現在正上映的影片「不了情」之作者張愛玲,就是四季不離手套,吃飯也不離去手套。為了禮貌,為了衛生,都對,但是也為了遮醜,因為她的雙手,凍瘡多得駭人。東疤西塊,此紅彼紫,看起來實在不美,所以就要借重手套,而時時帶上它了。

46. 羅然〈評《不了情》〉

《大公報》（上海版） 1947年4月25日，頁8。

　　抗戰時，冷落的孤島文壇上出了兩個新人，「不了情」的編劇者張愛玲便是其中之一。她寫過不少作品，幾乎是同一的內容——描寫兩性間之戀愛糾葛。筆調細膩，別緻，逼真而動人。那時恰是一班悲觀論者陷入失望和消沉的泥沼中，因此她這種消閒文學確能刺激起愛享樂而低調的小資產階級的興味。

　　狹隘的生活環境決定了她只能在此兜圈子，「不了情」便是這種作品之一。細膩勻貼的愛，帶有辛酸淒楚的戀情，作者將這輕烟似的夢織得那麼曲折輕巧，那麼耐人尋味，一事一物都使人感到親切，默默含情，引起觀家經歷上甜味的回憶。糖果店裏的巧遇，補手套後不許亭亭說的那種曖昧心理，共捲絨線時家茵的微笑，敲破香水瓶後插上花的情景，宗豫故意在初次會面的影院裏邀她，不肯分梨時的靈犀暗逗，對這些，作者是這麼的熟悉，處理得詩樣的美，一點一滴都洋溢著無限的柔情。使這班少男少女感到是如此的逼真，如此的動人，誰都會為這對主角多舛的命運而深長太息。

　　正因為作者熟悉這些，善於描寫這些，整個劇作罩上濃重的感傷氣息，說得上曲折，離奇，蘊藉纖巧。用來麻醉觀眾的情感，她是成功的。編劇上，她一貫的走著這條路，為了襯托這悲涼的氣氛，不惜以較多的筆墨來描寫一些瑣細而不經意的事，但這又是以後發展的一條線索。因為她專在這些著眼，所以本來在人生上還有更重大的意義的卻被她淡淡的忽略了。

　　正當我們為宗豫太太哀哀無告的命運感到悲哀嘆息，但作者的

原意只為了用來逼走家茵，故信手拈來，只予人心弦一震，又■走了，接著她給我們帶到更纏綿悱惻的鏡頭去了，使我們立刻沖淡了憤恨。在人生的真意義上，「不了情」顯得如此的脆弱，庸俗。

描寫人物，作者有極大的偏重，除了虞家茵和夏宗豫——這兩位主角原是作者著意欲寫的，而對其餘的人物的出現，使人覺得那麼生硬，勉強，這些人都像是作者袖裏乾坤所藏下人物，陪襯時喚之來，不用時揮之去，臨空飄渺，沒有整個的生命和靈魂。

然而，在這些陪襯人物上，我們倒真正看出這矛盾百出的社會的縮影。腐化，毒害，牠包藏著許多人吃人的悲劇，牠更餵飽一班只知享樂不知工作的吸血蟲，讓他們安逸的棲藏著，但作者不曾加以半點的鞭撻和憎恨，這，也許她並不感到厭惡，這正是她的失敗處。（未完）

47. 羅然〈評《不了情》（續完）〉

《大公報》（上海版）1947年4月27日，頁8。

卑鄙下流的家茵父親，舊封建扼殺的夏太太在我們周圍都不是普遍的在著嗎？

當你聽到宗豫太太沉痛的傾訴：

「你別跟他結婚，求求你，我不久就要死的，你再同他結婚好不好？」

「只要宗豫不和我離婚，就是討姨太太我也不反對，你知道我也是好人家出身的，鄉下的親戚又守舊，他們不曉得，還以為我做了甚麼對不起人的事啊！」

你是人，你明知宗豫太太沒有錯——她的心是善良，但遭遇

是這麼可憐，被吃人的禮教擯棄在死亡邊緣掙扎，聽了她含淚的伸[申]訴，你能無動於中[衷]？你會怪她不長進，這正是幾千年來我們姊妹們所身受到切膚的苦痛呵！

另一個，家茵父親卻是個面目可憎的破落戶，自私，墮落，卑賤，無恥，愛玩鼻烟壺，調弄畫眉，我們老大民族所有的缺點都可在他身上發現，我們且來聽他的現身說法：

「你爸爸是過來人，吹・喝・玩・攪女人……那一樣不懂得？」

「家茵，做姨太太有甚麼要緊，我們要的是錢，還爭甚麼名分吶！」

你聽，這不活活是一副無賴口吻。

客廳裏偷香煙，衣料偷去送人，向宗豫騙錢，去向夏太太商議，雖云寥寥幾筆，性格已勾畫得極為凸出。但作者只是順便的拖來扮演一下，又被輕輕地放過。

對這些瘡疤，作者只略微的揭開一看，不肯更深刻一點發掘這血淋淋的現實，仍又密密遮掩了，所以整個劇作上使人感到空虛。難道生命的意義只在愛的嗎？

整個作品，纖巧細緻，柔情如水，即是片斷的情，零落的景，都看出是經過作者的一番剪接，處處呼應，以緊湊前情，又以無意的巧合來欺惘[惘]觀眾，使他們恍忽[惚]迷離，不盡苦惱。家茵劃破父親的照片時八歲，在他捲入愛河而苦悶萬分時，亭亭也恰是八歲。家茵於二點鐘後去廈門，宗豫也說二點鐘後再來陪她吃飯，這些，留給我們心裏不健康的小市民是更多的惆悵和惋惜！

受不了良心的譴責和環境的紛擾，家茵惟有出之一走。留下這段煩惱的不了情，她不心願，但又不得不走的一條路，劇中也早經

隱約地顯示過。作者給她送上一條不可測的，似乎是新生的路，但這條新生的路只是「似乎」的呢？

　　涉到真正的人生意識上，作者的筆觸是軟弱，彷徨的，肯正視人生，而無法突破這醜惡的現實，狹隘的生活圈子決定了作者的人生觀念，對於「不了情」，還期望些什麼呢？

48. 馬敏〈張愛玲與不了情！〉

《甦報》 1947年5月4日，頁2。

　　我真有些不明白，大概吃黃浦江水的人的腦子大多數是混沌而最健忘的罷，在勝利之初，■過去的■偽文壇上底一批文奸，也曾撻伐得體無完膚，幾乎無蹤遁形，無地容身。可是現今怎麼了呢？姓不改，名不易，張愛玲照舊張愛玲，她近編的劇本「不了情」，加之由偽明星主演的影片，戲院照常上下客滿，賣個滿座，無怪乎張愛玲見之要洋洋自得呀！日前記者在南京路碰到她，濃粧豔抹穿著她「別出心裁」的「貴族統」的旗袍，優哉遊哉的蕩著馬路，聞說最近她還在著手編寫第二部新劇聞世來賣弄她的「野人頭」哩！

　　據說「不了情」一劇隱隱約約的正是她自己身世的一段遭遇改編而成，基於「愛情」與「同情」是不同的為出發點，在劇本上開始先敘一個少女在偶然的場合下認識了一個英俊的男子，「無巧不成事」這個少女後來由同學的介紹剛巧又在他的公館中任家庭教師，這公館的主人本有太太，可是湊巧因情感不合且有病在身所以住在鄉下，這又郎才女貌，乾柴烈火般的形成了他倆的熱烈底「情燄」，正在「白熱化」時又橫裏殺出一個程咬金來，這少女的父親來滬，要求這熱戀他女兒的男子要他在他的藥廠內安插一

個職位，後又因為營利舞弊被歇，再曲折的穿插這公館中傭婦底暗中挑撥，鄉間太太聞訊趕出來大吵大鬧再加上這被辭的少女的「寶貝」父親，與這吃醋的鄉間太太聯合成一條戰線，共同要挾這公館主人，鬧得滿城風雨，悲劇容易賺人同情，末了，再拖上如「秋海棠」一樣的尾巴，這鄉間太太氣得吐血進了醫院，此時這少女也經一番「理智」與「情感」的掙扎，終於悄悄地離了他們而遠去，等到這公館主人去迫[追]尋她時早已人去樓空，此恨綿綿於不了而了之矣！

　　此劇中的少女一角即是張愛玲本身，那個英俊少男即隱射「偽政論家」胡蘭成呀！過去，袁殊魯鳳江楓這一群無恥文人將張愛玲捧大[上]三十三天，但不料她竟垂青胡蘭成，二人互相熱戀起來，無奈胡已使君有婦，可是張愛玲竟會愛煞胡而大胆的寫信給他謂：「願為使君妾！」這一來胡的老婆應瑛姊聞訊也大吃其「鎮江名產」，趕來上海與張愛玲大吵大鬧，不可開交，這使她內心感到無限苦悶，現今這肉麻的劇本已「不了情」了，未知這位劇作者的與胡蘭成一段風韻之事可已成「不了情」否？

49. 更生〈《太太萬歲》重性的描寫〉

《真報》1947年8月5日，頁4。

　　張愛玲自加入「文華」公司，編寫了陳燕燕劉瓊合演的「不了情」後，現在又生產了一部關於女人的故事——「太太萬歲」。

　　「太太萬歲」顧名思義，就知道是一部同情太太的戲，內容敘述一個怕老婆的男人，鬧並有女人因丈夫的不能，而告種種的苦悶等情，想這位女作家，實在太大胆了？

像前的「不了情」，故事都是以「情」來吸引觀眾，現在的「太太萬歲」是以「性」來擄掠色迷的朋友，「太太萬歲」內容並無一點所謂「藝術」，這部劇本算甚麼呢？

50. 小邪〈太太萬歲的廣告字〉

《小日報》 1947年12月9日，頁2。

「太太萬歲」日來上演了，瞧見「太太萬歲」的廣告，把「太太」兩個字，畫成了那種怪模樣，不知是誰的大手筆，我看了真想入非非了。

我不禁想起了一位已故世的名畫家沈延哲，他歡喜把插圖畫成奇怪的樣子，叫人看了，大起遐想，現在這位替「太太萬歲」設計圖案的畫家，也有此種作風。

51. 莎里〈《太太萬歲》觀感〉

《和平日報》 1947年12月13日，頁8。

看「太太萬歲」，祇見劇作者張愛玲奇才橫溢，處處都是妙筆，劇本構製之精緻細膩，在國片中尤為少見，但劇本太細膩了，反有湊合之譏，譬如韓非與汪漪不約而同的在一個土產公司裡買波羅蜜，波羅蜜被韓非買光了，汪漪便只好空手而歸，難道全上海祇有一處地方有波羅蜜出售嗎？張伐原是一個銀行裡的小職員，家庭狀況並不見得如何好，卻有這末闊氣的排場，總共祇有一個老娘，一個老婆，一個妹子，卻住這末舒服的花園洋房。未免使人不敢相信吧。其他一點疏忽的是石揮穿的西裝該是二十年前老式的舊貨，

但戲里[裡]他的西裝式樣並不太老，襯衫領子仍然很挺，使人不惑。若要再吹毛求疵的話，便是眼淚水太多，看得有些近乎累贅。

值得一提的是小動作很可愛，蔣天流一慣以手絹搭（擦）淚，卻誤以抹紅藥水的綿花搭[擦]淚水，發覺，一撐一摔，使人為之絕倒。

演員中石揮類乎丑角，一嗯一唔，做作太甚，蔣天流比在「母與子」中努力，張伐硬繃繃像廣東人，上官雲珠演交際花很逼真，汪漪無戲可演，韓非太油，路珊還■，林榛平平而已，演交際花的姘夫那個演員面目憎惡，俗不可耐，唱紹興戲一段尤令人徒生反感，應予刪改。

膠片和發聲都比從前幾張片子好，這是可喜可賀的。

52.〈《太太萬歲》侮辱交際花〉

《東方日報》1947年12月15日，頁3。

「太太萬歲」對交際花挖苦得很厲害，如施媚功，開條斧，貼小白，裝筍頭凡交際花之惡伎無不暴露無遺，觀眾見之莫不髮指，對交際花印象，遂越趨惡劣。常此以往，交際花將啖飯無地。

我以為交際花應該領導交際草，交際火腿，一致奮起，對「太太萬歲」劇作者有所抗議。

「太太萬歲」中，張愛玲對惣浴大王施咪咪養畜之工黨描繪得淋漓盡致，但飾演工黨之演員貌既不白，髮亦不光，皮子亦未見如何挺括，不知在五德中佔那幾樣，演技之桂尤屬其次，面目憎惡舉動粗俗，真令人看過看傷矣，設此角易為白雲以其數十月之經驗，必能勝任愉快，使該劇更添聲色之妙；此劇觀眾以為然否。

53. 江藍〈一盅清香的綠茶——《太太萬歲》短評〉

《新聞報》 1947年12月15日，頁10。

　　每件藝術作品都有著它各自的特具風格，有的熱烈刺激，好像一杯濃味的咖啡，有的趣味深幽，如同一盅清香的綠茶，這種不同的風格情趣，擁有著不同的觀眾，配合著各人的口味。

　　如果從這方面來說的話，「太太萬歲」應該屬於後者，張愛玲的作品也有著她特具的風趣，淡淡的、緩緩的、輕鬆的、情趣的叩著觀眾的心扉，她把一些很平常的男女間的關係，細緻地描寫著，她搔得你心頭癢癢的，但是沒有過份的激盪你的心弦，這正如下棋、品茶、遊山、玩水、觀畫、賞花，可以挑逗你的情感，但是很有分寸，很能適合於一般人的情趣。

　　「不了情」是這樣，「太太萬歲」還是繼續著這一貫的作風，它講出來了一個很輕鬆有趣容易逗人喜歡的故事，講的人津津有味，聽的人也趣味深長。然而他們沒有往廣處深處更走一步，因為他們是聰明的，他們知道再走上一步，一定會出現很多叫人疑惑的事，旁枝的問題都要接縱[踵]而來，而這樣，豈不是可以做得皆大歡喜，一笑而散嗎，因此，作者不願意更深的追究它推論它，作者保持著她適可而止的作風，在小市民群中投下了一包清香劑。但是，一件藝術作品猶如社會上其他的事業一樣，過份適合於舊的民族性口味的作品，到底是不大適合於這個時代和這個時代的人的需要和滋養。

54. 雙紅〈《玉人何處》糾紛方解　《太太萬歲》又起風波　汽車司機再提抗議〉

《誠報》1947年12月16日，頁4。

　　為了「玉人何處」中的「汽車司機」被稱呼「汽車夫」的問題，引起「汽車司機」的糾紛，足足鬧了二個多月，直到最近由工人福利協會主委陸京士的調停，「大中華」答應在片前加一致歉的字幕才算解決了。「汽車司機」在濃烈的自尊之下，並將組織改稱「司機」運輸會，喚起各界注意，不要再稱他們是「汽車夫」。

　　不料正當此時「太太萬歲」片中恰巧又有稱「汽車夫」的一句對白，於是又引起「汽車司機」的注意，預備提起抗議，不過這三個字在整個片子中無關出入，最多剪去就算了。

　　「汽車夫」是上海一般的習慣口頭語，真要統稱「司機」，恐怕不大可能，事實上又真不犯法，司機老爺未免太認真了。

55. 人農氏〈《太太萬歲》雞犬不寧　「汽車夫」又引起糾紛〉

《戲報》1947年12月17日，頁1。

　　大夥兒都說太太萬歲這部片子真不錯，前天下大雨，溜進皇后場子裏去，瞄一瞄那知道生意眼真不錯，上下客滿，坐在水門汀上飽飽眼福吧成功的是石揮的老頭子一般女太太們對他吃得死脫，活脫，銀幕拉開來，這副神態，就引人見笑，各報所載的牽動司機師事，就是內有一句「要問小公館，祇要問汽車夫」這句話，在我

們簡單腦筋的朋友方面說起來，是件很平淡的事，前幾天確乎有人上金都去追問過。金都回說，此片在皇后試映過，向皇后追問，是文華公司的出品，交涉當然向文華辦，皇后是租片的主戶，營業買賣，沒有什麼交涉的餘地，這兩天皇后在這部太太萬歲上，生意特別地好，因為過去文華的出品假鳳虛凰，玉人何處，都發生過交涉，一不過二，二不過三，說不定這第三部太太萬歲又是一場糾紛，不要起了交涉，片子停頓，引起了一般影迷的注意，所以爭先恐後的都是提早去賞光，免失了良機。

　　編者按：「汽車夫」改稱司機由來已久。

56. 董代宗〈《太太萬歲》觀後〉

《時事新報晚刊》 1947年12月20日，頁3。

　　我猜想張愛玲寫太太萬歲的原意，是完全想把太太們的苦痛和哀■，盡量地■說出來，為天下的女人叫屈！

　　太太扯謊是為了幫丈夫事業上的事，丈夫事業成功，有了經濟基礎，成天在外面荒唐，做太太的，明知道自己的丈夫有了外遇，然而她一聲不響，仍舊若無其事地■作不知道，而在私下，卻流乾了辛酸的眼淚。這是多麼夠悲哀的事呀！做太太的為什麼這麼■？為什麼不跟自己的丈夫吵呢？原因是為吵了之後，丈夫反而會沒有拘束，不吵丈夫或者可以「回心轉意」這當然是賢淑太太的聰明做法。

　　結果丈夫非但「不回心轉意」，反而■那妖形怪狀的女人所迷惑，以致■■■■，扮演了身敗名裂的■■。丈夫自己不認錯還要怪太太的「幫忙」，才會讓他倒這樣的楣。太太忍氣吞聲，不出怨

言。——真是何苦？

被丈夫曾經迷戀的女人所欺詐，太太竟會出馬為丈夫打圓場。這樣偉大，肯犧牲的賢慧太太，我們怎麼能不為她歌頌而高呼萬歲呢？可是也做了男人的「附屬品」。

臨了太太知道吃夠了丈夫的苦，決意跟他離婚，到律師事務所，結果哭哭啼啼鬧出一場笑話，因為丈夫稍微給太太一點好感，太太又捨不得離婚了，女人永遠是這末想不開的。所以她們沒法不吃男人的虧。因為我以為女人要為男人犧牲必須要求那個男人是有「丈夫■」

「太太萬歲」雖然是部喜劇片，可是太太們看了之後，回去想一想，一定會嘆一聲氣說：「女人太善了」！是嗎？

也為此，做「太太」的該為人類服務的「丈夫」犧牲」[，]否則，苦是白吃的！

57. 梅子〈蘇青和張愛玲〉

《戲報》1947年12月21日，頁3。

吳性裁創辦文華，非但養活了大批劇影人，連女作家張愛玲也多了一條「財路」，第一炮劉瓊陳燕燕的不了情一片，即是張的編劇，為朱石麟所賞識，法眼不虛，火獲盈利，今番的「太太萬歲」，劇本又是她的手筆，海上過去的女作家，張愛玲的傾城之戀說部，和蘇青的結婚十年一書，稱做女作家當中兩隻鼎，而張的本事比蘇青本領棋高一著，厥為寫作以外，更能編劇一番，不論為賣劇本，或抽上演稅，總之噱頭大於蘇青，蘇以甯波老戍（讀農）已往雖紅，近月有人亦想接洽把蘇的結婚十年搬上銀幕，為著過去蘇

有污點在身，不但事情不成，反被各方攻擊，使她大哭，張愛玲蘇青，交運與倒霉，亦註定也。

58. 龍木〈我看《太太萬歲》〉

《東方日報》 1947年12月23日，頁4。

你看過「太太萬歲」嗎？說起來這部片子並沒有什麼了不起，莫看它這浩浩蕩蕩的堅強陣容，其實糟塌[蹋]了。

有人說「石揮變成了文明戲皇帝」，給他這麼一說，看看石揮確演得太滑稽了一點，雖然這部片子帶點喜劇成份，但究竟不是給人樂樂的──話要說回來啦！石揮一映在銀幕上，觀眾莫不興奮起來，石揮成功了！

上官雲珠的交際花，外型不夠，演技自屬老練，張伐會對她這樣迷戀，我不相信。

桑弧很會賣弄小聰明，不敢說他導演的手法是新穎，能脫俗就不容易了。

一看就知，編劇者也是在賣弄「新文藝」筆法，連一個娘姨女傭人也是滿口「所以」「但是」，我說，這不近情理，換句話說，編劇的手法也是採取文明戲手法。

全劇的中心是一個賢惠的妻子，好意的撒謊，肯犧牲自己成全他人，於是「太太萬歲」了！──太太萬歲了，也可說太太是一個弱者，一個理想的沒用的女人；女人不這樣，沒■萬歲，其實，張愛玲告訴我們些什麼呢？我不懂。

你如果喜歡去笑笑的，沒意識的笑一陣的話，不妨看看「太太萬歲」。否則，換一張片子吧！

59. 沈吟〈讚《太太萬歲》的技巧〉

《和平日報》1947年12月24日，頁8。

　　「太太萬歲」的技巧是完整的。它前後的呼應和穿插的劇情，可以叫我們看出是仔細和相襯的。張愛玲的作品被人稱為細膩和精緻，在這些地方就可以得到這證明是正確的。例如：陳思珍的父親，雖然第一個鏡頭導演使這人物盤膝坐著閉目養神，一看就可以知道這人物是個頑固的，保守的專制魔王。但他到後來卻於找女婿的一場中與女人調情。這裡作者很聰敏地——也是她被稱做細膩的地方，就是在陳思珍和唐志琴倆看到陳父一張年輕的西裝照片。並在上面題著「愛蘭室主」等字。並由陳女解釋陳父之自命「愛蘭室主」是為了他年輕的時候愛過一個名字叫蘭的女子。但結果沒有完美，因而他用「愛蘭室主」來紀念她。這一個鏡頭，也是劇作者的一筆，是介紹出這人物在年輕時候原是一個風流人物。現在雖然他是這樣的「道貌岸然」，但他的潛在性格還是風流。所以後來與女人的調情，就有了他性格上的必然性了。若這一個伏線漏掉，這人物的性格就有了弊病，至少是前後矛盾，人物性格不統一。這劇本的技巧就是這樣的完整，其餘的前後呼應，也是這樣的有條不紊。可惜的一件美好的外衣，卻穿在一個千瘡百孔，滿身濃泡的妓女身上，甚為可惜！

60. 紫峯〈張瑞芳拍《金鎖記》有波折〉

《鐵報》，1948年2月18日，頁4。

張瑞芳以「松花江上」一片而紅，但「長春」卻因場地成問題而新片一時難上場，這位「當家花旦」大有英雌無用武之地，於是「文華」，「崑崙」兩公司爭邀她拍片，「崑崙」是「關不住的春色」，「文華」則為「金鎖記」。

「金鎖記」是張愛玲與桑弧三度合作，「太太萬歲」叫座，「金鎖記」當然是為了生意眼而拍攝的，「文華」也以此視為巨片之一，所以特請張瑞芳主演，經過幾次的請吃飯與拉攏之下，張瑞芳已有允意，對原則上同意的，不過她先要看劇本。

「金鎖記」不是已有單行本發行麼？為什麼張瑞芳還要看劇本呢？聽說「金鎖記」的劇本與小說已有更動，同時張愛玲的「太太萬歲」劇本編得並不高妙，全仗桑弧點鉄成金。一方面張瑞芳也是要談談意識的女明星，所以非看劇本不能答應。所以，張瑞芳的是否拍「金鎖記」，目前還不能決定呢。

張愛玲為了寫此劇本，曾閉門謝客，歷時數月，至今尚未完稿，想來也是為了自己的「招牌」，不得不埋頭苦幹一番了。

61.〈名導演愛上女作家　桑弧張愛玲兩情綿綿〉

《青青電影》1949年第17卷第12期（1949年4月30日），頁9。

「文華」導演桑弧，自從「不了情」「太太萬歲」公映之後，聲譽日盛一日，最近他又全力完成第三部新片「哀樂中年」這部作

品為桑弧自己寫的，前兩部為女作家張愛玲所編，桑張一導一編，圈內人早稱為「桑張擋[檔]」。

　　桑弧現在已是卅開外的人了，卻還是孤單單的獨身漢，不過他那副弱不經[禁]風的樣子，令人見而生憐，因此有許多人都說他患有肺病，其實肺病倒是沒有，僅身體屬弱多病罷了，所以到現在還是沒有結婚，並且連一個女朋友也沒有，許多老友無不替他焦急，同時又要為他做媒，結果卻一個個被他回絕了，他的理論是，身體瘦弱是一因，其次則是年紀還輕，三者資力不夠，婚後恐連累對方受苦，所以一熬再熬，至今還是一個處男。

　　春天到了，桑弧這位翩翩公子突然也感到寂寞起來了。愛神在他的背後慫恿著，春色煩惱了他，使他無意地也得走上了戀愛之路，去探找他所需要的對象。結果終於給他在無意中找到了一扇戀愛之門，這扇門的女主人是張愛玲，她也寂寞已久了，他就鼓足了勇氣，用盡了全力敲這扇門，巧得很，給他一敲之下，這扇門居然開了，女主人很慇勤的招待他，經一談之下，非常投機，自這日始，便兩情繾綣，愛神煽動了他們的戀之火，也就一天熾烈一天，可說已到了冷水也澆不滅的地步。

　　最近，聽說他倆將有喜訊傳出，假使是真的話，該是文壇一大佳話！

報刊條目

1943至1949年中國報刊
有關張愛玲報導總目

1. 1943年5月　《The XXth Century（二十世紀）》第4卷第5期，
頁392

   Eileen Chang "On the Screen: Wife, Vamp, Child"

   提　要：張愛玲之英文影評，後改寫成中文版的〈借銀燈〉。

   關鍵字：英文影評、借銀燈

2. 1943年5月　《紫羅蘭》第2期，頁1-3

   周瘦鵑〈寫在《紫羅蘭》前頭：一個春寒料峭的下午⋯⋯〉

   提　要：講述中篇小說《沉香屑》刊出於《紫羅蘭》的前後經過

   關鍵字：「沉香屑‧第一爐香」、「沉香屑‧第二爐香」、中國
　　　　　人的生活與服裝、紅樓夢、紫羅蘭」

3. 1943年5月　《紫羅蘭》第2期，頁20-34

   張愛玲《沉香屑‧第一爐香》

   提　要：張愛玲作品《沉香屑‧第一爐香》第一次刊登

   關鍵字：沉香屑‧第一爐香

4. 1943年6月　《紫羅蘭》第3期，頁84-99

   張愛玲《沉香屑‧第一爐香（中）》

   提　要：張愛玲作品《沉香屑‧第一爐香》第二次刊登

   關鍵字：沉香屑‧第一爐香

5. 1943年6月　《The XXth Century（二十世紀）》第4卷第6期，
頁464

Eileen Chang "On the Screen: The Opium War"

提　要：張愛玲之英文影評

關鍵字：英文影評

6. 1943年7月10日　《雜誌》第11卷第4期，頁62-75
張愛玲《茉莉香片》
提　要：張愛玲作品

關鍵字：茉莉香片

7. 1943年7月　《紫羅蘭》第4期，頁105-121
張愛玲《沉香屑‧第一爐香（下）》
提　要：張愛玲作品《沉香屑‧第一爐香》第三次刊登

關鍵字：沉香屑‧第一爐香

8. 1943年7月　《The XXth Century（二十世紀）》第5卷第1期，頁
75-76

Eileen Chang "On the Screen: Song of Autumn, Cloud Over the Moon"

提　要：張愛玲之英文影評

關鍵字：英文影評

9. 1943年8月1日　《萬象》第3卷第2期，頁67-77

    張愛玲《心經》

    　提　　要：張愛玲作品

    　關鍵字：心經

10. 1943年8月10日　《雜誌》第11卷第5期，頁101-102

    張愛玲〈到底是上海人〉

    　提　　要：張愛玲作品

    　關鍵字：雜寫集、到底是上海人

11. 1943年8月10日　《紫羅蘭》第5期，頁108-124

    張愛玲《沉香屑·第二爐香（上）》

    　提　　要：張愛玲作品

    　關鍵字：沉香屑·第二爐香

12. 1943年8月10日　《紫羅蘭》第5期，頁1-3

    周瘦鵑〈寫在《紫羅蘭》前頭（二）〉

    　提　　要：提及繼《第一爐香》後，《沉香屑·第二爐香》已於
    　　　　　　《紫羅蘭》第2期中刊出。

    　關鍵字：「沉香屑·第一爐香」、「沉香屑·第二爐香」、紫
    　　　　　羅蘭

13. 1943年8月　　《The XXth Century（二十世紀）》第5卷第2-3期，
頁202

Eileen Chang "On the Screen: Mothers and Daughters-in-law"

提　要：張愛玲之英文影評

關鍵字：英文影評

14. 1943年9月1日　　《萬象》第3卷第3期，頁137-150

張愛玲《心經（續）》

提　要：張愛玲作品

關鍵字：心經

15. 1943年9月10日　　《雜誌》第11卷第6期，頁58-72

張愛玲《傾城之戀（上）》

提　要：張愛玲作品

關鍵字：傾城之戀

16. 1943年9月10日　　《紫羅蘭》第6期，頁91-107

張愛玲《沉香屑・第二爐香（下）》

提　要：張愛玲作品

關鍵字：沉香屑・第二爐香

17. 1943年10月　《The XXth Century（二十世紀）》第5卷第4期，
頁278

Eileen Chang "On the Screen: On With the Show, The Call of Spring"

提　要：張愛玲之英文影評

關鍵字：英文影評

18. 1943年10月10日　《雜誌》第12卷第1期，頁98-110

張愛玲《傾城之戀（下）》

提　要：張愛玲作品

關鍵字：傾城之戀

19. 1943年11月1日　《萬象》第3卷第5期，頁41-50

張愛玲《琉璃瓦》

提　要：張愛玲作品

關鍵字：琉璃瓦

20. 1943年11月1日　《古今》第34期，頁25-28

張愛玲〈洋人看京戲及其他〉

提　要：張愛玲作品

關鍵字：洋人看京戲及其他

21. 1943年11月10日　《雜誌》第12卷第2期，頁106-120

張愛玲《金鎖記（一）》

提　要：張愛玲作品

關鍵字：金鎖記

22. 1943年11月10日　《天地》第2期，頁43-48

　　張愛玲《封鎖》

　　提　要：張愛玲作品

　　關鍵字：封鎖

23. 1943年11月12日　《力報》，頁2

　　秋水〈張愛玲畫〉

　　提　要：專欄「橫眉集」，批評張愛玲應集中寫作，不宜自作
　　　　　　插畫。批評她好名，投稿之刊物漫無標準。

　　關鍵字：潘柳黛、湯雪華、秋翁繪畫、插圖

24. 1943年11月14日　《申報》第25004期，頁3

　　╱〈上海電台廣播　文藝朗誦〉

　　提　要：上海廣播電台邀請小說家譚惟翰及女作家張愛玲朗讀
　　　　　　文藝作品

　　關鍵字：譚惟翰、柳雨生、張愛玲

25. 1943年11月16日　《力報》，頁3

　　醉雲：〈女作家〉

　　提　要：藉張愛玲和潘柳黛的名字來聯想二人的性格，並指
　　　　　　「張愛玲」這個名字惡俗得像「貨腰女」。

　　關鍵字：張愛玲、潘柳黛

26. 1943年11月　《The XXth Century（二十世紀）》第5卷第5期，
頁358

Eileen Chang: "On the Screen: China: Educating the Family"

提　要：張愛玲之英文影評，後改寫成中文版的〈銀官就學
記〉。

關鍵字：英文影評、銀官就學記

27. 1943年12月1日　《古今》第36期，頁25-29

張愛玲：〈更衣記〉

提　要：張愛玲作品

關鍵字：更衣記

28. 1943年12月10日　《雜誌》第12卷第3期，頁86-99

張愛玲：《金鎖記》（季澤走了……）

提　要：張愛玲作品

關鍵字：金鎖記

29. 1943年12月10日　《天地》第3期，頁20-22

張愛玲：〈公寓生活記趣〉

提　要：張愛玲作品

關鍵字：公寓生活記趣

30. 1944年1月1日　《萬象》第3卷第7期，頁152-162

張愛玲：長篇連載《連環套》

提　要：張愛玲作品

關鍵字：連環套

31. 1944年1月1日　《太平》第3卷第1期，頁7

張愛玲：〈借銀燈〉

提　要：張愛玲作品

關鍵字：借銀燈

32. 1944年1月10日　《天地》第4期，頁10-12

張愛玲：〈道路以目〉

提　要：張愛玲作品

關鍵字：道路以目

33. 1944年1月10日　《天地》第4期，沒有頁碼

／〈張愛玲女士〉

提　要：張愛玲的相片置中。同頁還有紀果厂、柳雨生、譚惟
　　　　翰和周班公的照片。

關鍵字：張愛玲、相片

34. 1944年1月10日　《雜誌》第12卷第4期，頁70-72

張愛玲〈必也正名乎〉

提　要：張愛玲作品

關鍵字：必也正名乎

35. 1944年1月　《文潮》第1期，頁74-75

馬博良（馬朗）〈每月小說評介〉（《傾城之戀》及《玻璃瓦》兩則）

提　要：簡介《傾城之戀》的故事概要，評價良好，稱之為題材新穎、技巧圓熟、筆調老練。批評作者喜用舊章回小說的口氣，長此下去會為自己套上鎖鏈，有成為張恨水類型的作品的危險。文章亦介紹《玻璃瓦》的故事概要，評價為可愛的悲喜劇，認為作者盡挖苦的能事卻欠諷刺。

關鍵字：傾城之戀、琉璃瓦

36. 1944年1月10日　《天地》第4期，頁2

蘇青〈編者的話〉

提　要：蘇青對張愛玲《封鎖》及〈公寓生活記趣〉的短評，並介紹張的新作〈道路以目〉。

關鍵字：蘇青、封鎖、道路以目、公寓生活記趣、編者的話

37. 1944年2月1日　《萬象》第3卷第8期，頁161-170

張愛玲長篇連載《連環套》

提　要：張愛玲作品

關鍵字：連環套

38. 1944年2月7日　《太平洋週報》第1卷第96期，頁2179
　　張愛玲〈銀宮就學記〉
　　提　要：張愛玲作品
　　關鍵字：銀宮就學記

39. 1944年2月8日　《申報》第25085期，頁3
　　／〈中日文協舉行　女作家座談會　晚間設宴招待小林秀雄氏〉
　　提　要：中日文協舉行女作家座談會，邀請包括張愛玲在內的
　　　　　　上海女作家。
　　關鍵字：張愛玲、柳雨生、馮和儀、關露、文載道

40. 1944年2月10日　《雜誌》第12卷第5期，頁92-100
　　張愛玲《年青的時候》
　　提　要：張愛玲作品
　　關鍵字：年青的時候

41. 1944年2月10日　《天地》第5期，頁20-25
　　張愛玲〈燼餘錄〉
　　提　要：張愛玲作品
　　關鍵字：燼餘錄

42. 1944年2月10日 《天地》第5期，頁2

蘇青〈編者的話〉

提　要：蘇青簡介及短評張愛玲的新作〈燼餘錄〉，稱：「本
刊三期潛之先生在〈飢饉文化〉中嘆息現在文學作
品中無三吏三別之哀歌，沒有雷馬克西線無戰事的感
慨，如今張女士此篇得毋近之。」

關鍵字：燼餘錄、三吏三別

43. 1944年3月1日 《萬象》第3卷第9期，頁176-185

張愛玲長篇連載《連環套》

提　要：張愛玲作品

關鍵字：連環套

44. 1944年3月10日 《天地》第6期，頁14-18

張愛玲〈談女人〉

提　要：張愛玲作品

關鍵字：談女人

45. 1944年3月10日 《雜誌》第12卷第6期，頁85-96

張愛玲《花凋》

提　要：張愛玲作品

關鍵字：花凋

46. 1944年3月15日　《新東方》第9卷第3期，頁40-43
　　張愛玲〈存稿〉
　　提　要：張愛玲作品
　　關鍵字：存稿

47. 1944年3月日　《新東方》第9卷第3期，頁33-34
　　胡蘭成〈皂隸・清客與來者〉
　　提　要：評論《封鎖》的主題及故事情節
　　關鍵字：洗鍊、時代的紀念碑

48. 1944年4月1日　《萬象》第3卷第10期，頁118-126
　　張愛玲長篇連載《連環套》
　　提　要：張愛玲作品
　　關鍵字：連環套

49. 1944年4月10日　《雜誌》第13卷第1期，沒有頁碼
　　張愛玲〈三月的風〉（圖）
　　提　要：張愛玲繪畫的插圖
　　關鍵字：三月的風、插圖

50. 1944年4月10日　《雜誌》第13卷第1期，頁63-66
　　張愛玲〈論寫作〉
　　提　要：張愛玲作品
　　關鍵字：論寫作

51. 1944年4月10日　《雜誌》第13卷第1期，頁129
張愛玲〈愛〉
提　要：張愛玲作品收於「小品特輯」專欄
關鍵字：愛、小品特輯

52. 1944年4月10日　《雜誌》第13卷第1期，頁133
張愛玲〈有女同車〉
提　要：張愛玲作品收於「小品特輯」專欄
關鍵字：有女同車、小品特輯

53. 1944年4月10日　《雜誌》第718期，頁133-134
張愛玲〈走！走到樓上去！〉
提　要：張愛玲作品收於「小品特輯」專欄
關鍵字：「走！走到樓上去！」、小品特輯

54. 1944年4月　《雜誌》第13卷第1期，頁49-57
／〈**女作家聚談會**〉
提　要：多位女作家參與《雜誌》出版社舉行的座談會，話題
　　　　圍繞女作家的寫作經驗和題材。
關鍵字：汪麗玲、吳嬰之、張愛玲、潘柳黛、譚正璧、藍業
　　　　珍、關露、蘇青、女作家

55. 1944年5月1日　《萬象》第3卷第11期，頁162-168

張愛玲長篇連載《連環套》

提　要：張愛玲作品

關鍵字：連環套

56. 1944年5月1日　《天地》第7/8期，頁36-37

張愛玲〈造人〉

提　要：張愛玲作品刊於生育問題特輯

關鍵字：造人、生育問題特輯

57. 1944年5月1日　《天地》第7/8期，頁27

張愛玲繪〈救救孩子！〉（圖）

提　要：張愛玲所繪插圖，刊於生育問題特輯，插圖下配有蘇
　　　　青文章〈救救孩子！〉。

關鍵字：救救孩子、生育問題特輯、蘇青

58. 1944年5月1日　《天地》第7/8期，頁15-19

張愛玲〈童言無忌〉

提　要：張愛玲作品

關鍵字：童言無忌

59. 1944年5月1日　《萬象》第3卷第11期，頁48

／〈張愛玲女士〉（圖）

提　要：張愛玲本人照片

關鍵字：照片

60. 1944年5月1日　《萬象》第3卷第11期，頁49

張愛玲〈張愛玲手稿〉（圖）

提　要：迅雨〈論張愛玲的小說〉中所附之張愛玲手稿圖片

關鍵字：手稿

61. 1944年5月1日　《萬象》第13卷第11期，頁48-61

迅雨〈論張愛玲的小說〉

提　要：評論張愛玲的小說，文中分成四個部分，包括前言、
　　　　金鎖記、傾城之戀、短篇和長篇、結論

關鍵字：金鎖記、傾城之戀、評論

62. 1944年5月5日　《新中國報‧學藝》，頁碼不明

張愛玲〈夜營的喇叭〉

提　要：張愛玲作品。資料據張愛玲著：《華麗緣》（香港：
　　　　皇冠出版社，2010年），頁121所記。

關鍵字：夜營的喇叭

63. 1944年5月10日　《雜誌》第13卷第2期，沒有頁碼

張愛玲〈四月的暖和〉（圖）

提　要：張愛玲繪畫的插圖

關鍵字：四月的暖和、插圖

64. 1944年5月10日　　《雜誌》第13卷第2期，頁76-81

胡蘭成〈評張愛玲〉

提　要：胡蘭成介紹張愛玲其人，並評論作品包括《金鎖記》
　　　　和《傾城之戀》。

關鍵字：金鎖記、傾城之戀

65. 1944年5月10日　　《雜誌》第13卷第2期，頁92

／〈女作家　張愛玲女士〉（圖）

提　要：張愛玲本人照片

關鍵字：照片

66. 1944年5月10日　　《雜誌》第13卷第2期，頁124-135

張愛玲《紅玫瑰與白玫瑰》

提　要：張愛玲作品

關鍵字：紅玫瑰與白玫瑰

67. 1944年5月14日　　《海報》，頁2

秋翁〈一針見血〉

提　要：評論張愛玲屬貴族出身，並影射「胡先生」（胡蘭
　　　　成）以貴族血統評價張愛玲，以諷刺的口吻評他的評
　　　　論為「一針見血」。

關鍵字：張佩綸、李鴻章、貴族

68. 1944年5月15日　《新東方》第9卷第4-5期，頁23-26
    張愛玲〈自己的文章〉
    提　要：張愛玲作品同名篇章同樣刊登於《苦竹》第2期（1944
    　　　　年11月），頁13-16。
    關鍵字：自己的文章

69. 1944年6月1日　《萬象》第3卷第12期，頁140-146
    張愛玲長篇連載《連環套》
    提　要：張愛玲作品
    關鍵字：連環套

70. 1944年6月1日　《天地》第9期第3期，頁7
    張愛玲〈打人〉
    提　要：張愛玲作品
    關鍵字：打人

71. 1944年6月10日　《雜誌》第13卷第3期，扉頁
    張愛玲〈小暑取景〉（圖）
    提　要：張愛玲繪畫之插圖
    關鍵字：小暑取景、插圖

72. 1944年6月10日　《雜誌》第13卷第3期，頁79-82
胡蘭成〈評張愛玲（續）〉
提　要：胡蘭成介紹張愛玲其人，並評論作品包括〈到底是上
　　　　海人〉、《封鎖》、《傾城之戀》、《連環套》、
　　　　《金鎖記》、〈公寓生活記趣〉、〈道路以目〉、
　　　　〈論寫作〉等，更提及「魯迅之後有她」。
關鍵字：到底是上海人、封鎖、傾城之戀、連環套、金鎖記、
　　　　公寓生活記趣、道路以目、論寫作

73. 1944年6月10日　《雜誌》第13卷第3期，頁118-128
張愛玲《紅玫瑰與白玫瑰》
提　要：張愛玲作品
關鍵字：紅玫瑰與白玫瑰

74. 1944年6月10日　《雜誌》第13卷第3期，頁183
／〈文化報道〉
提　要：短訊一則，報導張愛玲之《傳奇》收中短篇小說十
　　　　篇，由雜誌社出版，內容豐富，現在印刷中。
關鍵字：傳奇

75. 1944年6月15日　《新東方》第9卷第6期，頁30-35
張愛玲《鴻鸞禧》
提　要：張愛玲作品
關鍵字：鴻鸞禧

76. 1944年7月　《淮海月刊》7月革新版，頁碼不明
　　張愛玲〈談畫〉
　　提　要：張愛玲作品。資料按肖進和陳子善研究所得。
　　關鍵字：談畫

77. 1944年7月1日　《天地》第10期，頁6-12
　　張愛玲〈私語〉
　　提　要：張愛玲作品
　　關鍵字：私語

78. 1944年7月10日　《雜誌》第13卷第4期，扉頁
　　張愛玲〈等待著遲到的夏〉（圖）
　　提　要：張愛玲作品
　　關鍵字：等待著遲到的夏

79. 1944年7月10日　《雜誌》第13卷第4期，頁102-106
　　張愛玲《紅玫瑰與白玫瑰》
　　提　要：張愛玲作品
　　關鍵字：紅玫瑰與白玫瑰

80. 1944年7月10日　《雜誌》第13卷第4期，頁162
　　張愛玲〈說胡蘿蔔〉
　　提　要：張愛玲作品專輯標題為「小品五章」
　　關鍵字：說胡蘿蔔

81. 1944年7月10日　《雜誌》第13卷第4期，頁182
／〈文化報道〉
提　要：短訊一則，報導張愛玲之《傳奇》不日出版。
關鍵字：傳奇

82. 1944年7月10日　《雜誌》第13卷第4期，頁182
／〈文化報道〉
提　要：短訊一則，報導蘇青所寫之《結婚十年》已脫稿，近
　　　　寫《女像陳列所》將在《小天地》連載，由實齋所
　　　　評，張愛玲插圖，「為連載長篇之別開生面者」。
關鍵字：蘇青

83. 1944年8月1日　《天地》第11期，封面
張愛玲〈封面設計〉（圖）
提　要：張愛玲設計之封面
關鍵字：封面

84. 1944年8月1日　《天地》第11期，頁15-18
張愛玲〈中國人的宗教（上）〉
提　要：張愛玲作品
關鍵字：中國人的宗教

85. 1944年8月10日　《小天地》第1期，頁8-9
張愛玲〈炎櫻語錄〉
提　要：張愛玲作品
關鍵字：炎櫻語錄

86. 1944年8月10日　《小天地》第1期，頁45-47
張愛玲〈散戲〉
提　要：張愛玲作品
關鍵字：散戲

87. 1944年8月10日　《小天地》第1期頁61-64
蘇青作，張愛玲圖《女像陳列所》（連載）
提　要：張愛玲繪畫之插圖，配合蘇青的文章《女像陳列所》。
關鍵字：女像陳列所、插圖

88. 1944年8月10日　《雜誌》第13卷第5期，扉頁
張愛玲〈跋扈的夏〉（圖）
提　要：張愛玲繪畫之插圖
關鍵字：跋扈的夏

89. 1944年8月10日　《雜誌》第13卷第5期，頁87
作家手蹟展覽之一張愛玲女士《紅玫瑰與白玫瑰》之原稿
（圖）
提　要：《紅玫瑰與白玫瑰》之手稿圖片
關鍵字：紅玫瑰與白玫瑰、手稿

90. 1944年8月10日，《雜誌》第13卷第5期，頁6

張愛玲〈寫什麼〉

提　要：張愛玲作品

關鍵字：寫什麼

91. 1944年8月10日　《雜誌》第13卷第5期，頁4-13

諸家執筆〈我們該寫什麼〉

提　要：《雜誌》訪問十一位作家「該寫什麼」的問題

關鍵字：譚惟翰、疎影、張愛玲、谷正櫆、朱慕松、錢公俠、
　　　　王予、林鳥、張金壽、譚正璧、石木

92. 1944年8月10日　《雜誌》第13卷第5期，頁31-33

張愛玲〈詩與胡說〉

提　要：張愛玲作品

關鍵字：詩與胡說

93. 1944年8月10日　《雜誌》第13卷第5期，頁174

／〈文化報道〉

提　要：短訊一則，報導張愛玲小說集《傳奇》已經出版，並
　　　　由作者裝幀。

關鍵字：傳奇

94. 1944年8月18日，《海報》，頁2

   秋翁〈記某女作家：一千元的灰鈿（上）〉

   提　要：秋翁記與張愛玲就一千元稿費事件

   關鍵字：秋翁、稿費、一千元灰鈿

95. 1944年8月19日　《海報》，頁2

   秋翁〈記某女作家：一千元的灰鈿（下）〉

   提　要：秋翁記與張愛玲就一千元稿費事件

   關鍵字：秋翁、稿費、一千元灰鈿

96. 1944年8月20日　《力報》，頁2

   文帚〈灰鈿〉

   提　要：作者諷刺秋翁，在「一千元灰鈿」案中，可視一千元
   　　　　　為跳舞坐檯子，文章既諷刺秋翁亦諷刺張愛玲。

   關鍵字：柯靈、秋翁、稿費、一千元灰鈿

97. 1944年8月22日　《申報》第25281期，頁3

   ╱無題

   提　要：張愛玲小說集《傳奇》出版消息

   關鍵字：傳奇

98. 1944年8月23日　《新聞報》，頁2
／〈《傳奇》小說集出版〉
提　要：短訊一則，報導《傳奇》小說集出版，張愛珍[玲]女
　　　　士佳作十篇，廿四萬言，結成專集，題名《傳奇》於
　　　　今日出版。
關鍵字：傳奇

99. 1944年8月24日　《海報》，頁3
柯靈〈再寬大一點〉
提　要：柯靈談及秋翁與張愛玲的一千元稿費事件，並說明
　　　　原委。
關鍵字：柯靈、秋翁、稿費

100. 1944年8月24日　《海報》，頁4
一帆〈張愛玲編傾城之戀——女作家生財之道〉
提　要：報導張愛玲出書及寫《傾城之戀》舞台劇劇本等事，
　　　　諷刺她頗有生財之道。
關鍵字：柯靈、傾城之戀、稿費

101. 1944年8月24日　《力報》，頁3
文海犁〈《傳奇》印象〉
提　要：藉《傳奇》中張愛玲的親筆簽名想像其人，並討論張
　　　　愛玲的照片。文章刊於「冬青小集」專欄。
關鍵字：傳奇、冬青小集

102. 1944年8月26日　《力報》，頁2

秋水〈關於張愛玲〉

提　要：指出張愛玲為提高銷量而在書中加入肖像和親筆簽名
　　　　等行為，只是合理商人行為，無傷大雅。同時，指秋
　　　　翁為一千元而刁難張愛玲亦是毫無必要的。

關鍵字：傳奇、稿費、秋翁、一千元

103. 1944年8月27日　《海報》，頁2

秋翁〈東諸同文——為某女作家事〉

提　要：回應及補充〈記某女作家得一千元灰鈿〉一文

關鍵字：秋翁、稿費、一千元灰鈿

104. 1944年8月28日　《海報》，頁3

張愛玲〈張愛玲女士來函〉

提　要：張愛玲致編輯回應與秋翁的「一千元灰鈿」事件

關鍵字：秋翁、稿費、一千元灰鈿

105. 1944年8月29日　《海報》，頁3

秋翁〈秋翁先生來信〉

提　要：秋翁致編輯回應與張愛玲的「一千元灰鈿」事件

關鍵字：秋翁、稿費、一千元灰鈿

106. 1944年8月30日　《力報》，頁2

柳絮〈灰鈿案平議〉

提　要：回應「一千元灰鈿」案，認為在物價高漲的情況下，
　　　　張愛玲要求提高稿費是人之常情。

關鍵字：秋翁稿費

107. 1944年9月1日　《天地》第12期，頁13-14

張愛玲〈中國人的宗教（中）〉

提　要：張愛玲作品

關鍵字：中國人的宗教

108. 1944年9月2日　《上海寧波公報》，頁碼不明

文落〈蘇青張愛玲〉

提　要：稱蘇青將會為《上海寧波公報》寫稿，張愛玲曾稱讚
　　　　她「偉大的單純」；文章又稱張愛玲為「今日女作家
　　　　之極品」，並認為張愛玲可能有「盛名之下，難乎
　　　　為繼」之慮，認為她如埋首寫第二、第三本作品，
　　　　顯示有更好之成績，會更有意義。（本則資料根據
　　　　王一心編《你若盛開，清風自來：民國人眼中的張
　　　　愛玲》所記）

關鍵字：蘇青

109. 1944年9月6日　《海報》，頁2

真西哲〈論胡蘭成與張愛玲〉

提　要：論胡蘭成的〈論張愛玲〉一文，諷刺故蘭成評張愛玲
　　　　評得天花亂墜。

關鍵字：胡蘭成、路易士、論張愛玲

110. 1944年9月10日　《力報》，頁3

秋水〈女人的天地〉

提　要：評《天地》雜誌和張愛玲為《天地》所繪的封面

關鍵字：繪圖、天地

111. 1944年9月10日　《雜誌》第13卷第6期，沒有頁碼

張愛玲〈新秋的賢妻〉（圖）

提　要：張愛玲繪畫的插圖

關鍵字：新秋的賢妻、插圖

112. 1944年9月10日　《雜誌》第13卷第6期，頁16-19

張愛玲〈忘不了的畫〉

提　要：張愛玲作品

關鍵字：忘不了的畫

113. 1944年9月10日　《雜誌》第13卷第6期，頁174
　　／〈文化報道〉
　　提　要：短訊一則，報導張愛玲之《傳奇》出版後頃即售罄，
　　　　　　現在再版中。
　　關鍵字：傳奇

114. 1944年9月11日　《海報》，頁2
　　啼紅〈女作家一字一金〉
　　提　要：諷刺張愛玲「一字一金」，要求每千字千金稿費，並
　　　　　　諷刺她為「千金小姐」。
　　關鍵字：稿費

115. 1944年9月12日　《海報》，頁3
　　秋翁〈最後的義務宣傳〉
　　提　要：秋翁再次回應「一千元灰鈿」案，表明未收到張愛玲
　　　　　　的回覆，深怕墜入她的生意眼之中。
　　關鍵字：秋翁、稿費

116. 1944年9月13日　《力報》，頁2
　　柳絮〈與秋翁並無難過〉
　　提　要：柳絮指早前自己〈灰鈿案平議〉並非存心為難秋翁，
　　　　　　另外同次提出提高稿費是符合市價的要求。
　　關鍵字：秋翁、稿費

117. 1944年9月14日　《力報》，頁3

秋水〈花凋〉

提　要：指舞台演員英子病危，並提及張愛玲的小說《花凋》。

關鍵字：英子、花凋

118. 1944年9月20日　《海報》，頁2

半老書生〈貴族血〉

提　要：諷刺胡蘭成捧張愛玲有「貴族血液」，文章中有「貴
　　　　族血乎貴族血？狂捧作家語妙絕！」之嘲諷語。

關鍵字：貴族血液

119. 1944年9月21日　《力報》，頁2

太白〈秋翁的慷慨〉

提　要：透過事例指出秋翁的慷慨，點出他在「一千元灰鈿」
　　　　案中為的是辨明事件真相而非為金錢。

關鍵字：秋翁、稿費、一千元灰鈿

120. 1944年9月　南通《北極》第5卷第1期，欠頁碼

顧樂水（章品鎮）〈《傳奇》的印象〉

提　要：評論對張愛玲《傳奇》中小說及胡蘭成〈論張愛玲〉
　　　　一文。此段資料來源自陳子善編：《張愛玲的風
　　　　氣──1949年前張愛玲評說》（濟南：山東畫報出版
　　　　社），頁33-38。

關鍵字：胡蘭成、金鎖記、傾城之戀、自己的文章、古今、雜
　　　　誌、新東方、萬象

121. 1944年9月　《雜誌》第13卷第6期，頁150-155

　　／〈《傳奇》集評茶會記〉

　　提　要：就小說集《傳奇》出版的座談會記錄

　　關鍵字：谷正櫆、炎嬰[櫻]、柳雨生、南容、哲非、班公、袁
　　　　　　昌、陶亢德、張愛玲、堯洛川、實齋、錢公俠、譚正
　　　　　　璧、譚惟翰、蘇青、傳奇、琉璃瓦、金鎖記、傾城之
　　　　　　戀、沉香屑・第一爐香、沉香屑・第二爐香、封鎖、
　　　　　　花凋、茉莉香片、年青的時候、自己的文章、心經、
　　　　　　中國女作家小說選、紅樓夢

122. 1944年10月1日　《天地》第13期，頁10-14

　　張愛玲〈中國人的宗教（下）〉

　　提　要：張愛玲作品

　　關鍵字：中國人的宗教

123. 1944年10月4日　《繁華報》，頁4

　　某〈某傑作「集評茶會記」書後〉

　　提　要：以諷刺口吻嘲諷和評論〈集評茶會記〉

　　關鍵字：集評茶會記

124. 1944年10月8日　《申報》，頁2

　　／〈文學者大會　滬代表決定〉

　　提　要：第三屆大東亞文學者大會籌備會，於10月7日舉行第
　　　　　　五次會議，紀錄包括文載道、路易士、張愛玲、馮和
　　　　　　儀、關露等十五人出席。

　　關鍵字：大東亞文學者大會籌備會、文載道、路易士、馮和
　　　　　　儀、關露

125. 1944年10月8日　《新聞報》，頁3

　　／〈文學者大會　滬代表決定〉

　　提　要：第三屆大東亞文學者大會籌備會，於10月7日舉行第
　　　　　　五次會議，紀錄包括文載道、路易士、張愛玲、馮和
　　　　　　儀、關露等十五人出席。

　　關鍵字：大東亞文學者大會籌備會、文載道、路易士、馮和
　　　　　　儀、關露

126. 1944年10月10日　《雜誌》第14卷第1期，沒有頁碼

　　張愛玲〈聽秋聲〉（圖）

　　提　要：張愛玲繪畫之插圖

　　關鍵字：插圖

127. 1944年10月10日　　《雜誌》第14卷第1期，頁167
　　　／〈文化報道〉
　　　提　要：短訊一則，報導張愛玲之《傳奇》再版出書，由炎
　　　　　　　嬰[櫻]設計新封面，作者寫〈再版的話〉，由雜誌社
　　　　　　　發行。
　　　關鍵字：傳奇

128. 1944年10月10日　　《光化》創刊號第1期，頁5-6
　　　告白〈張愛玲手札〉
　　　提　要：回應秋翁〈最後的義務宣傳〉一文，並諷刺張愛玲的
　　　　　　　生意眼，以及胡蘭成對她的吹捧。
　　　關鍵字：秋翁、最後的義務宣傳

129. 1944年10月　　《飆》第1期，頁61
　　　張愛玲〈無國籍的女人〉（圖）
　　　提　要：張愛玲繪畫之插圖
　　　關鍵字：插圖

130. 1944年10月　　《飆》第1期，頁59-61
　　　張子靜〈我的姊姊——張愛玲〉
　　　提　要：張子靜談姊姊張愛玲的怪脾氣與性格，以及一些日常
　　　　　　　生活細節。
　　　關鍵字：張子靜、紅樓夢、老舍

131. 1944年10月　《苦竹》第1期，頁10-13

張愛玲〈談音樂〉

提　要：張愛玲作品

關鍵字：談音樂

132. 1944年10月　《風雨談》第15期，頁55

柳雨生〈說張愛玲〉

提　要：作者談自己初次接觸張愛玲作品的感覺

關鍵字：傳奇、萬象、雜誌

133. 1944年11月1日　《天地》第14期，頁1-8

張愛玲〈談跳舞〉

提　要：張愛玲作品

關鍵字：談跳舞

134. 1944年11月1日　《天地》第14期，頁32

蘇青〈編輯後記〉

提　要：蘇青短評張愛玲文壇成就，提及《傳奇》暢銷，和散
　　　　文集《流言》出版，並介紹其新作散文〈談跳舞〉。

關鍵字：蘇青、傳奇、流言、談跳舞

135. 1944年11月3日　《海報》，頁3

　　秋翁〈紅葉〉

　　提　要：秋翁藉續寫集錦小說影射張愛玲，小說中曾用「第一
　　　　　　爐香」和「第二爐香」之語。

　　關鍵字：集錦小說第一組第三篇、秋翁、第一爐香、第二爐香

136. 1944年11月5日　《繁華報》，頁4

　　何方〈「大中」進「新光」打泡戲　舒適決演傾城之戀〉

　　提　要：文章報導籌備很久的大中劇團，最近將要在新光大戲
　　　　　　院演出張愛玲編寫的《傾城之戀》，男主角為舒適，
　　　　　　女主角尚待決定。

　　關鍵字：傾城之戀、舞台劇

137. 1944年11月9日　《繁華報》，頁4

　　朱基〈大中開國導演　朱端鈞排《傾城之戀》〉

　　提　要：文章報導大中劇團的第一個劇目是由新進紅牌女作家
　　　　　　張愛玲所寫的處女劇作《傾城之戀》，開國導演則為
　　　　　　朱端鈞。

　　關鍵字：傾城之戀、舞台劇

138. 1944年11月10日　《雜誌》第14卷第2期，頁167
　　　／〈文化報道〉
　　　提　要：短訊一則，報導張愛玲散文集《流言》即將出版，附
　　　　　　　有插圖「青春」、「小人物」、「可憐蟲」等二十餘
　　　　　　　幅，均為張愛玲所繪。
　　　關鍵字：流言、插圖

139. 1944年11月19日　《力報》，頁2
　　　青石〈張愛玲重續連環套〉
　　　提　要：作者報導在「一千元灰鈿」案後，張愛玲正續寫《連
　　　　　　　環套》並預備自費出版。
　　　關鍵字：連環套、稿費、灰鈿

140. 1944年11月19日　《新中國報・學藝》，頁碼不明
　　　張愛玲〈被窩〉
　　　提　要：張愛玲作品。資料據張愛玲著：《華麗緣》（香港：
　　　　　　　皇冠出版社，2010年），頁225所記。
　　　關鍵字：被窩

141. 1944年11月23日　《海報》，頁4

克武〈張愛玲搶劇作者飯碗　金鎖記改編完成〉

提　要：文章寫鄭小秋曾經希望把張愛玲的《傾城之戀》搬上
　　　　銀幕，可惜張愛玲索價過高，只得打消念頭。後來張
　　　　愛玲把《傾城之戀》改編成舞台劇，則送交柯靈修
　　　　改，目前由朱端鈞導演，下月初於新光上演。張愛玲
　　　　現計劃把《金鎖記》改成舞台劇。文末又稱張愛玲
　　　　將來可能成為多產劇作家，在目前鬧劇本荒的上海
　　　　是福音。

關鍵字：鄭小秋、傾城之戀、舞台劇、金鎖記、柯靈、朱端鈞

142. 1944年11月23日　《海報》，頁4

宣天〈陸露明做印度公主〉

提　要：文章寫陸露明在《傾城之戀》舞台劇中擔任印度公
　　　　主一角；男主角由舒適飾演，而女主角則暫時仍為
　　　　祕密。

關鍵字：傾城之戀、舞台劇、陸露明、舒適

143. 1944年11月28日　《海報》，頁4

徒蒙〈張愛玲登台演戲〉

提　要：小說《傾城之戀》由張愛玲本人改編成舞台劇，文
　　　　章報導張愛玲有可能會於台上露臉，成為「噱頭」
　　　　之一。

關鍵字：金鎖記、傾城之戀、舞台劇

144. 1944年11月29日　《繁華報》，頁4

／〈《傾城之戀》女主角決定〉

提　要：舞台劇《傾城之戀》的女主角經多番篩選，終決定為
　　　　一知名人物，並一度現身銀幕，頗博佳譽。

關鍵字：傾城之戀、舞台劇

145. 1944年11月30日　《海報》，頁4

李因〈銀幕上祗導不演　舒適經常參加舞台演出〉

提　要：文章提到舒適加入大中劇團，因為他既可以主持劇團
　　　　後台一切工作，又能上台演出，故《傾城之戀》由他
　　　　主演。但舒適未有放棄電影導演的工作，待《傾城之
　　　　戀》舞台劇完結，又會籌拍新片。

關鍵字：舒適、傾城之戀、舞台劇

146. 1944年11月　《翰林》第1期，頁41-43

沈鳳威〈張愛玲的《傳奇》小評〉

提　要：作者形容《傳奇》筆下所寫的世界是「鬼的世界」，
　　　　並討論了《傳奇》中各篇小說所寫的舊世界。文章讚
　　　　賞張愛玲的文字是「最純正的中國文和最流利的中國
　　　　語」，並認為她見識多廣。

關鍵字：傳奇、傾城之戀、金鎖記、茉莉香片、第一爐香、花
　　　　凋、琉璃瓦、心經、年青的時候、紅樓夢

147. 1944年11月　《苦竹》第2期，頁11-12

沈啟無〈南來隨筆〉

提　要：作者生活隨筆，當中提及閱讀張愛玲作品的看法。

關鍵字：傳奇、談音樂、再版的話

148. 1944年11月　《苦竹》第2期，頁13-16

張愛玲〈自己的文章〉

提　要：張愛玲作品同名篇章亦刊登於《新東方》第9卷第4-5
　　　　期（1944年5月15日），頁23-26。

關鍵字：自己的文章

149. 1944年11月　《苦竹》第2期，頁20-27

張愛玲《桂花蒸阿小悲秋》

提　要：張愛玲作品

關鍵字：桂花蒸阿小悲秋

150. 1944年12月1日　《上海影壇》第2卷第2期，頁28

／〈《傾城之戀》上舞台〉

提　要：談《傾城之戀》將改編成舞台劇，並猜測有興趣觀看
　　　　的三種觀眾類型。專欄名為「一月劇訊」。

關鍵字：傾城之戀、舞台劇、一月劇訊

151. 1944年12月1日　《海報》，頁4

一青〈傾城之戀主角之謎　羅蘭留滬加入大中〉

提　要：談《傾城之戀》舞台劇正物色女主角，導演朱端鈞正
　　　　與羅蘭商討合作，另演員舒適已決定演范柳原。

關鍵字：傾城之戀、舞台劇、朱端鈞、羅蘭、舒適

152. 1944年12月1日　《東方日報》，頁2

文帚〈傾城之戀〉

提　要：文章評張愛玲的《傾城之戀》刊於《傳奇》，為張之
　　　　名作，但題材甚瑣碎，唯文筆洗鍊，技巧圓熟。張愛
　　　　玲把這篇小說改成劇本，將由大中劇團於新光劇院演
　　　　出。專欄名為「燈尾小記」。

關鍵字：傾城之戀、舞台劇、新光劇院、大中劇團、燈尾小記

153. 1944年12月2日　《海報》，頁2

劉郎〈見一見張愛玲〉

提　要：指張愛玲不願見人，卻天天到蘭心戲院看《傾城之
　　　　戀》排戲。

關鍵字：傳奇、傾城之戀

154. 1944年12月4日　《力報》，頁2

裁雲〈張愛玲不演《傾城之戀》〉

提　要：外間盛傳張愛玲會出演《傾城之戀》舞台劇，文章演
　　　　澄清她不會出演。

關鍵字：傾城之戀、舞台劇

155. 1944年12月4日　《繁華報》，頁4

余典〈傾城之戀編劇經過〉

提　要：文章說張愛玲編寫《傾城之戀》劇本受到「大編劇
　　　　　家」朱梵——即柯靈的鼓勵；又說張愛玲捧了原稿向
　　　　　朱梵指教，朱梵老實不客氣大大刪改，經過三次修改
　　　　　後，才成為今日的《傾城之戀》劇本；文章最後說這
　　　　　個劇本雖然寫著是張愛玲的名字，實際是朱梵與張愛
　　　　　玲的共同結晶。

關鍵字：傾城之戀、舞台劇、朱梵（柯靈）

156. 1944年12月7日　《力報》，頁2

雲郎〈關於《傾城之戀》〉

提　要：作者回應〈見一見張愛玲〉一文，澄清自己並沒有誤
　　　　　解張愛玲會登台表演。專欄名字為「雲庵瑣語」。

關鍵字：雲庵瑣語、周劍雲、傾城之戀、舞台劇

157. 1944年12月8日　《力報》，頁2

張愛玲〈羅蘭觀感〉（上）

提　要：張愛玲作品

關鍵字：羅蘭觀感

158. 1944年12月8日　《海報》，頁4

一青〈「大中」新聞：傾城之戀的演員〉

提　要：報導《傾城之戀》經導演朱端鈞幾次修正後，確定舞
　　　　台劇的演員名單及演出地點。由舒適演范柳原，羅
　　　　蘭、丁芝演白流蘇，並定於16日在新光大戲院戲演，
　　　　以日場為第一場。

關鍵字：傾城之戀、朱端鈞、舒適、范柳原、羅蘭、丁芝、白
　　　　流蘇、新光大戲院

159. 1944年12月9日　《力報》，頁2

張愛玲〈羅蘭觀感〉（下）

提　要：張愛玲作品

關鍵字：羅蘭觀感

160. 1944年12月9日　《繁華報》，頁4

何方〈羅蘭演白流蘇　不提酬勞・一絡大派〉

提　要：文章稱讚演員羅蘭的演技，並報導大中劇團透請她
　　　　出演《傾城之戀》的白流蘇一角，她不問酬勞答應
　　　　演出。

關鍵字：傾城之戀、舞台劇

161. 1944年12月9日　《東方日報》，頁2

君多〈《傾城之戀》將上演〉

提　要：介紹新光戲院翻新和《傾城之戀》將上演一事

關鍵字：傾城之戀、舞台劇、新光劇院

162. 1944年12月9日　《繁華報》，頁3

／〈什錦集：傾城之戀〉

提　要：介紹張愛玲編劇和朱端鈞導演的《傾城之戀》將於新光劇院上演，並提到此劇未演先紅。

關鍵字：傾城之戀、舞台劇、新光劇院

163. 1944年12月9日　《海報》，頁4

張愛玲〈寫《傾城之戀》的老實話〉

提　要：張愛玲講述自己一年前寫《傾城之戀》時的情況，並提及自己的寫作理念，包括參差的對照的寫法。另一篇〈關於《傾城之戀》的老實話〉刊登於《長江畫刊》第4卷第4期（1945年12月9日），頁30。

關鍵字：傾城之戀、參差的對照的寫法

164. 1944年12月10日　《雜誌》第14卷第3期，頁40-46

張愛玲〈等〉

提　要：張愛玲作品

關鍵字：等

165. 1944年12月10日　《雜誌》第14卷第3期，頁165

／〈文化報道〉

提　要：短訊一則，報導張愛玲自編散文集《流言》已出版，內有張愛玲繪畫之插圖。

關鍵字：流言

166. 1944年12月10日　《雜誌》第14卷第3期，頁165
／〈文化報道〉

　　提　要：短訊一則，報導張愛玲之小說《傾城之戀》已由作者
　　　　　　改為劇本，於12月中旬由「大中」劇團在新光劇院演
　　　　　　出；並傳聞張愛玲也會把《金鎖記》改為舞台劇。

　　關鍵字：傾城之戀、舞台劇

167. 1944年12月10日　《海報》，頁4
蘇青〈讀《傾城之戀》〉

　　提　要：作者評論《傾城之戀》中的劇情，認為張愛玲把平凡
　　　　　　的故事和平凡的人物描寫得非常動人，是「不平凡的
　　　　　　筆法」。文章並透露她對小說改編為舞台劇的期望。

　　關鍵字：傾城之戀、舞台劇、蘇青

168. 1944年12月11日　《繁華報》，頁4
盧珍〈傾城之戀上舞台〉

　　提　要：談《傾城之戀》將改編成舞台劇，並猜測有興趣觀看
　　　　　　的三種觀眾類型。同名文章曾刊登於《上海影壇》第
　　　　　　2卷第2期（1944年12月1日），頁28。

　　關鍵字：傾城之戀、舞台劇、一月劇訊

169. 1944年12月12日　《力報》，頁3
石木〈傳奇時代〉

　　提　要：從張愛玲《傳奇》想到目前是一個傳奇時代

　　關鍵字：傳奇

170. 1944年12月14日　《力報》，頁2

噤園〈傾城之戀〉

提　要：報導《傾城之戀》將改編成舞台劇，由大中劇團於日
　　　　內演出，盛況空前。

關鍵字：傾城之戀、舞台劇、大中劇團

171. 1944年12月15日　《海報》，頁4

白文〈談小說改編劇本〉

提　要：作者以《傾城之戀》改編成劇本一事，引出許多小說
　　　　改編成劇本後不夠原本精彩，並期待《傾》的成功。

關鍵字：傾城之戀、舞台劇、小說

172. 1944年12月17日　《力報》，頁2

紫鳳〈傾城之戀〉

提　要：作者為《傾城之戀》舞台劇版作小詞一則，並預料
　　　　《傾城之戀》定能為舞台劇放異彩。

關鍵字：傾城之戀、舞台劇

173. 1944年12月17日　《繁華報》，頁4

重開〈《傾城之戀》與《北京人》〉

提　要：作者比較《傾城之戀》與《北京人》，認為兩位作家
　　　　都對人類的愛與憎有著相同的出發點；作者文末表達
　　　　對兩部作品的喜愛。

關鍵字：傾城之戀、北京人

174. 1944年12月18日　《社會日報》，頁2

文落〈胡蘭成與張愛玲〉

提　要：作者說最近讀了胡蘭成的《苦竹》，覺得頗有真味；
又讀到張愛玲的作品，認為「她的看世界表現在散文
裡面便不免豐富於婦人的儀態」，認為她雖然可以把
一樣事和胡蘭成同等地說得深刻，「然而境界卻不逮
他的壯闊」，分別在於稟性和政治的修養。

關鍵字：胡蘭成、苦竹

175. 1944年12月20日　《社會日報》，頁2

鳳■〈亦論張愛玲〉

提　要：批評前有胡蘭成把張愛玲與魯迅比較，現有把《傾城
之戀》與《北京人》等量齊觀，評為「肉麻」；又批
評張愛玲的小說形式勝於內容，刻劃深度不足等。

關鍵字：傾城之戀、魯迅、胡蘭成、北京人

176. 1944年12月20日　《繁華報》，頁4

柳雲〈《傾城之戀》羅蘭演出動人〉

提　要：作者擔心把《傾城之戀》由小說改做劇本，會失去它
　　　　本來的優點：「華麗的辭藻」和「輕俏的對白」，作
　　　　者認為幸好最終劇本沒有失去「輕俏的對白」；作者
　　　　同時又評價劇本的成就不如原著小說，認為由於張愛
　　　　玲不熟悉舞台技巧，使《傾城之戀》劇本遭到失敗；
　　　　又認為導演朱端鈞敷衍塞責，而演員則是羅蘭演的白
　　　　流蘇最好，舒適的演出令人滿意。

關鍵字：傾城之戀、舞台劇

177. 1944年12月21日　《平報・新天地》，頁碼不明

沙岑〈評舞台上之《傾城之戀》〉

提　要：評張愛玲改編《傾城之戀》為舞台劇的效果，從編
　　　　劇、導演、音樂、裝置、燈光和演員等角度評論。作
　　　　者評論音樂「毫無成績可言」，裝置和燈光「都很
　　　　佳」，主要演員表現不俗，而編者「必須加以了解，
　　　　小說和劇本是兩樣的」。導演方面則「對於劇情的處
　　　　理，位置的安排，表現得非常風趣，小動作尤佳」。
　　　　（本則資料按陳子善：《張愛玲的風氣——1949年前
　　　　張愛玲評說》一書所記）

關鍵字：傾城之戀、劇本

178. 1944年12月21日　《平報・新天地》，頁碼不明

無忌〈細膩簡潔——觀《傾城之戀》後〉

提　要：評論《傾城之戀》「是好小說不一定就是好劇本」，
　　　　認為「我們需要的是直接有益於國計民生的戲劇，我
　　　　們不希望僅僅供於貴族階級欣賞的戲劇，雖說戲劇總
　　　　是娛樂」。文章稱讚導演朱端鈞以細膩見稱，並有
　　　　顯見的進步。（本則資料按陳子善：《張愛玲的風
　　　　氣——1949年前張愛玲評說》一書所記）

關鍵字：傾城之戀、朱端鈞

179. 1944年12月22日　《社會日報》，頁2

／〈《傾城之戀》雜話〉

提　要：文章評論舞台劇《傾城之戀》，說有論者認為《傾城
　　　　之戀》劇未必盡善，但生意眼十足，售座未必低弱；
　　　　又評劇中對白文藝氣息太重。

關鍵字：傾城之戀、舞台劇

180. 1944年12月23日　《社會日報》，頁2

霜葉〈舞台上的《傾城之戀》〉

提　要：作者認為《傾城之戀》改編成舞台劇後，應不會有
　　　　「新文藝腔」問題出現。同名文章亦收於1944年12月
　　　　的《傾城之戀》演出特刊。

關鍵字：傾城之戀、舞台劇

181. 1944年12月23日　《大上海報》，頁碼不明

　　　余晉〈張愛玲和《語林》〉

　　　提　要：交代《語林》編者錢公俠，在印刷局看校樣時遇見張
　　　　　　　愛玲。印刷局職員不知來者是誰，待張離去後始知是
　　　　　　　張愛玲，並有人品評「怪不道如此奇裝異服」。（本
　　　　　　　則資料按肖進：《舊聞新知張愛玲》一書所記）

　　　關鍵字：語林、錢公俠、奇裝異服

182. 1944年12月23日　《海報》，頁4

　　　伏芝〈看《傾城之戀》後〉

　　　提　要：作者看過《傾城之戀》舞台劇後評價演員羅蘭和舒適
　　　　　　　的演技，亦讚賞導演的努力。

　　　關鍵字：羅蘭、舒適、傾城之戀、舞台劇

183. 1944年12月23日　《海報》，頁2

　　　含涼〈觀傾城之戀〉

　　　提　要：作者看《傾城之戀》舞台劇後的感想，認為以音樂襯
　　　　　　　托，「使難以言語形容之境，均得增強其情緒與氣
　　　　　　　氛，甚見匠心」，又認為對白「多玄味」，須經歷情
　　　　　　　愛之人才能理解。文末並附兩首絕句。專欄名為「偶
　　　　　　　得集」。

　　　關鍵字：傾城之戀、舞台劇、偶得集

184. 1944年12月23日　《力報》，頁3

蝶衣〈《傾城之戀》讚〉（上）

提　要：作者評論《傾城之戀》話劇，以「詩」和「悲歌」來
　　　　形容改編效果，並認為「戲的表面是平靜的，然而內
　　　　在的是沉重的悲哀」。

關鍵字：傾城之戀、舞台劇、白流蘇、羅蘭

185. 1944年12月24日　《力報》，頁3

蝶衣〈《傾城之戀》讚〉（下）

提　要：作者評論《傾城之戀》舞台劇，認為末一場是最好
　　　　的，該場有范柳原和白流蘇毫無顧忌地擁吻，周遭是
　　　　動亂的一群，兩人驚詫地誹笑，認為如果有人以為這
　　　　是「噱頭」或「生意眼」，則是錯會了作者的用心。
　　　　另文中提及作者與桑弧一起看此劇，桑弧認同《傾城
　　　　之戀》的文藝價值。

關鍵字：白流蘇、范柳原、桑弧、傾城之戀、舞台劇

186. 1944年12月24日　《海報》，頁4

／〈《傾城之戀》中有香港[⋯⋯]〉

提　要：一則有關《傾城之戀》的短訊，稱《傾城之戀》中有
　　　　香港事變的暗場，是最需要借重效果突顯，這場景並
　　　　非普通雷鳴風馳的效果可以瞞騙過去。原文無標點。

關鍵字：傾城之戀、舞台劇、香港

187. 1944年12月25日　《社會日報》，頁2

文落〈「流言」一段〉

提　要：作者讀張愛玲《流言》，重讀〈洋人看京戲及其
　　　　他〉，認為「是一種機鋒與智慧來分析中國舊劇的細
　　　　緻處」，又認為這樣的「看法」，「雖然未免近於
　　　　『冷眼』，沒有刺破舊物的最終的熱烈情性，然而總
　　　　算給了『京朝烈士』們和小市民們一種迥異尋常的滋
　　　　味」。文末認為這文章成為張愛玲的文章特色之一。

關鍵字：流言、洋人看京戲及其他

188. 1944年12月25日　《語林》第1卷第1期，頁68-74

汪宏聲〈記張愛玲〉

提　要：作者為張愛玲中學時代的國文老師汪宏聲先生。文中
　　　　記述張愛玲在中學時代的事蹟和畢業後的去向，並提
　　　　及出版《國光》和張愛玲投稿的事。

關鍵字：汪宏聲、張如瑾、傳奇、國光

189. 1944年12月28日　《力報》，頁3

柳絮〈張愛玲作品中之人名〉

提　要：作者認為《傾城之戀》的台詞文藝氣息太重，而張愛
　　　　玲在小說中所撰之人名「多極牽強」，例如「白流
　　　　蘇」三字不順口，「范柳原」則不倫不類，並認為張
　　　　愛玲其他小說中的人名亦「可怪也」。專欄名稱為
　　　　「閒磕牙」。

關鍵字：范柳原、白流蘇、傾城之戀、閒磕牙

190. 1944年12月28日　《春秋》第2卷第2期，頁74-79

張愛玲等〈特輯：女作家書簡〉

提　要：張愛玲的信件，內容提及她對小報的看法，以及她
推辭給《力報》寫稿的原因。信中並感謝對方喜歡
她畫。

關鍵字：力報、小報

191. 1944年12月28日　《中華日報・中華副刊》，頁碼不明

柳雨生（柳存仁）〈觀《傾城之戀》〉

提　要：作者評論《傾城之戀》舞台劇，提及以香港為背景的
幾場戲都微有缺憾，劇本沒有考慮到小說中的時間速
度。作者並評論了演范柳原的男演員舒適的國語發
音、印度公主和老英國人的角色失掉原有的重要性、
全劇台詞欠語言化、廣東話用得不當等。（本則資
料按陳子善：《張愛玲的風氣——1949年前張愛玲評
說》一書所記）

關鍵字：傾城之戀、舞台劇、劇本

192. 1944年12月30日　《社會日報》，頁2

文落〈張愛玲的畫〉

提　要：批評張愛玲在《流言》中的插畫不能顯示較大的人生
的面額，批評她的文字和圖畫割裂。

關鍵字：洛陽隨筆、流言

193. 1944年12月31日　　《上海生活》第3期，頁3

冷凌〈《傾城之戀》觀後感〉

提　要：評論《傾城之戀》在劇情上不失為一個好故事，而張
愛玲太拘泥於小說的直敘方式，因此整個戲都在平淡
中過去，沒有利用到編劇上應有的技巧，劇情不夠緊
湊，常常有冷場。文章批評張愛玲把小說語言原封不
動地編成劇本是失策，當中第一幕比較成功，第二幕
流蘇的洗澡睡覺太浪費時間，使觀眾冷場得難受，第
三幕的姨父一角可以刪去，第四幕的闔家光臨有點調
侃過份。

關鍵字：傾城之戀、舞台劇、劇本

194. 1944年12月和1月　　《風雨談》第16期，頁63-67

譚正璧〈論蘇青及張愛玲〉

提　要：評論及比較蘇青和張愛玲的作品

關鍵字：蘇青、連環套、傾城之戀、金鎖記、花凋、年青的時
候、封鎖、紅樓夢

195. 1944年12月　　《傾城之戀》演出特刊

柳雨生（柳存仁）〈如果《傾城之戀》排了戲〉

提　要：作者欣賞《傾城之戀》的文字，認為改編成舞台劇亦
會是有力量有內容的好戲。（本則資料按陳子善：
《張愛玲的風氣——1949年前張愛玲評說》一書所記）

關鍵字：傾城之戀、舞台劇

196. 1944年12月　《傾城之戀》演出特刊

白文〈喜悅的等待〉

提　要：作者表示對《傾城之戀》改編成劇本，憑作者的才
　　　　華，舞台劇應會非常精彩。（本則資料按陳子善：
　　　　《張愛玲的風氣——1949年前張愛玲評說》一書所記）

關鍵字：傾城之戀、舞台劇

197. 1944年12月　《傾城之戀》演出特刊

蘇青〈讀《傾城之戀》〉

提　要：作者評論《傾城之戀》中的劇情，認為張愛玲把平凡
　　　　的故事和平凡的人物描寫得非常動人，是「不平凡的
　　　　筆法」。文章並透露她對小說改編為舞台劇的期望。
　　　　同名文章亦刊於《海報》1944年12月10日，頁4。
　　　　（本則資料按陳子善：《張愛玲的風氣——1949年前
　　　　張愛玲評說》一書所記）

關鍵字：傾城之戀、舞台劇、蘇青

198. 1944年12月　《傾城之戀》演出特刊

霜葉〈舞台上的《傾城之戀》〉

提　要：作者認為《傾城之戀》改編成舞台劇後，應不會有
　　　　「新文藝腔」問題出現。同名文章亦收於《社會日
　　　　報》1944年12月23日，頁2。（本則資料按陳子善：
　　　　《張愛玲的風氣——1949年前張愛玲評說》一書所記）

關鍵字：傾城之戀、舞台劇

199. 1944年12月　《傾城之戀》演出特刊

實齋（司馬斌）〈「動」的《傾城之戀》〉

提　要：作者認為《傳奇》有「奇氣」，風格特出而為以前的
　　　　女作家所未有。《傾城之戀》把過去「靜」的小說改
　　　　以「動」的姿態搬上舞台，會更引人入勝。（本則資
　　　　料按陳子善：《張愛玲的風氣──1949年前張愛玲評
　　　　說》一書所記）

關鍵字：傳奇、傾城之戀、舞台劇

200. 1944年12月　《傾城之戀》演出特刊

張愛姑（張茂淵）〈流蘇的話和柳原的話〉

提　要：作者戲仿白流蘇和范柳原的口吻，表達對《傾城之
　　　　戀》的看法。（本則資料按陳子善：《張愛玲的風
　　　　氣──1949年前張愛玲評說》一書所記）

關鍵字：范柳原、白流蘇、傾城之戀、舞台劇

201. 1944年12月　《傾城之戀》演出特刊

應賁〈傾城篇〉

提　要：作者認為張愛玲有毛罕姆（W.S.Maugham）的寫作魅
　　　　力，並期待《傾城之戀》話劇上映。（本則資料按陳
　　　　子善：《張愛玲的風氣──1949年前張愛玲評說》一
　　　　書所記）

關鍵字：傾城之戀、舞台劇、毛罕姆（毛姆）

202. 1944年12月　《傾城之戀》演出特刊

麥耶（董樂山）〈無題篇〉

提　要：作者估計張愛玲是「香港人」，並讚賞她的文字技
　　　　巧、瑰麗的辭藻、細膩的心理描寫等。最後提到《傾
　　　　城之戀》改編成舞台劇應注重戲劇結構問題。（本則
　　　　資料按陳子善：《張愛玲的風氣──1949年前張愛玲
　　　　評說》一書所記）

關鍵字：傾城之戀、舞台劇

203. 1944年12月　《傾城之戀》演出特刊

童開〈《傾城之戀》與《北京人》〉

提　要：作者把〈傾城之戀〉與《北京人》作比較，並認為兩
　　　　部作品都具有「對人類無上的熱愛之情」。文章與1944
　　　　年12月17日《繁華報》，頁4之重開：〈《傾城之戀》
　　　　與《北京人》〉相同。（本則資料按陳子善：《張愛
　　　　玲的風氣──1949年前張愛玲評說》一書所記）

關鍵字：傾城之戀、舞台劇

204. 1944年12月　《新東方》第10卷第5-6期，頁31-32

左采〈舞台上的《傾城之戀》〉

提　要：作者分析《傾城之戀》改編成舞台劇的難度，認為
　　　　「劇本牽絆住了舞台的行動」、「舞台限制住了故事
　　　　的發展」。文章亦談論了演員的演技和舞台裝置。

關鍵字：傾城之戀、舞台劇

205. 1945年1月 《女聲》第3卷第9期，頁31

　　蘭〈劇評：傾城之戀〉

　　提　要：作者評論《傾城之戀》改編成舞台劇反不如小說，例
　　　　　　如舞台劇版本中只看見女主角羅蘭一人，其他人反而
　　　　　　失色；第二，人物例如四奶奶的角色失了本人份反成
　　　　　　了一個丑色；第三是人物發展太快太離奇，以致前後
　　　　　　不一；以及最後一幕流蘇全家到香港都鬆懈而不合
　　　　　　理、對話與動作都誇張得過份；不過總結起來作者評
　　　　　　論這是一齣好戲。

　　關鍵字：傾城之戀、舞台劇

206. 1945年1月2日 《東方日報》，頁2

　　寒君〈談傾城之戀〉

　　提　要：評論小說《傾城之戀》搬上舞台，不曾抹殺原著的優
　　　　　　點，更能獲得昇華。

　　關鍵字：傾城之戀、舞台劇

207. 1945年1月2日 《海報》，頁3

　　蘇少卿〈記：傾城之戀〉

　　提　要：文章評論〈《傾城之戀》舞台劇「眾人議論白小姐的
　　　　　　一幕」的「出進太雜」，佈置紛亂，有待改良。又評
　　　　　　論飾演白流蘇的羅蘭演戲天才極佳，但唯一不足就是
　　　　　　演員太瘦。

　　關鍵字：傾城之戀、舞台劇

208. 1945年1月4日　《大上海報》，頁碼不明

　　曼厂〈三個張愛玲〉

　　提　要：指出有三個同叫「張愛玲」的女子，其餘二人分別為
　　　　　　舞女和播音員，並嘲諷張愛玲紅遍文壇不是因為容貌
　　　　　　而是文章。（本則資料按肖進：《舊聞新知張愛玲》
　　　　　　一書所記）

　　關鍵字：張愛玲

209. 1945年1月4日　《力報》，頁2

　　鳳三〈灰鈿〉

　　提　要：文章談市井俚語中「灰鈿」一詞的來歷，並提及秋翁
　　　　　　與女作家張愛玲發生的磨擦。

　　關鍵字：秋翁、灰鈿

210. 1945年1月7日　《大上海報》，頁碼不明

　　劉鳳〈張愛玲與余愛淥〉

　　提　要：文章提及張愛玲九歲時曾畫圖和寫信給《新聞報》編
　　　　　　者，讚揚該刊發表的〈孫中山先生的兒子〉一圖，原
　　　　　　來該圖正是由當時六歲的余愛淥所繪。（本則資料按
　　　　　　肖進：《舊聞新知張愛玲》一書所記）

　　關鍵字：余愛淥、插圖

211. 1945年1月7日　《中華週報》第2卷第2期，頁21

力〈劉瓊陸露明合演《傾城之戀》　屠光啟任導演〉

提　要：文章指前明星公司的主持人周劍雲近來成立大中劇
團，網羅劉瓊、陸露明、屠光啟等人，第一個劇目為
《傾城之戀》，由劉陸二人合演、屠光啟導演，演出
成績極好。

關鍵字：傾城之戀、舞台劇

212. 1945年1月8日　《繁華報》，頁4

史卒〈舒適不演《傾城之戀》〉

提　要：大中劇團在新光演出《傾城之戀》舞台劇，似乎打破
易角最多的紀錄。男主角舒適則因太太剛分娩而不能
出演，暫定由喬奇代演。

關鍵字：傾城之戀、舞台劇

213. 1945年1月10日　《讀書青年》第2卷第1期，頁10-11

譚凱〈書報展覽室：流言　散文集　張愛玲著〉

提　要：介紹張愛玲的散文集《流言》

關鍵字：流言

214. 1945年1月10日　《雜誌》第14卷第4期，頁145-147

許季木〈評張愛玲的《流言》〉

提　要：作者先提到拜訪張愛玲的經過，之後藉《流言》續印
一事評論當中各篇散文，並提及其中之圖畫和照片。
專欄名為「每月評壇」。

關鍵字：流言、每月評壇

215. 1945年1月10日　《雜誌》第14卷第4期，頁148-151

應賁〈歲尾劇壇巡禮：傾城之戀〉

提　要：作者評價《傾城之戀》改編成舞台劇的效果，認為小
說中的韻味「卻在劇本裡失去了」，張愛玲亦未能把
精緻的描寫用到劇本和對白之中。對白方面，劇本與
小說基本相同，但效果不算理想。文中亦有對舞台裝
置和導演等作評論，最後結論為「看戲如讀小說」。

關鍵字：傾城之戀、舞台劇

216. 1945年1月10日　《雜誌》第14卷第4期，頁152

／〈文化報道〉

提　要：短訊一則，報導錢公俠主編之《語林》除有評論文字，
亦有〈記張愛玲〉和〈血滴子〉等文，銷量甚佳。

關鍵字：錢公俠、語林

217. 1945年1月11日　《社會日報》，頁4

柳浪〈袁世凱　傾城之戀　黨人魂　甜甜蜜蜜〉

提　要：作者看了幾齣戲後的短評，其中提及《傾城之戀》由
　　　　小說改編舞台劇，有著先天的叫座力，並提及第二幕
　　　　淺水灣旅館中范柳源與白流蘇的「第一流」調情，令
　　　　觀眾神往。專欄名為「觀劇小說」。

關鍵字：傾城之戀、舞台劇

218. 1945年1月11日　《社會日報》，頁4

焉用牛〈卜萬蒼跑明星香檳〉

提　要：作者文中短評《傾城之戀》由羅蘭飾演的角色改由丁
　　　　芝演出，是因為丁芝自殺後大有號召力，文章評這樣
　　　　招徠生意太殘忍。專欄名為「藝海微瀾集」。

關鍵字：傾城之戀、舞台劇、羅蘭、丁芝、藝海微瀾集

219. 1945年1月15日　《文友》第4卷第5期，頁20

金長風〈傾城之戀（劇評）〉

提　要：作者認為《傾城之戀》全劇的意識模糊並消極，情緒
　　　　很淡。文章亦評價了演員的演技。

關鍵字：白流蘇、范柳原、傾城之戀、舞台劇

220. 1945年1月15日　《女聲》第3卷第9期，頁37
／〈（上）這是羅蘭……〉
提　要：一則記錄演員羅蘭在《傾城之戀》裡扮演白流蘇的
　　　　文字，並說「她的聲音和動態都委婉動人」。原文
　　　　無標題。
關鍵字：傾城之戀、舞台劇、羅蘭、白流蘇

221. 1945年1月21日　《大上海報》，頁碼不明
戎輕露〈連環套之愛〉
提　要：回應1945年1月7日刊登的〈張愛玲與余愛淥〉一文，
　　　　挪揄余愛淥自稱與張愛玲有緣一事。（本則資料按肖
　　　　進：《舊聞新知張愛玲》一書所記）
關鍵字：余愛淥、插圖

222. 1945年1月21日　《大上海報》，頁碼不明
康海〈平襟亞與張愛玲〉
提　要：文章寫平襟亞（秋翁）與張愛玲的認識經過、投稿和
　　　　稿費「一千元灰鈿」，並提及秋翁後集錦小說〈紅
　　　　葉〉（1944年11月3日）諷刺張愛玲。（本則資料按
　　　　肖進：《舊聞新知張愛玲》一書所記）
關鍵字：平襟亞、秋翁、稿費、一千元灰鈿、紅葉

223. 1945年1月22日　《社會日報》，頁4

康海〈關於《傾城之戀》〉

提　要：評論《傾城之戀》舞台劇，提及缺點為分幕過多，人
　　　　物上下場不自然，主角個性欠明顯；正面評價為「表
　　　　演了一部份人生的真面目」。

關鍵字：傾城之戀、舞台劇

224. 1945年1月25日　《語林》第1卷第2期，頁31-32

編者〈關於〈記張愛玲〉〉

提　要：《語林》雜誌為早前汪宏聲先生〈記張愛玲〉及「一
　　　　千元灰鈿」一事致歉，指出編者失誤未能讓張愛玲來
　　　　稿聲明，令讀者誤會。

關鍵字：汪宏聲、一千元灰鈿、秋翁、稿費

225. 1945年1月25日　《語林》第1卷第2期，頁32-33

張愛玲〈不得不說的廢話〉

提　要：張愛玲回應「一千元灰鈿」案，指出賬目有問題。

關鍵字：秋翁、稿費、一千元灰鈿

226. 1945年1月25日　《語林》第1卷第2期，頁33-35

秋翁〈「一千元」的經過〉

提　要：秋翁交代「一千元灰鈿」案中，各次向張愛玲付稿費
　　　　的經過。

關鍵字：秋翁、稿費、一千元灰鈿

227. 1945年1月25日　《語林》第1卷第2期，頁35

汪宏聲〈「灰鈿」之聲明〉

提　要：汪宏聲表明自己無意涉及「一千元灰鈿」案中，並為
　　　　自己早前提及張愛玲學生時代一篇作文充兩篇的事引
　　　　起誤會表示「惶恐」。

關鍵字：汪宏聲、秋翁、稿費、一千元灰鈿

228. 1945年1月25日　《語林》第1卷第2期，頁35-36

閔紹橞〈一個更正〉

提　要：作者澄清有關汪宏聲〈記張愛玲〉、《國光》、《鳳
　　　　藻》和過去張愛玲中學時期發生的事。

關鍵字：汪宏聲、國光、鳳藻、記張愛玲

229. 1945年1月28日　《東方日報》，頁2

／〈張愛玲將編寫《金鎖記》〉

提　要：短訊一則，報導張愛玲將編寫《金鎖記》，原文無
　　　　標題。

關鍵字：金鎖記

230. 1945年2月　《天地》第17期，頁15-17

張愛玲〈「卷首玉照」及其他〉

提　要：張愛玲作品

關鍵字：「卷首玉照」及其他

231. 1945年2月4日　《東方日報》，頁4

／〈文化人粉墨登場　蘇青張愛玲上舞台〉

提　要：文章提到文化人因出版物停刊，靠稿費生活的作家無
不叫苦連天；當《傾城之戀》舞台劇剛演的時候，就
曾謠傳張愛玲會現身說法。文章說最新消息張愛玲將
演《秋海棠》中的羅湘綺，而蘇青或演一個「王大
嫂」的角色。

關鍵字：蘇青、秋海棠

232. 1945年2月9日　《申報》第25450期，第一張，頁2

／〈簡訊〉

提　要：譚正璧編《當代女作家小說選》已出版，包括張愛玲
等作家作品。

關鍵字：譚正璧、蘇青

233. 1945年2月10日　《大上海報》，頁碼不明

留司〈《語林》出版〉

提　要：介紹新一期《語林》出版，當中有「一千元灰鈿」案
的專輯。（本則資料按肖進：《舊聞新知張愛玲》一
書所記）

關鍵字：語林、一千元灰鈿

234. 1945年2月10日　《雜誌》第14卷第5期，頁22-34

張愛玲：《留情》

提　要：張愛玲作品

關鍵字：留情

235. 1945年2月10日　《雜誌》第14卷第5期，頁121

／〈文化報道〉

提　要：短訊一則，報導張愛玲之「散文漫畫集」《流言》出
版已超過一個月，「銷路甚暢，批評亦好」。

關鍵字：流言

236. 1945年2月12日　《大上海報》，頁碼不明

柳浪〈張愛玲與潘柳黛〉

提　要：《古今》、《天地》等七家雜誌編輯將與名演員在元
宵節義演《秋海棠》，並提及張愛玲和潘柳黛會參加
演出。文章又提及兩人曾於《甜甜蜜蜜》中演出。
（本則資料按肖進：《舊聞新知張愛玲》一書所記）

關鍵字：潘柳黛、秋海棠

237. 1945年2月12日　《春秋》第2卷第3期，頁30-33

諤厂〈《流言》管窺──讀張愛玲散文集後作〉

提　要：作者以沈從文和張愛玲皆為小說家寫散文一事為引
　　　　入，藉此評論張愛玲的散文集《流言》，讚美張愛
　　　　玲的文字風格「近於纏綿的瀟瀟，含有三分涼秋的
　　　　蕭瑟，淡淡的哀愁」，並認為〈私語〉最能代表這個
　　　　優點。作者同時也批評〈說胡蘿蔔〉和〈雨傘下〉是
　　　　「撒嬌的輕滑」。文末盛讚〈更衣記〉的收結之妙。

關鍵字：沈從文、洋人看京戲及其他、流言、私語、說胡蘿
　　　　蔔、雨傘下、公寓生活記趣、談音樂、忘不了的畫、
　　　　更衣記、小說、散文

238. 1945年3月　《天地》第18期，頁9-14

張愛玲〈雙聲〉

提　要：張愛玲作品

關鍵字：雙聲

239. 1945年3月10日　《雜誌》第14卷第6期，頁78-84

記者〈蘇青張愛玲對談記　關於婦女・家庭・婚姻諸問題〉

提　要：《雜誌》特約當紅女作家蘇青與張愛玲，對談中國婦
　　　　女、家庭和婚姻等問題

關鍵字：蘇青、訪問、育兒、失嫁、職業婦女、小家庭、同居

240. 1945年3月10日　《雜誌》第14卷第6期，頁91-101

　　　張愛玲《創世紀（一）》

　　　提　要：張愛玲作品

　　　關鍵字：創世紀

241. 1945年3月14日　《力報》，頁2

　　　子規《張愛玲不演羅湘綺》

　　　提　要：文章報導張愛玲不會參演文藝界義演《秋海棠》。

　　　關鍵字：秋海棠

242. 1945年3月24日　《現代週報》第3卷第7期，頁21-23

　　　阿雲〈張愛玲及其他〉

　　　提　要：作者批評張愛玲的作品不宜讓青少年閱讀，因為她的
　　　　　　　作品思想性不足和欠缺積極。作者並以作家應有的態
　　　　　　　度、寫作的思想和女性作家三個角度批評張愛玲的
　　　　　　　作品。

　　　關鍵字：上海、女作家、文藝

243. 1945年3月28日　《繁華報》，頁2

　　／〈蘇青與張愛玲〉

　　提　要：文章評蘇青和張愛玲最近就婦女家庭等問題對談，記
　　　　　　錄於某刊物，二人之共通點為「處處不忘記自己是個
　　　　　　女人，而又的確代表了上海一般婦女的心理」；二人
　　　　　　又同時「承認了男性的神聖」，有所謂「被屈抑的快
　　　　　　活」；又評蘇青有「無窮怨氣，要噴射而出」。

　　關鍵字：蘇青

244. 1945年3月31日　《現代週報》第3卷第8期，頁36

　　／〈讀者之聲　關於張愛玲等〉

　　提　要：一名自稱女學生的讀者來信《現代週報》，指自己的
　　　　　　同學愛讀張愛玲和蘇青只是因為當中「性」的知識和
　　　　　　內容，並批評二人欠缺道德。

　　關鍵字：蘇青、女作家、性

245. 1945年4月　《天地》第19期，頁5-13

　　張愛玲〈我看蘇青〉

　　提　要：張愛玲作品

　　關鍵字：我看蘇青

246. 1945年4月1日　《小天地》第4期，頁6-9

　　張愛玲〈氣短情長及其他〉

　　提　要：張愛玲作品

　　關鍵字：氣短情長及其他

247. 1945年4月1日　《小報》，頁碼不明

張愛玲〈秘密〉

提　要：張愛玲作品。資料據張愛玲著：《華麗緣》（香港：
　　　　皇冠出版社，2010年），頁266所記。

關鍵字：秘密

248. 1945年4月3日　《小報》，頁碼不明

張愛玲〈丈人的心〉

提　要：張愛玲作品。資料據張愛玲著：《華麗緣》（香港：
　　　　皇冠出版社，2010年），頁267所記。

關鍵字：丈人的心

249. 1945年4月6日　《力報》，頁2

張愛玲〈炎櫻衣譜〉

提　要：張愛玲提及炎櫻與妹妹將開設時裝店，自己也有入
　　　　股。文末提到對現實不滿而革命被認為是好的，但對
　　　　現在流行的衣服不滿，卻要被斥為奇裝異服。

關鍵字：炎櫻衣譜、奇裝異服

250. 1945年4月7日　《力報》，頁2

張愛玲〈炎櫻衣譜：草裙舞背心〉

提　要：張愛玲介紹炎櫻改裝設計的草裙舞背心

關鍵字：炎櫻衣譜、草裙舞背心

251. 1945年4月7日　《大上海報》

耳聞〈張愛玲開時裝公司〉

提　要：報導張愛玲改行開設時裝公司，並提及她奇異的服裝。

（本則資料按肖進：《舊聞新知張愛玲》一書所記）

關鍵字：時裝公司

252. 1945年4月8日　《力報》，頁2

張愛玲〈炎櫻衣譜：羅賓漢〉

提　要：張愛玲介紹炎櫻改裝設計的苔綠雞皮大衣令她聯想到
　　　　俠盜羅賓漢

關鍵字：炎櫻衣譜、羅賓漢

253. 1945年4月9日　《力報》，頁2

張愛玲〈炎櫻衣譜：綠袍紅鈕〉

提　要：張愛玲介紹炎櫻改裝設計的墨綠旗袍

關鍵字：炎櫻衣譜、綠袍紅鈕

254. 1945年4月9日　《社會日報》，頁2

陳羌〈賀張愛玲小姐開店〉

提　要：作者作短詩賀張愛玲開時裝公司，專欄名為「無懷清
　　　　唱」。

關鍵字：時裝公司、無懷清唱

255. 1945年4月10日　《東方日報》，頁2
　　　葛天氏〈張愛玲開時裝公司〉
　　　提　要：報導張愛玲開設時裝公司
　　　關鍵字：時裝公司

256. 1945年4月10日　《大上海報》
　　　文海犁〈奇裝異服〉
　　　提　要：批評張愛玲喜歡奇裝異服，又開設時裝公司，失卻作
　　　　　　　家的氣質。（本則資料按肖進：《舊聞新知張愛玲》
　　　　　　　一書所記）
　　　關鍵字：時裝、奇裝異服

257. 1945年4月10日　《雜誌》第15卷第1期，頁78-89
　　　張愛玲《創世紀（二）》
　　　提　要：張愛玲作品
　　　關鍵字：創世紀

258. 1945年4月10日　《雜誌》第15卷第1期，頁126
　　　張愛玲〈吉利〉
　　　提　要：張愛玲作品，附印在一篇名為〈記蕭友梅先生及其遺
　　　　　　　族〉的文章下。
　　　關鍵字：吉利

259. 1945年4月10日　《雜誌》第15卷第1期，頁133
／〈文化報道〉

提　要：短訊一則，報導「張愛玲將與其文友炎嬰[櫻]創辦一
　　　　時裝設計社，專為人設計服裝」。

關鍵字：時裝設計

260. 1945年4月11日　《東方日報》，頁2
巨人〈張愛玲贊美路易士〉

提　要：批評張愛玲讚美路易士的詩

關鍵字：路易士、詩

261. 1945年4月12日　《東方日報》，頁2
子曰〈張愛玲之貴族身世〉

提　要：重提早前報章經常報導的張愛玲貴族身世，並提及她
　　　　近來開設了時裝店。

關鍵字：貴族、時裝

262. 1945年4月12日　《大上海報》，頁碼不明
離石〈兩對對談〉

提　要：談張愛玲與蘇青對談和梅蘭芳與崔承喜對談二事，提
　　　　及張蘇談的是男女問題，梅崔談的是藝術問題。（本
　　　　則資料按肖進：《舊聞新知張愛玲》一書所記）

關鍵字：蘇青、梅蘭芳、崔承喜、對談

263. 1945年4月14日　《現代周報》第3卷第10期，頁35

　／〈讀者之聲　說張愛玲〉

提　要：刊登四名署名為「青君」、「敬愛的讀者文華」、
　　　　「讀者哲萍」和「戈果」的來信。第一篇自稱喜歡張
　　　　愛玲的作品，卻不明白她為何成名，更批評社會把一
　　　　個封建思想落伍的女性視為藝術的嚮導者；第二篇曾
　　　　提出幾個問題，包括我們的寫作目的是什麼、社會捧
　　　　著張愛玲是否好現象、女作家是否只寫身邊課題、是
　　　　否同意張愛玲的作品只是貴族消閒作品、色情文章是
　　　　否鴛鴦蝴蝶派的支派、作品與思想應該如何；第三篇
　　　　批評張愛玲和蘇青沒有體驗過生活，批評作品是「浮
　　　　華的態度」、「色情」；第四篇批評張愛玲的作品
　　　　只迎合讀者而沒有思想、欠缺生活體驗，作品不是
　　　　活生生的生活、太自誇自大、只有漂亮的外衣、閉
　　　　門造車。

關鍵字：蘇青、色情、女作家

264. 1945年4月15日　《光化日報》，頁2

　張愛玲〈天地人〉

提　要：張愛玲作品

關鍵字：天地人

265. 1945年4月16日　《社會日報》，頁2

陳堯〈炎櫻衣譜〉

提　要：作者評張愛玲與炎櫻即將開幕之時裝公司。專欄名為
　　　　「無懷清唱」。

關鍵字：炎櫻衣譜、無懷清唱

266. 1945年4月20日　《光化日報》，頁2

／〈張愛玲怎麼看蘇青？〉

提　要：一段有關《天地》第19期將會刊出張愛玲〈我看蘇
　　　　青〉一文的推薦文字

關鍵字：我看蘇青

267. 1945年4月22日　《大上海報》，頁碼不明

霸珠藏〈隨筆專家〉

提　要：諷刺張愛玲的〈我看蘇青〉一文有捧場之嫌（本則資
　　　　料按肖進：《舊聞新知張愛玲》一書所記）

關鍵字：我看蘇青

268. 1945年4月29日　《光化日報》，頁2

無名氏〈女作家〉

提　要：張愛玲在〈我看蘇青〉中指出不願意和冰心、白薇二
　　　　人相比，作者認為文章把冰心和白薇並提並不適合。

關鍵字：我看蘇青、冰心、白薇、女作家

269. 1945年5月　　《天地》第20期，頁12-15

炎櫻作，張愛玲譯〈女裝，女色〉

提　要：炎櫻作品

關鍵字：炎櫻、「女裝，女色」

270. 1945年5月10日　　《雜誌》第15卷第2期，頁43-45

張愛玲〈姑姑語錄〉

提　要：張愛玲作品

關鍵字：姑姑語錄

271. 1945年5月10日　　《雜誌》第15卷第2期，頁76

／〈鋼筆與口紅〉

提　要：一名署名「文享」讀者來稿，描繪蘇青、潘柳黛和張
　　　　愛玲插圖，原標題為輯務繁忙的蘇青；弄蛇者潘柳
　　　　黛、奇裝弦人的張愛玲。

關鍵字：蘇青、潘柳黛、張愛玲、插圖

272. 1945年5月10日　　《雜誌》第15卷第2期，頁84-88

洛川〈崔承喜二次來滬記〉

提　要：報導朝鮮舞者崔承喜到訪上海，除了跟梅蘭芳對談，
　　　　亦跟上海女作家包括關露、王淵、潘柳黛和張愛玲
　　　　聚談。

關鍵字：崔承喜、梅蘭芳、關露、王淵、潘柳黛

273. 1945年5月10日　《雜誌》第15卷第2期，頁133
　／〈文化報道〉
　　提　要：短訊一則，報導《天地》將刊張愛玲之〈我看蘇青〉
　　　　　　一文，另傳聞蘇青也會有〈我看張愛玲〉一文刊於
　　　　　　《小天地》。
　　關鍵字：我看蘇青

274. 1945年5月12日　《力報》，頁3
　李七〈蘇青看還張愛玲〉
　　提　要：文章評論張愛玲的〈我看蘇青〉一文吹捧蘇青，現
　　　　　　在蘇青回寫〈看張愛玲〉一文，將於下期《天地》
　　　　　　刊登。
　　關鍵字：蘇青、我看蘇青、天地

275. 1945年5月17日　《大上海報》，頁碼不明
　霸珠藏〈張愛玲與我的兒子〉
　　提　要：作者撰文指自己的兒子的童言童語做比喻很有張愛玲
　　　　　　文筆的影子（本則資料按肖進：《舊聞新知張愛玲》
　　　　　　一書所記）
　　關鍵字：比喻

276. 1945年5月25日　《光化》第1卷第4期，頁12-15

伊林〈婦女問題的論爭──談談《蘇青張愛玲對談記》所引起的婦女、家庭、婚姻諸問題〉

提　要：作者回應〈蘇青張愛玲對談記　關於婦女‧家庭‧婚姻諸問題〉，批評蘇張的立場，並討論性欲、家庭、愛情、婚姻和職業等問題。

關鍵字：蘇青、婦女、家庭、婚姻

277. 1945年6月　《天地》第21期，頁10-12

胡覽乘〈張愛玲與左派〉

提　要：作者藉論張愛玲表達自己對文藝的看法，論及張愛玲的〈夜營的喇叭〉、〈走！走到樓上去〉、〈孔子與孟子〉等文章。

關鍵字：孔子與孟子、夜營的喇叭、「走！走到樓上去」

278. 1945年6月1日　《海報》，頁3

喜鵲〈張愛玲將嫁胡蘭成〉

提　要：談胡蘭成與原配離婚，推測張愛玲將嫁給胡蘭成。

關鍵字：胡蘭成

279. 1945年6月1日　《長江畫刊》第4卷第4期，頁26
／〈傾城之戀本事〉
提　要：舞台劇《傾城之戀》的分場概述，全劇分為四幕：第
　　　　一幕共三場，第二幕共兩場，第三幕沒有分場，第四
　　　　幕共兩場。
關鍵字：舞台劇、傾城之戀、分場

280. 1945年6月1日　《長江畫刊》，第4卷第4期，頁27
張愛玲〈關於《傾城之戀》的老實話〉
提　要：張愛玲講述自己一年前寫《傾城之戀》時的情況，並
　　　　提及自己的寫作理念，包括參差的對照的寫法。另一
　　　　篇〈寫《傾城之戀》的老實話〉刊登於《海報》1944
　　　　年12月9日，頁4。
關鍵字：傾城之戀、參差的對照的寫法

281. 1945年6月2日　《東方日報》，頁2
閣老〈張愛玲的衣著〉
提　要：談張愛玲喜愛奇裝異服，在人群中能輕易認出她來。
關鍵字：奇裝異服

282. 1945年6月2日 《社會日報》，頁3

楊枝〈胡蘭成與應英娣脫輻後 張愛玲之翰墨因緣〉

提　要：談胡蘭成過去任偽宣傳部次長的情況，又認為胡蘭成
　　　　擅寫論文和小品文，故「女作家張愛玲女士，對胡傾
　　　　倒備致[至]」，惺惺相惜；然後又提到胡與應英娣解
　　　　除夫妻關係，胡張亦成為文壇佳話。

關鍵字：胡蘭成

283. 1945年6月3日 《文編週刊》第25期，副刊版

江濤〈胡蘭成離婚事件 張愛玲非君不嫁〉

提　要：報導胡蘭成與原配離婚的原由，以及與張愛玲戀愛的
　　　　經過。

關鍵字：胡蘭成、蘇青、離婚

284. 1945年6月6日 《力報》，頁2

老鳳〈賀張愛玲〉

提　要：文章講述張愛玲與胡蘭成的戀愛經過，並談及胡蘭成
　　　　與原配應瑛娣離婚，估計張愛玲將嫁胡蘭成。

關鍵字：胡蘭成、結婚、應瑛娣

285. 1945年6月10日　《力報》，頁3

老鳳〈應瑛娣是二皇娘〉

提　要：談應瑛娣與胡蘭成本無辦結婚手續，胡蘭成另有元
　　　　配。張愛玲在胡應二人離婚後就算填補應之位置，地
　　　　位也與應無異。

關鍵字：胡蘭成、應瑛娣

286. 1945年6月10日　《雜誌》第15卷第3期，頁12

張愛玲：《創世紀（三）》

提　要：張愛玲作品

關鍵字：創世紀

287. 1945年6月10日　《雜誌》第15卷第3期，頁133

／〈文化報道〉

提　要：短訊一則，報導蘇青之《結婚十年》、《濤》和張愛
　　　　玲的《傳奇》、《流言》在北方均有翻版，蘇張大為
　　　　憤慨，無對應之法。

關鍵字：蘇青、結婚十年、傳奇、流言

288. 1945年6月11日　《光化日報》，頁1

／〈我看張愛玲〉

提　要：一則有關張愛玲的漫畫，現存資料看不清畫畫者名字。

關鍵字：漫畫

289. 1945年6月11日 《力報》，頁3

黃瓜〈張愛玲婚事〉

提　要：談論有人問蘇青對於張胡二人婚事之事

關鍵字：蘇青、胡蘭成、我看蘇青

290. 1945年6月20日 《光化日報》，頁2

黃次郎〈女作家點描〉

提　要：評論不同女作家包括潘柳黛、顧默飛、嚴文涓、張愛玲、柳嫣、關露的風格。形容張愛玲的「有西洋人的血統——洋里洋腔」。

關鍵字：女作家、潘柳黛、關露

291. 1945年6月21日 《海報》，頁2

曼妙〈評創世紀——張愛玲之新作〉

提　要：評論《創世紀》暗指張愛玲的家族歷史，批評張愛玲「把她的祖宗，糟蹋得不成樣子了」。

關鍵字：創世紀

292. 1945年6月23日 《東方日報》，頁3

天遊〈海上新詠（七）　愛玲蘇青〉

提　要：內文如下：「那個《流言》說愛玲，《十年結婚》看蘇青。女中才子聰明甚，大膽何人比謝丁」又提及張愛玲之〈我看蘇青〉，不願以冰心白薇自比。

關鍵字：蘇青

293. 1945年6月23日　《立言畫刊》第344期，頁11

／〈新書介紹：《蘇青與張愛玲》〉

提　　要：報導白鷗女士特撰《蘇青與張愛玲》一書，當中包括
蘇張評傳、生活、論著、最新作品、照片、自畫、
簽署。

關鍵字：蘇青、白鷗

294. 1945年6月26日　《力報》，頁3

鳳三〈女作家訓練班〉

提　　要：作者建議朋友開辦「女作家訓練班」謀利，藉此揶揄
張愛玲。文中更戲言聘請蘇青和張愛玲為名譽校長。
專欄名為「雜亂蕪章」。

關鍵字：蘇青、女作家、雜亂蕪章

295. 1945年6月30日　《大上海報》，頁碼不明

黑老夫〈蘇青、顏潔、張愛玲〉

提　　要：談近期出版刊物之內容，當中提到蘇青的《天地》刊
登胡蘭成的〈張愛玲與左派〉，作者讀後覺得胡蘭成
還是寫這類型的文章更好，更說有人想寫一篇〈胡張
結婚與中國之命運〉來諷刺胡蘭成。（本則資料按肖
進：《舊聞新知張愛玲》一書所記）

關鍵字：蘇青、胡蘭成、張愛玲與左派

296. 1945年7月2日　《申報》第25593期，頁2

　　／〈簡訊〉

　　提　要：國泰書房近闢新書流通部，包括張愛玲在內作品單行
　　　　　　本出借。

　　關鍵字：蘇青、周楞伽、譚正璧、柳雨生、張愛玲

297. 1945年7月3日　《力報》，頁2

　　靳苓〈男張愛玲〉

　　提　要：稱讚作家東方蝃蝀的劇評，並指有人說他的筆觸完全
　　　　　　像張愛玲。

　　關鍵字：東方蝃蝀

298. 1945年7月3日　《光化日報》，頁3

　　商朱〈小報上的女作者〉

　　提　要：文章寫《萬象》曾提拔幾位女作家，張愛玲出道較遲
　　　　　　卻比她們盛名，更有翻譯家傅雷撰寫評論，認為張愛
　　　　　　玲是時代的寵兒。

　　關鍵字：女作家、小報、傅雷

299. 1945年7月4日　《東方日報》，頁2

　　文海犁〈女作家的面孔〉

　　提　要：指有女作家公開自己的肖像後招人談論，其實是「自
　　　　　　作孽」。文中提及張愛玲在《傳奇》上登自己的照片
　　　　　　引起作者幾個朋友的討論和爭吵。

　　關鍵字：女作家、照片

300. 1945年7月7日　《大上海報》，頁碼不明

老道人〈文人的諸好〉

提　　要：作者寫不同作家的評論，認為張愛玲的散文和小說
　　　　　好，近視眼鏡下的瓜子臉好，穿新古典派衣服的膽子
　　　　　和文章裡的炎櫻和姑姑更好。（本則資料按肖進：
　　　　　《舊聞新知張愛玲》一書所記）

關鍵字：譚維翰、班公、陶亢德、柳雨生、文載道、周越然、
　　　　　王淵、炎櫻

---

301. 1945年7月8日　《光化日報》，頁2

商朱〈張愛玲筆下的炎櫻姊妹倆〉

提　　要：介紹炎櫻姊妹二人，並提及炎櫻的趣事。

關鍵字：炎櫻

---

302. 1945年7月10日　《光化日報》，頁2

商朱〈看女作家〉

提　　要：作家指有一天與朋友在街上遇到張愛玲，朋友因為見
　　　　　不到張愛玲穿奇裝異服而失望，並由此談及張愛玲的
　　　　　文筆屬「怪腔」，並諷刺她是「第一流的散文作者，
　　　　　次流的小說家，她的服裝式樣設計卻尚未入流」。

關鍵字：奇裝異服

303. 1945年7月10日　《雜誌》第15卷第4期，頁91-96

炎櫻作，張愛玲譯〈浪子與善女人〉

提　要：炎櫻作品

關鍵字：浪子與善女人

304. 1945年7月10日　《雜誌》第15卷第4期，頁132

／〈文化報道〉

提　要：短訊一則，報導張愛玲正趕寫小說《描金鳳》，原文
　　　　為：「張愛玲近頃甚少文章發表，現正埋頭寫作一中
　　　　型長篇或長型中篇，約十萬字之小說：《苗金鳳》，
　　　　將收在其將於不日出版之小說集中。近頃報間，關於
　　　　張之喜訊頻傳，詢諸本人，則顧而言他，衡之常理，
　　　　是即不否認之意，若是，則張之近況為一面待嫁，一
　　　　面寫作矣。」

關鍵字：描金鳳

305. 1945年7月16日　《大上海報》，頁碼不明

錢公俠〈談女作家〉

提　要：作者談自己對三位女作家王淵、蘇青和張愛玲的看
　　　　法，形容張愛玲是「象牙塔裡的閨秀」，她在「那遠
　　　　處高處奏出人間天上的音樂」。文末宣傳《語林》收
　　　　有幾位女作家的文章。（本則資料按肖進：《舊聞新
　　　　知張愛玲》一書所記）

關鍵字：王淵、蘇青、張愛玲女作家、語林

306. 1945年7月31日　《大上海報》，頁碼不明

文海犁〈女作家給我的感覺〉

提　要：作者談自己對時下幾位女作家的看法，形容張愛玲似

「北京紫禁城頭的玻璃瓦，有著雍容華貴的氣息，以

及飽歷滄桑而細微的傾訴一切的脾氣」。（本則資料

按肖進：《舊聞新知張愛玲》一書所記）

關鍵字：蘇青、丁芝、姚玲、張婉青、湯雪華、程育真、楊綉

珍、潘柳黛、女作家

307. 1945年8月1日　《讀書雜誌》第2卷第1期，頁11-14

李奇〈胡蘭成論〉

提　要：文章評論胡蘭成的文章和理據，認為他的文章「牽強

的理由一句一句敲在心頭」，批評他「到處通用他的

尊崇的感情，然而卻沒有顧慮到現實」，認為他「是

一個純感情者。活著，像一把火的燃燒，真如他的文

章一樣，從沒有想到在任何一個地方停下來歇一下

腳」，更諷刺他所寫關於廢名和張愛玲的評論，「好

像世界文藝復興，不在中國的革命，而屬於廢名和張

愛玲的」。

關鍵字：胡蘭成、廢名

308. 1945年8月9日　《力報》，頁3

斜陽〈流言以外〉

提　要：文章評論張愛玲的《流言》風行一時，但自此一直沒
　　　　有新書出版，她自己與胡蘭成的流言卻代之而興。

關鍵字：胡蘭成、流言

309. 1945年8月10日　《雜誌》第15卷第5期，頁67-72

記者（魯風、吳江楓、朱慕松）〈納涼會記〉

提　要：李香蘭與陳彬龢、金雄白和張愛玲等人聚會對談，談
　　　　及戀愛觀、電影、大報和小報等。

關鍵字：李香蘭、小報

310. 1945年8月10日　《雜誌》第15卷第5期，頁133

／〈文化報道〉

提　要：短訊一則，報導張愛玲與陳彬龢、金雄白、李香蘭等
　　　　人參加由雜誌社舉辦之納涼會，座談紀錄刊於8月號
　　　　的《雜誌》。

關鍵字：納涼會、李香蘭

311. 1945年8月10日　《申報》第25632期，頁2

／〈簡訊〉

提　要：報導《雜誌》8月號的出版消息，內有特稿〈陳彬
　　　　龢·金雄白·李香蘭·張愛玲納涼會記〉。

關鍵字：納涼會記

312. 1945年9月30日　《辛報》，頁碼不明

慕容妍〈張愛玲哪裡去了？〉

提　要：文章指胡蘭成和傅雷在批評張愛玲上落了空，亦指張
　　　　愛玲的散文成就比小說更高，文末並提出張愛玲曾在
　　　　畸形的時代出過一番風頭，現在「張愛玲哪裡去了
　　　　呢」？（本則資料按肖進：《舊聞新知張愛玲》一書
　　　　所記）

關鍵字：胡蘭成、傅雷、傳奇、流言

313. 1945年10月7日　《光華週報》第1卷第4期，頁10

紫揚〈張愛玲的《傳奇》〉

提　要：文章回顧張愛玲在淪陷時期的成名，認為張愛玲過去
　　　　只是「報告病狀」，並沒有指明病狀從何而起。文末
　　　　批評張愛玲既然明白春天一定會來，「竟然貪戀著秋
　　　　天的快樂」。

關鍵字：傳奇、淪陷區

314. 1945年11月9日　《精華》，第1卷第11期，頁2

　　／〈張愛玲寫信給胡蘭成說：「願為使君第三妾！」〉

　　提　要：文章諷刺胡蘭成寫的「和平理論」沒人讀，〈評中國
　　　　　　之命運〉那一類文章看了教人生氣，亦提到〈論張愛
　　　　　　玲〉一文是肉麻的捧場文字。文章最後諷刺胡蘭成與
　　　　　　應瑛娣離婚及與張愛玲戀愛的經過，和張愛玲寫信給
　　　　　　胡稱「願為使君第三妾！」，文章刊於「中外女作家
　　　　　　動態專頁」。

　　關鍵字：胡蘭成、應瑛娣、中外女作家動態專頁

315. 1945年11月15日　《漢奸醜史》第3-4期，頁38-40

　　／〈「政論家」胡蘭成的過去和現在〉

　　提　要：文章回顧胡蘭成在抗戰勝利前的經歷，認為「胡蘭成
　　　　　　的成名，得力於張愛玲不少……祇是那篇〈論張愛
　　　　　　玲〉，好似很有人注意，並不是文章好，實在是捧得
　　　　　　肉麻」，又提到「張竟垂青於胡蘭成，兩人熱戀的程
　　　　　　度，非外人可能明悉」，並重提「願為使君第三妾」
　　　　　　及兆豐花園鬧劇二事。文末認為張愛玲的文章是否還
　　　　　　有出路，「那要看她今後的做人方式了」。

　　關鍵字：胡蘭成

316. 1945年11月30日　《吉譜》第3期，頁7

司徒亞當〈貴族血液女作家的一頁露天祕戲〉

提　要：文章諷刺胡蘭成由校對員一躍而成新聞編輯再躍而成
　　　　「大東亞政論家」，與自稱「貴族血液」女作家之情
　　　　事。又提到勝利前數月，前「大×」月刊主筆孔方先
　　　　生主筆的《紅葉》小說，便是影射胡蘭成和張愛玲的
　　　　情事。

關鍵字：胡蘭成、紅葉

317. 1945年12月10日　《永生》第7期，頁110

穩尚〈從張愛玲說到禁止娶小老婆〉

提　要：作者批評張愛玲向胡蘭成說的「願為使君第三
　　　　妾！」，並批評娶小老婆的做法，要求政府禁止娶小
　　　　老婆。

關鍵字：胡蘭成、小老婆

318. 1946年2月9日　《海風》第13期，頁2

屠翁〈張愛玲趕寫描金鳳〉

提　要：指張愛玲近日足不出戶，趕寫新作品《描金鳳》。

關鍵字：蘇青、描金鳳

319. 1946年2月22日　《大觀園週報》第10期，頁7

章緒〈附逆未遂之女作家——張愛玲琵琶別抱〉

提　要：談張胡二人相識、交往到分開過程，並諷刺張愛玲為
　　　　「附逆未遂之女作家」。

關鍵字：袁殊、胡蘭成

320. 1946年3月6日　《海光》第14期，頁2

友蘭〈張愛玲失蹤！〉

提　要：指張愛玲因交友不慎影響名聲，近日有人到訪等候亦
　　　　不見其縱影。詢問其女僕說早於月前不知何往，故此
　　　　張愛玲失蹤之說開始流傳。

關鍵字：失蹤

321. 1946年3月12日　《海星》第4期，頁6

亞泰〈張愛玲新作將發表〉

提　要：指張愛玲抗戰勝利後沉寂一時，今新作《描金鳳》終
　　　　於發表。

關鍵字：柯靈、描金鳳、傾城之戀、新光

322. 1946年3月14日　《海晶》第4期，頁5

呵呵〈胡蘭成生死未卜　張愛玲行蹤之謎〉

提　要：抗勝勝利後胡蘭成被通緝，連帶張愛玲亦失蹤。

關鍵字：胡蘭成、失蹤

323. 1946年3月17日　《海濤》第4期，頁2

路人〈張愛玲買橘子〉

提　要：批評張愛玲之好名好利，及報導她在抗戰勝利後失蹤
　　　　的消息，以及近日有指她曾靜安寺路電車站邊買了一
　　　　袋橘子。

關鍵字：胡蘭成

324. 1946年3月18日　《海潮週報》第1期，頁5

恨玲〈張愛玲趕寫描金鳳〉

提　要：文章諷刺張愛玲在淪陷時期的成名、其行為舉止的古
　　　　怪和與蘇青互相標榜等；又指在抗戰勝利後張愛玲在
　　　　家半年多不敢再動筆，怕被人檢舉；並指新作品《描
　　　　金鳳》獲高柯靈先生看中，不久將出版。

關鍵字：蘇青、柯靈、描金鳳

325. 1946年3月18日　《風光》第2期，頁9

木梁兒〈張愛玲從此孤枕獨眠〉

提　要：諷刺淪陷時期的女作家例如蘇青和張愛玲以色情作招
　　　　徠，而抗戰勝利後胡蘭成被通緝，近傳落網，文章諷
　　　　刺張愛玲要「孤枕獨眠」。

關鍵字：蘇青、胡蘭成、女作家、色情

326. 1946年3月18日　《香海畫報》第1期，頁5

廣成〈張愛玲怪模怪樣穿怪裝〉

提　要：報導上海最近服裝流行中西合璧，而這種風氣正正由
　　　　張愛玲帶起，並諷刺張愛玲舉止脾氣和穿著同樣古
　　　　怪，本想開設時裝店，卻因日本人投降而成泡影。

關鍵字：時裝

327. 1946年3月20日　《星光》第1期，頁7

鳳三〈張愛玲刻意求工〉

提　要：報導上海最近服裝流行中西合璧，而這種風氣正正由
　　　　張愛玲帶起，並諷刺張愛玲舉止脾氣和穿著同樣古
　　　　怪，本想開設時裝店，卻因日本人投降而成泡影。

關鍵字：時裝

328. 1946年3月24日　《黑白》第2期，頁4

周太太〈張愛玲開壽衣店〉

提　要：報導最近傳聞張愛玲在電台上唱申曲，又批評她穿著
　　　　古怪，早前打算開的時裝店近日與她的文章一樣「無
　　　　聲無臭」，更諷刺她開辦壽衣店必定受到摩登死人
　　　　歡迎。

關鍵字：時裝

329. 1946年3月28日　《東南風》第2期，頁2

一士〈胡蘭成秀才造反　張愛玲甘心作妾〉

提　要：文章回顧胡蘭成與應瑛娣的離異和跟張愛玲的戀愛經

過，並諷刺胡蘭成在漢口組織獨立政府。

關鍵字：胡蘭成、應瑛娣

330. 1946年3月30日　《海派》第1期，頁5

愛讀〈張愛玲做吉普女郎〉

提　要：指張愛玲抗戰勝利後隱姓埋名，除蟄居趕寫《描金

鳳》外，近日亦有人見到張愛玲坐在吉普車上，又有

人見到她挽著美國軍官在大光明看電影。

關鍵字：描金鳳

331. 1946年3月30日　《海濤》第6期，頁2

成之〈左派漢奸胡蘭成〉

提　要：文章指胡蘭成之「成名」受助於張愛玲，否則不會有

人注意他的名字。文章並提到胡蘭成與應英娣之情

事，以及他與林柏生交惡和辦《苦竹》與《大公週

刊》的左傾事宜。

關鍵字：胡蘭成、苦竹

332. 1946年4月1日　《上海灘》第1期，頁2

馬川〈張愛玲徵婚〉

提　要：文章寫張愛玲在胡蘭成離開後，閒來寫小說《描金
鳳》，並認為張愛玲失蹤之說不可信。文章又以諷刺
的口吻說張愛玲的苦悶，並說她寫了一篇名為「徵
婚」的小說，將登於桑弧編的《大眾》雜誌。

關鍵字：胡蘭成、描金鳳、桑弧

333. 1946年4月1日　《香海畫報》第3期，頁27

風聞〈張愛玲‧欣賞名勝　解決小便〉

提　要：文章指蘇青提出張愛玲的小便問題，又說張愛玲在旅
行出遠門時最著緊解決小便問題。

關鍵字：蘇青、小便

334. 1946年4月3日　《萬花筒》第1期，頁8

竹雄〈胡蘭成阿瑛離異始末〉

提　要：文章說明在張愛玲之前，胡蘭成與第二妾阿瑛離異之
事，提到過去胡認識嚮導女阿瑛，相戀不到兩年，胡
便喜新厭舊，與張愛玲熱戀。現在胡的花燭妻子已變
了瘋子，阿瑛則蟄居於熊劍東家。

關鍵字：胡蘭成

335. 1946年4月9日　《星光》第4期，頁9

阿拉記者〈張愛玲鬧雙包案〉

提　要：文章先回顧近日有關張愛玲有關《描金鳳》和失蹤之
　　　　說，再報導作者去電台訪問，才發現是一名唱申曲的
　　　　女子與張愛玲同名。

關鍵字：描金鳳、申曲

336. 1946年4月12日　《海花》第3期，頁6

未老〈胡蘭成難償相思願──蔣果儒勒馬　張愛玲失戀〉

提　要：文章講述胡蘭成與前任情人蔣果儒的相識經過，並提
　　　　胡蘭成後與張愛玲戀愛。

關鍵字：胡蘭成、蔣果儒

337. 1946年4月13日　《海風》第22期，頁2

一廉〈張愛玲遣嫁有期〉

提　要：文章講述淪陷時期蘇青和張愛玲二人有「文壇女縱
　　　　橫」之譽，並提及二人分別與陶亢德、柳雨生和袁
　　　　殊、胡蘭成的關係。二人在抗戰勝利後沉寂一時，近
　　　　日蘇青又將主編《山海經》，而文章說張愛玲的姑姑
　　　　介紹江君予張愛玲，並快將在紅運樓舉行嘉禮之日。

關鍵字：陶亢德、柳雨生、袁殊、胡蘭成、蘇青

338. 1946年4月15日　《香海畫報》第5期，頁54

一之〈張愛玲改名連雲　蘇青不忘《天地》〉

提　要：作者指在新發行的旬刊上，看到一篇名為〈上下連
　　　　髮〉的文章，署名「連雲」的，其實是張愛玲；另一
　　　　篇〈墮胎記〉，署名黃麗珠，其實是蘇青；文末並介
　　　　紹蘇青編的某報，不忘《天地》和《古今》的風格。

關鍵字：蘇青

339. 1946年4月17日　《新天地》第3期，頁11

展尚〈胡蘭成一掌傷情：應娣訴往事：他們是這樣離婚的！〉

提　要：文章寫胡蘭成與張愛玲熱戀後鬧婚變，胡的離婚妻應
　　　　娣日前跟記者長談。整篇文章就是她訴說離婚始末的
　　　　紀錄。

關鍵字：胡蘭成

340. 1946年4月18日　《是非》第4期，頁9

良廷〈張愛玲「安定登」〉

提　要：談抗戰勝利後胡蘭成與張愛玲結婚無望，張愛玲只好
　　　　躲在自己住的Edington公寓（諧音安定登）裡寫小說。

關鍵字：胡蘭成、漢奸、公寓

341. 1946年4月18日　《海晶》第9期，頁8

漢公〈張愛玲相戀貴公子〉

提　要：指張愛玲在胡蘭成離開上海後，現與一名來自重慶的
　　　　親戚貴公子相戀。

關鍵字：胡蘭成

342. 1946年4月20日　《海濤》第9期，頁10

鐵郎〈張愛玲千里尋情人〉

提　要：文章指張愛玲短期內會到蘇北尋胡蘭成

關鍵字：胡蘭成

343. 1946年4月20日　《圖畫風》第1期，頁7

悅春〈張愛玲〉

提　要：文章報導沉寂一時的張愛玲正為一家海派週報寫稿

關鍵字：海派

344. 1946年4月23日　《海星》第10期，頁2-3

三門〈胡蘭成的年輕太太〉

提　要：文章說談起張愛玲，一定連帶想到胡蘭成，並說他寫
　　　　了一篇〈張愛玲論〉而獲張之青睞，張愛玲將嫁胡蘭
　　　　成的消息甚囂塵上，並記述胡蘭成擔任偽宣傳部次長
　　　　時的各種行為，並說當時他的年輕太太跟他到《中華
　　　　日報》去，被排字工人認得是「嚮導女」。

關鍵字：胡蘭成

345. 1946年4月27日　《海濤》第10期，頁5

無心〈張愛玲衣譜〉

提　要：文章記某週刊傳張愛玲喜訊近，作者於是記錄張公館
　　　　裡的嫁妝皮箱中的奇裝異服，例如燈籠式的春大衣、
　　　　皮球形的春大衣、前紅後綠旗袍、闊滾棉鞋和孔雀
　　　　西服。

關鍵字：奇裝異服

346. 1946年4月30日　《萬象》第3期，頁9

一士〈周祕書關懷張愛玲〉

提　要：報導自重慶來的司法行政部祕書周逸雲先生欣賞張愛
　　　　玲的作品，並詢問張愛玲的近況。

關鍵字：胡蘭成、連環套

347. 1946年5月4日　《上海灘》第4期，頁3

彭朋〈敵憲兵捉拿柯靈　張愛玲嚴遭盤問〉

提　要：指張愛玲早前在柯靈家受到日本憲兵盤問

關鍵字：柯靈

348. 1946年5月7日　《海星》第12期，頁9

定一〈張愛玲結婚禮服設計〉

提　要：報導張愛玲快將與也有貴族血液的蔣某結婚，並建議
　　　　張愛玲結婚時穿南洋地方的紗籠、蒙古地方的草帽、
　　　　美國式的兜紗、日本式的木履，再佩湯姆生手鎗，當
　　　　會轟動上海。

關鍵字：貴族血液、結婚、奇裝異服

349. 1946年5月10日　《滬風》第6期，頁6

洛陽〈懷念張愛玲〉

提　要：作者感嘆張愛玲甘願與蘇青相提並論，並稱讚張的小
　　　　說不能只用戀愛二字形容，因為她襯托出了人生。文
　　　　末並呼籲張愛玲「應當愛惜她七寶的羽毛」。

關鍵字：蘇青、金鎖記、封鎖、殷寶灧送花樓會

350. 1946年5月14日　《上海灘》第5期，頁6-7

／〈煩交張愛玲女士〉

提　要：一名書迷寫給張愛玲的示愛信件，特輯名為「女作家
　　　　情書特輯」。

關鍵字：女作家情書特輯

351. 1946年5月15日　《萬花筒》第7期，頁11

紅雨〈吉普女朗又多一個　張愛玲投筆改行〉

提　要：講述張愛玲在抗戰勝利前在文壇的事蹟，諷刺她與敵偽文化人來往，並重提「一千元灰鈿」事件；文末寫作者見到宇文先生，宇文先生說張愛玲憑著她流利的英語和年輕貌美，改行當吉普女郎。

關鍵字：周瘦鵑、沉香屑、天才夢、平襟亞、一千元灰鈿、吉普女郎

352. 1946年5月18日　《海風》第27期，頁5

愛爾〈張愛玲腰斬描金鳳〉

提　要：指張愛玲不滿意新作《描金鳳》的起頭部分，決定焚燬，現只有下半部。

關鍵字：蘇青、傳奇、描金鳳

353. 1946年5月27日　《風光》第12期，頁12

芙〈張愛玲的漢奸丈夫　胡蘭成一篇家庭流水賬〉

提　要：報導胡蘭成與其原配和繼室的過去，以及他與張愛玲之間的關係。

關鍵字：胡蘭成

354. 1946年6月1日　《至尊畫報》第2期，頁9

勤〈張愛玲對胡蘭成說：「別的事都可以答應……」〉

提　要：指胡蘭成在漢口醫院另結新歡，結識一名護士，並要
　　　　求張愛玲把事情寫成小說，被張愛玲拒絕。

關鍵字：胡蘭成

355. 1946年6月4日　《東南風》第11期，頁4

子禾〈滿面憂柳[抑]的張愛玲〉

提　要：作者說日前在高乃依路見到張愛玲滿臉憂抑，「像宦
　　　　門的小寡婦」。

關鍵字：憂抑

356. 1946年6月8日　《海濤》第16期，頁2

其七〈張愛玲作品難出籠〉

提　要：指由於張愛玲怕被稱為「附逆文人」，遲遲未敢將作
　　　　品刊登問世，目前仍在寫《描金鳳》。

關鍵字：蘇青、胡蘭成、描金鳳

357. 1946年6月10日　《風光》第14期，頁11

柳絮〈張愛玲唱申曲〉

提　要：介紹同名為「張愛玲」的申曲主唱，同時指張愛玲只
　　　　是「小問題」作家，除了她跟胡蘭成的關係，想不出
　　　　她有任何「附逆」行為，作者更直言偏愛她的文字。

關鍵字：申曲、胡蘭成、附逆

358. 1946年6月15日　《今報‧女人圈》第1期（創刊號），頁碼不明

世民（張愛玲）〈不變的腿〉

提　要：張愛玲以筆名「世民」所寫的文章，詳參陳子善相關研究〈「女人圈」‧〈不變的腿〉‧張愛玲〉。

關鍵字：世民、不變的腿

359. 1946年6月18日　《東南風》第13期，頁5

式人〈百萬元購張愛玲作品〉

提　要：指張愛玲因無發表文章的地盤曾專心設計時裝，卻不受歡迎；曾與一貴公子相戀卻又沒有結果；最近打算把自己的羅曼史寫成小說，據聞已有出版社出資一百萬預付稿費。

關鍵字：時裝、稿費

360. 1946年6月21日　《大觀園週報》第27期，頁4

李曾〈買臭豆腐乾要塗脂抹粉　張愛玲的古怪脾氣〉

提　要：講述張愛玲的古怪脾氣，包括不招待朋友吃飯、出門買臭豆腐乾前也要塗脂抹粉等。

關鍵字：怪脾氣、奇裝異服

361. 1946年6月22日　《海濤》第18期，頁8

文海犁〈真假張愛玲　東方蝃蝀確有其人〉

提　要：文章記某報有人說東方蝃蝀是張愛玲的化名，作者說
　　　　東方蝃蝀真有其人，其真名為李君維，為聖約翰高材
　　　　生，其以「枚屋」的筆名在《辛報》上發表影評，小
　　　　說則刊於《幸福》、《宇宙》等雜誌，他並對服裝很
　　　　有研究。

關鍵字：東方蝃蝀

362. 1946年6月26日　《香雪海畫報》第1期，頁8

春長在〈張愛玲化名寫稿〉

提　要：文章稱張愛玲近日用「世民」的筆名寫了許多小品，
　　　　交《今報》的「女人圈」發表，第一篇文章叫〈不變
　　　　的腿〉，並提到「女人圈」的編者蘇紅說張愛玲還有
　　　　十幾篇題材給她，並要求每一篇都要換上新的筆名。

關鍵字：今報、抗戰勝利、筆名、化名

363. 1946年6月26日　《淩霄》第2期，頁10

北棋〈文壇慧星東方蝃蝀：男性的張愛玲〉

提　要：講述男作家東方蝃蝀以張愛玲式的文體寫作，讓人誤
　　　　以為是張愛玲的化名。作者認為東方蝃蝀不但文字和
　　　　題材跟張愛玲相似，他也跟張愛玲一樣能自己繪插
　　　　圖，唯一的不同是這位男作家不穿奇裝異服。東方蝃
　　　　蝀故有「男張愛玲」之稱。

關鍵字：蘇青、東方蝃蝀、描金鳳、奇裝異服

364. 1946年6月26日　《香雪海畫報》第1期，頁11

木然〈張愛玲諷刺蘇青〉

提　要：作者認為張愛玲〈我看蘇青〉一文有諷刺蘇青之
　　　　意，同時作者表示比起張愛玲的小說，他更欣賞她
　　　　的散文。

關鍵字：蘇青、我看蘇青

365. 1946年7月18日　《海濤》第20期，頁5

白色記者〈看見張愛玲〉

提　要：記者報導自己偶遇張愛玲在報攤、等電車和擠電車的
　　　　經過。

關鍵字：偶遇、電車

366. 1946年7月20日　《星光》第新2期，頁8

文探〈騙美金稿費　張愛玲寫英文小說〉

提　要：報導張愛玲在抗戰勝利後未有像蘇青一樣繼續在中
　　　　國文化界活躍，反而轉戰英文雜誌《紅皮書》（Red
　　　　Book）投稿，並提到在林語堂後，張愛玲是另一位拿
　　　　美國稿費的中國作家。

關鍵字：蘇青、紅皮書、林語堂

367. 1946年7月28日　《海晶》第22期，頁10

琳丁丁〈張愛玲浪漫有法國風味　她的母親嫁過法國人〉

提　要：作者諷刺張愛玲自命貴族血統和打扮奇怪，更提及她
的母親改嫁法國人，又批評張愛玲在《傾城之戀》把
親友的事寫出來，最後更罵她：「兩只[隻]眼睛向下
吊，一張巨口，醜！家醜，自己醜，真醜！」

關鍵字：傳奇、傾城之戀、貴族血統、母親

368. 1946年7月31日　《香雪海》第1期，頁5

蟝蝀〈跟在張愛玲後面〉

提　要：作者描述自己跟在張愛玲後面，看見她買報和等電車
的經過，內容跟《海濤》1946年7月18日所登白色記
者所寫的〈看見張愛玲〉很相似。

關鍵字：電車

369. 1946年8月3日　《海風》第36期，頁3

小小〈張愛玲為《紅書》寫稿〉

提　要：文章寫最近有流言說張愛玲最近投稿美國的《紅
書》，此書是美國的一本通俗小說、婦女讀物，但張
愛玲本人卻否認其事。

關鍵字：紅書

370. 1946年8月4日　《國際新聞畫報》第50期，頁10

赫金〈張愛玲的繡花鞋〉

提　要：文章稱讚張愛玲的寫作小說技巧，提及她的作品充滿
　　　　憂抑感。文末提到張愛玲喜歡東方古典味的服裝，最
　　　　愛穿繡花鞋

關鍵字：繡花鞋

371. 1946年8月7日　《東南風》第16期，頁6

佛手〈張愛玲改訂《傳奇》〉

提　要：指張愛玲在抗戰勝利後失去鋒芒，張愛玲正埋頭寫作
　　　　《描金鳳》，並改訂《傳奇》，加幾篇新作再出版再
　　　　版本。最近張又去看過辣斐大戲院看過《日出》，並
　　　　盛讚路珊的演技。

關鍵字：蘇青、描金鳳、結婚十年、吉普女郎、傳奇、路珊

372. 1946年8月13日　《東南風》第17期，頁6

**施來庵〈長篇連載　海派名人列傳　第七名「貴族血液
　　女作家」張愛玲〉**

提　要：介紹海派名人，其中包括作家張愛玲，文章稱她為敵
　　　　偽時期紅極一時之「新感覺派」女作家。文章提及貴
　　　　族血液、奇裝異服、與胡蘭成相戀，近日埋首寫作
　　　　《描金鳳》。文章亦提及袁殊。

關鍵字：新感覺派、貴族血液、胡蘭成、描金鳳、袁殊

373. 1946年8月28日　《一周間》第12期，頁2

華美〈張愛玲想做記者〉

提　要：文章諷刺張愛玲的「貴族血液」，批評她早年愛虛
　　　　榮、愛出風頭，與胡蘭成的關係更葬送她的一生。文
　　　　章回顧張愛玲進入文壇的前後經過，並指她最新動態
　　　　是準備在《大眾夜報》和《滬報》做記者。

關鍵字：胡蘭成、貴族血液、記者

374. 1946年9月4日　《東南風》第20期，頁8

小朱〈張愛玲將東山再起〉

提　要：寫在敵偽時期紅得發紫的張愛玲，錯戀胡蘭成而招致
　　　　批評，而她雖有「貴族血液」，但其實生活困苦。勝
　　　　利後她的作品遇到阻礙，故此改以英文寫作，並說最
　　　　近有一位出版界老闆願意替她出版新作，她或許能東
　　　　山再起。

關鍵字：胡蘭成、貴族血液

375. 1946年9月4日　《大公報》（天津版），頁6

某甲〈雜談：蘇青的色情作品〉

提　要：談淪陷區出現兩個女作家張愛玲和蘇青，而後者最近
　　　　以色情作品成名。

關鍵字：蘇青

376. 1946年9月8日　《滬報》，頁1

雲峯〈西裝男朋友隨侍　張愛玲到警局　要求追究翻印書籍〉

提　要：記者在黃埔警察分局見到張愛玲，追問之下，張愛玲
　　　　說要到警局報案，因一個書販商人陳德元盜印《傳
　　　　奇》售賣，同行還有一位姓蕭的朋友。

關鍵字：傳奇、盜印、陳德元

377. 1946年9月15日　《星光》第新10期，頁3

麥梅〈警局拒絕・張愛玲維護版權〉

提　要：指張愛玲由於在淪陷期間沒有為其作品《傳奇》向警
　　　　局或中宣部登記，依法並無版權，故此在抗戰勝利後
　　　　出現盜版，警方亦將拒絕受理。

關鍵字：傳奇、盜版

378. 1946年9月16日　《鐵報》，頁3

默盦〈祕密告御狀・胡蘭成弄巧成拙〉

提　要：文章回顧胡蘭成的過去，提到他篇了一本雜誌《苦
　　　　竹》，又「拼命地捧張愛玲以求愛，果然達到目的，
　　　　得到她的情書『願為使君第三妾』」，評為「貽笑一
　　　　方」；文章又批評胡蘭成向日本人上書批評林柏生和
　　　　偽宣傳部等；現在聽說他在抗戰勝利後跑到延安去。

關鍵字：胡蘭成

379. 1946年9月21日　《精華》第2卷第革新25期，頁7
／〈海派女作家請警局維護權益〉

提　要：文章報導女作家張愛玲家居常德路一九五號第六〇號
　　　　室，於1944年8月間曾編印《傳奇》一書，最近發現
　　　　翻版，認為違反出版法，侵害其著作權益，昨天到警
　　　　局請求取締。

關鍵字：傳奇

380. 1946年9月22日　《上海灘》第16期，頁4
上官燕〈貴族血液的大胆女作家　張愛玲重述連環套〉

提　要：文章重提張愛玲因胡蘭成而被人險舉，亦提及張愛玲
　　　　因生活問題擬於某報館做記者，但因身份問題未能成
　　　　事，只能翻印《傳奇》和《流言》。日前流傳重慶某
　　　　銀行行長之子向張愛玲求婚卻被拒絕，近來張愛玲則
　　　　趕寫《描金鳳》。

關鍵字：胡蘭成、傳奇、流言、描金鳳

381. 1946年10月1日　文匯報，頁碼不明（文化街）

甲文〈張愛玲與《傳奇》〉

提　要：文章為張愛玲辯護，認為她是受盛名之累，並提及她
　　　　的《傳奇》被偷印，故最近會重新排印這本書，並有
　　　　新的題記說明自己並不曾與政治發生任何關係、她所
　　　　寫的東西例如《傳奇》和《流言》也沒有涉及政治。
　　　　作者甲文即柯靈，版面為「文化街」。（本則資料按
　　　　《印刻文學生活誌》2004年7月號之頁40-41所記）

關鍵字：甲文、柯靈、傳奇、流言、文化街

382. 1946年10月4日　《滬報》，頁4

柳黛〈張愛玲這個人　一　臉是一個古典的鵝蛋型的臉〉

提　要：作者回憶第一次見到張愛玲是在一個茶會上，張愛玲
　　　　的頭髮長長披在肩上，臉是一個古典的鵝蛋型的臉，
　　　　臉色不大好；衣服穿得古怪，她穿了一件海藍色的軟
　　　　緞的夾袍，周身滾滿了五六寸寬的青蓮色軟緞的雲
　　　　邊，腳上一雙同料的緞鞋，鬢邊插著一串小小的絨製
　　　　的豆花，文章形容她靜靜地坐著，「像一個木偶，也
　　　　像一個公主」。

關鍵字：臉、奇裝異服

383. 1946年10月5日　《滬報》，頁4

柳黛〈張愛玲這個人　二　她有許多怪脾氣〉

提　要：文章評論張愛玲的行為是「非常東方型的古典派的女
　　　　性」，並談到她說話和寫文章都是慢而認真；又評論
　　　　她的怪脾氣是「極度富有傳奇性的」，例如會以盛裝
　　　　招乎友人。

關鍵字：怪脾氣

384. 1946年10月6日　《滬報》，頁4

柳黛〈張愛玲這個人　三　自已[己]設計的奇裝異服〉

提　要：文章評論張愛玲喜歡穿自己設計的奇裝異服，更曾與
　　　　炎櫻預備開時裝公司。作者回憶《傾城之戀》舞台劇
　　　　在蘭心排演時，張愛玲穿著一條拖地的寬幅大裙，裙
　　　　的下擺，卻用鋼圈圈起來，像十七世紀美洲南部土著
　　　　所穿。又有一次，張愛玲去探訪蘇青，蘇青要求她穿
　　　　得平常一點，但張愛玲卻穿了一件寶藍軟緞的旗袍，
　　　　外邊罩著一件玫瑰紫的坎肩，旗袍下擺與袖口都掛滿
　　　　了流蘇，使得弄堂裡的人將她團團圍住，水洩不通。
　　　　文末記張愛玲所說的話：「如果一個人本身，沒有什
　　　　麼出奇制異，惹人注目的地方，就應該製造一些出
　　　　來，比方像我，我的身材是這樣平常的，那麼穿兩件
　　　　新奇一點的衣服，又有什麼關係？」

關鍵字：奇裝異服

385. 1946年10月7日 《滬報》，頁4

柳黛〈張愛玲這個人 四 她的許多獨特的理論〉

提　要：文章評論張愛玲有很多獨特的理論，有的是卓見，有
　　　　的是偏見。文章舉例說張愛玲平日很少出門，有一次
　　　　卻為了樓下叫賣臭豆腐乾，卻要先化妝才跑下七樓去
　　　　買臭豆腐乾，但擔子早已走遠了。

關鍵字：臭豆腐乾

386. 1946年10月8日 《滬報》，頁4

柳黛〈張愛玲這個人 五 她母親有傾城之姿〉

提　要：作者曾拜訪張愛玲，回憶她的房間佈置有「幾分洋
　　　　腔」，但她的外型卻是最東方派，並形容她為「中西
　　　　合璧」的人物。作者又見到張愛玲母親的照片，形容
　　　　她的母親是一個漂亮的女人，像西班牙貴婦，認為她
　　　　母親有「傾城之姿」。

關鍵字：母親

387. 1946年10月11日 《滬光》第革新2期，頁4

恨莉〈名符其實的紅幫女裁縫 張愛玲下海做裁縫〉

提　要：文章提及最近有關張愛玲的傳言，例如做吉普女郎、
　　　　寫《描金鳳》、北上省親、下海做女裁縫，並提到張
　　　　愛玲目前工作的裁縫店是霞飛路之「X芳」，老闆娘
　　　　對她另眼相看，稱她為「張司務」，進帳比寫稿的收
　　　　入更好。

關鍵字：胡蘭成、描金鳳、吉普女郎

388. 1946年10月19日　《星光》第新15期，頁2

人士〈張愛玲害相思病〉

提　要：文章指張愛玲因太思念胡蘭成，被目睹在兆豐花園自
　　　　言自語，即過去常與胡蘭成談情之處，被旁人以為神
　　　　經病。又重提張愛玲愛吃臭豆腐乾，去買臭豆腐乾時
　　　　卻要化妝。

關鍵字：胡蘭成、兆豐花園、臭豆腐乾

389. 1946年10月23日　《上海灘》第20期，頁12

諸葛〈張愛玲嗜吃臭荳腐干〉

提　要：作者說與潘柳黛閒談，潘形容張愛玲冷若冰霜，又提
　　　　及她有嗜吃臭荳腐干的怪癖，又重提張愛玲化妝去買
　　　　臭荳腐乾的事，文章更形容張愛玲是個歇斯底里的女
　　　　人，更說胡蘭成入獄以後張愛玲的「性慾苦悶已是到
　　　　了頂點」。文末又提到「嗜臭」是一種怪癖。

關鍵字：臭荳腐乾、胡蘭成、性慾、怪癖

390. 1946年11月4日　《快活林》第37期，頁3

柏翁〈張愛玲的秋季奇裝〉

提　要：文章形容張愛玲為鬼才作家，英文比中文更好，過去
　　　　曾為「二十世紀」撰寫英文文章。文章又認為她的小
　　　　說字裡行間顯示出她是個「性情變態」的人，形容她
　　　　的外貌特徵以及奇裝異服，又重提她與朋友開設時裝
　　　　設計公司失敗，無人問津。文末提到張愛玲的秋裝刺
　　　　目驚嚇，連「美國時裝狂想家也要自嘆勿如」。

關鍵字：二十世紀、時裝公司、奇裝異服

391. 1946年11月13日　《誠報》，頁3

紅娃〈傳奇〉

提　要：文章批評外界說張愛玲是畫家有點過份，說她只是喜
　　　　歡賣弄小聰明，從前在自己的小說中畫插圖；最近
　　　　《傳奇》再版，封面由張愛玲自己設計，封面上有一
　　　　個人頭沒有面目，「頗帶一點鬼氣，從窗外伸入」，
　　　　又說記得《流言》的封面上也有一個沒有面目的張
　　　　愛玲。

關鍵字：傳奇、封面

392. 1946年11月23日　《誠報》，頁3

小紅〈女人圈〉

提　要：報導有關潘柳黛、藍蘭、丁默邨和童芷苓、言慧珠和
　　　　羅舜華、張愛玲等人的消息。其中有張愛玲的是關於
　　　　其《傳奇》再版本正在趕印中，張愛玲為審慎起見曾
　　　　數次到印刷公司看校樣。

關鍵字：傳奇

393. 1946年12月2日　《飛報》，頁3

牆耳〈姜愛玲巧遇張愛玲〉

提　要：介紹舞廳工作的姜愛玲在「新都」巧遇從「萬象廳」
　　　　走下來的作家張愛玲，並在某「才子」的檯上坐下
　　　　來，兩位「愛玲」碰頭。文章並附有姜愛玲的肖像。

關鍵字：舞廳、姜愛玲、張愛玲

394. 1946年12月10日　《羅賓漢》，頁2

漢子〈張愛玲蘇青潘柳黛論〉

提　要：作者評論淪陷時期的三位女作家，批評張愛玲的小說
　　　　「完全是小聰明」，只是「文字的遊戲」，是「偏
　　　　鋒」而非「正氣」。同名文章亦刊於《海潮週報》第
　　　　42期（1947年3月30日），頁12。

關鍵字：蘇青、潘柳黛

395. 1946年12月11日　《甦報》，頁2

怡紅〈論姚玲兼談張愛玲〉

提　要：作家兼論姚玲和張愛玲，認為張愛玲的奇裝異服令他
　　　　不愛，認為張愛玲神經上有病態，並明言討厭她。

關鍵字：姚玲、病態

396. 1946年12月20日　《東南風》第35期，頁11

玫瑰〈張愛玲與沈浩做鄰舍〉

提　要：寫影星沈浩最新搬到張愛玲住的公寓隔鄰，一見如
　　　　故，成為了鄰居。

關鍵字：沈浩、公寓

397. 1947年1月31日　《鐵報》，頁6

阿廖〈黃紹芬擔任攝影・影壇上平添佳話　劉瓊陳燕燕合演《不了情》〉

提　要：文章提到劉瓊和陳燕燕合演《不了情》，此片由陳燕
　　　　燕的前夫黃紹芬攝影，黃陳二人是被拆散的一對，作
　　　　者認為桑弧這個安排能引起轟動。

關鍵字：不了情、劉瓊、陳燕燕、黃紹芬、桑弧

398. 1947年2月1日　《鐵報》，頁4

神農〈諸事齊備・祇欠燈泡　《不了情》開工尚有待〉

提　要：文章報導桑弧導演的《不了情》布景已預備好，可以
　　　　開拍；桑弧的作品有口皆碑；陳燕燕風情勝昔。

關鍵字：不了情、桑弧、陳燕燕

399. 1947年2月2日　《鐵報》，頁4

百軍〈父親「影迷」女兒「不了情」　佐臨父女拍影戲〉

提　要：文章報導桑弧的《不了情》即日就要開拍，陳燕燕和
　　　　劉瓊合演。

關鍵字：不了情、桑弧、陳燕燕、劉瓊

400. 1947年2月5日　《海晶》第2卷第1期，頁8

／〈不了情！陳燕燕銀幕現身說法〉

提　要：文章寫陳燕燕的感情經歷，被張善琨所騙及與黃紹芬
　　　　離異始末。最新陳燕燕將現身說法演出桑弧導演之
　　　　《不了情》。

關鍵字：不了情、桑弧、陳燕燕

401. 1947年2月9日　《凌霄》革新第1期，頁6

藝客〈《太太萬歲》拍完　「文華」囤積新片〉

提　要：文章報導文華上週已拍完《太太萬歲》，由蔣天流主
　　　　演，片中有張伐坐飛機的鏡頭，為國產片別開場面。
　　　　文章又提到《太太萬歲》的編劇是張愛玲，此片預訂
　　　　於12月初上映。

關鍵字：太太萬歲

402. 1947年2月13日　《滬報》，頁3

孤鶩〈張愛玲不識鴛鴦？〉

提　要：文章指張愛玲在《傳奇》的一篇小說中寫一張結婚證
　　　　書「印著一雙五彩的鴨子」，作者指應為鴛鴦，張愛
　　　　玲卻誤認為鴨子。

關鍵字：傳奇、鴛鴦

403. 1947年2月16日　《飛報》，頁2

柳絮〈傳奇的封面畫〉

提　要：文章指張愛玲的畫是「女文人」的畫，而不是畫家的
　　　　畫，又批評《傳奇》增訂本的封面是「惡札」，認為
　　　　畫作非常不自然，作者認為這畫不僅「感到不安」，
　　　　其實有些討厭。

關鍵字：傳奇、封面

404. 1947年2月18日　《鐵報》，頁3

高唐〈《不了情》的寫作者〉

提　要：文章指不少人以為《不了情》的劇本由桑弧所寫，其
　　　　實是出自張愛玲的手筆。

關鍵字：不了情、桑弧

405. 1947年2月23日　《戲世界》第266期，頁7

高唐〈陳燕燕新片：《不了情》中飾家庭教師〉

提　要：介紹《不了情》由桑弧編導，由陳燕燕飾演家庭教
　　　　師，與劉瓊合演。

關鍵字：不了情、桑弧、陳燕燕、劉瓊

406. 1947年2月24日　《滬報》，頁4

／〈文華公司的不了情近日乘天氣晴和正在拍外景〉

提　要：短訊一則，報導文華公司的《不了情》近日乘天氣晴
　　　　和正在拍外景。專欄名為「銀‧訊」。

關鍵字：不了情、文華

407. 1947年3月9日　《寫意》第1期，頁19

葉〈陳燕燕不了情〉

提　要：文章指陳燕燕與前夫黃紹芬離異後，最近拍攝《不了
　　　　情》，可謂「不是冤家不聚頭」。

關鍵字：不了情、陳燕燕

408. 1947年3月10日　《鐵報》，頁4

／〈文華公司《不了情》一片……〉

提　要：短訊一則，說文華公司《不了情》一片，現已完成一
　　　　半拍攝，日內正忙於拍外景。原文無標題。

關鍵字：不了情、文華

409. 1947年3月11日　《一四七畫報》第10卷第10期，頁15
／〈石揮：謀再竄進電影界……桑弧的《不了情》他主演〉
提　要：文章說桑弧導演的《不了情》，劇本由張愛玲寫，有
　　　　人說是根據《再生緣》改編，頗合中國風味；又說張
　　　　愛玲是個西片迷，桑弧是愛讀張愛玲的小說，故請張
　　　　愛玲替文華擔任基本編輯；文末稱石揮將擔任佐臨導
　　　　演的《影迷傳》男主角。
關鍵字：不了情、文華、桑弧

410. 1947年3月16日　《藝海畫報》第2期，頁5
杰人〈《不了情》的內容〉
提　要：文章介紹《不了情》由桑弧導演、張愛玲編劇，男女
　　　　主角為劉瓊和陳燕燕；並提到電影將於4月初上映，
　　　　近日正在趕拍中。
關鍵字：不了情、桑弧、劉瓊、陳燕燕

411. 1947年3月17日　《滬報》，頁3
江城〈女作家笑談〉
提　要：這篇文章分為「潘柳黛噱透」和「張愛玲怪極」兩部
　　　　分。文章提到張愛玲的怪脾氣，住在公寓中卻足不出
　　　　戶，謝絕交往，但在樓上聽聞有臭豆腐賣卻要化妝才
　　　　追到樓下去買。
關鍵字：潘柳黛、臭豆腐

412. 1947年3月18日　《前線日報》，頁5

居壘〈《不了情》陳燕燕主演編劇是張愛玲〉

提　要：文章介紹《不了情》的劇情，並說桑弧跟作者說，外
　　　　間盛傳《不了情》是西片《再生緣》的改編絕非其
　　　　事，只有部分相似；作者並說由張愛玲所寫的劇本一
　　　　定出乎意料地動人。文本提到年青導演桑弧，另有陳
　　　　燕燕和劉瓊出演，父親一角則由嚴肅擔任。

關鍵字：不了情、桑弧、劉瓊、陳燕燕、再生緣、嚴肅

413. 1947年3月19日　《新上海》第59期，頁10

陽明〈胡蘭成在延安「受訓」〉

提　要：文章提到女作家張愛玲的愛人胡蘭成在抗戰勝利後跟
　　　　沈啟無投奔中共，過去胡蘭成曾以〈戰難和亦不易〉
　　　　批評中共，故此中共負責人認為沈啟無只須受訓三個
　　　　月，但胡蘭成要受訓兩年，才可有工作做。文章批評
　　　　胡蘭成是「可憐的投機政治家」。

關鍵字：胡蘭成、沈啟無

414. 1947年3月22日　《真報》，頁4

甦〈陳燕燕忍淚吞聲！《不了情》真是「不了情」〉

提　要：文章提到於《不了情》飾演女主角的陳燕燕受桑弧之
　　　　邀出演，但此片攝影者竟是其前夫攝影師黃紹芬，憶
　　　　及過去只能暗淚吞聲。同名文章刊於《戲世界》第
　　　　292期（1947年5月23日），頁9。

關鍵字：陳燕燕、桑弧、不了情

415. 1947年3月25日　《和平日報》，頁8

于御〈周璇演《邊城》　張愛玲寫對白〉

提　要：文章寫桑弧有意把沈從文的《邊城》搬上銀幕，決定
　　　　由周璇主演，又聽說此電影的對白由張愛玲寫，並認
　　　　為由張愛玲這位「女才子」寫對白定會令電影錦上
　　　　添花。

關鍵字：桑弧、周璇、邊城

416. 1947年3月27日　《上海灘》革新第6期，頁4

／〈陳燕燕與黃紹芬「不了情」　棄婦重彈舊調，覆水鴛夢
難溫〉

提　要：文章提到陳燕燕自被張善琨誘騙後，復被張遺棄，現
　　　　文華邀請她與劉瓊合演《不了情》，此片由桑弧導
　　　　演，陳之前夫黃紹芬攝影。

關鍵字：不了情、陳燕燕、桑弧、劉瓊

417. 1947年3月29日　《泰山》革新第7期，頁2

／〈文華公司開張四巨炮：陳燕燕黃紹芬不了情〉

提　要：文章《不了情》為文華影業公司的處女作，男女主角
　　　　由劉瓊、陳燕燕擔任，並據說此電影影射陳燕燕與黃
　　　　紹芬的婚變。

關鍵字：不了情、陳燕燕、黃紹芬

418. 1947年3月30日　《海潮週報》第42期，頁12

漢子〈張愛玲蘇青潘柳黛論〉

提　要：作者評論淪陷時期的三位女作家，批評張愛玲的小說
　　　　「完全是小聰明」，只是「文字的遊戲」，是「偏
　　　　鋒」而非「正氣」。同名文章亦刊於《羅賓漢》1946
　　　　年12月10日，頁2。

關鍵字：蘇青、潘柳黛

419. 1947年4月1日　《電影》第8期，頁26

齋主〈永遠扮演悲劇的角色〉

提　要：文章提到《不了情》是陳燕燕東山再起的作品，由桑
　　　　弧編、張愛珍[玲]寫。文章又提到桑弧與屠光啟同受
　　　　朱石麟薰陶。

關鍵字：不了情、陳燕燕、桑弧

420. 1947年4月1日　《大家》第1卷第1期，頁10-16

張愛玲：《華麗緣》

提　要：張愛玲作品

關鍵字：華麗緣

421. 1947年4月4日　《真報》，頁4

柯洛〈卡爾登門口張愛玲發嗲〉

提　要：文章重提張愛玲的「貴族血液」，以及她的最新作品
　　　　《不了情》上映。作者說昨日在卡爾登大戲院門口見
　　　　到張愛玲和炎櫻，張愛玲用英語向炎櫻解釋《不了
　　　　情》的劇照。文章並提及二人的穿著。

關鍵字：不了情

422. 1947年4月6日　《海潮週報》第43期，頁10

亞當〈陳燕燕不了情：想起從前事，偏逢小冤家〉

提　要：文章寫陳燕燕被張善琨運用惡勢力強遭姦污後，現在
　　　　似乎變了「活寡婦」；最近拍攝《不了情》又重遇為
　　　　電影攝影師的前夫黃紹芬，文章形容二人不是重墮
　　　　情網。

關鍵字：不了情、陳燕燕

423. 1947年4月8日　《鐵報》，頁4

神農〈《不了情》先睹記〉

提　要：文章討論《不了情》的劇情，並讚賞陳燕燕和劉瓊的
　　　　演技，以及桑弧特寫的處理「呼應非常的快」和「簡
　　　　潔」；文末評演張媽的路珊和演父親的嚴肅一角，舞
　　　　台氣氛太強。

關鍵字：不了情、嚴肅、路珊、陳燕燕、劉瓊桑弧

424. 1947年4月9日　《時事新報晚刊》，頁3

木尊〈《不了情》試片銀幕上看陳燕燕　劉瓊動作「擺架子」〉

提　要：文章討論《不了情》的劇情與西片《再生緣》有點類
　　　　似，但張愛玲和桑弧否認是改編；又討論陳燕燕年華
　　　　老去、劉瓊脫不了他的擺架子動作、桑弧的導演手法
　　　　是賣弄小噱頭。

關鍵字：不了情、桑弧、陳燕燕、劉瓊

425. 1947年4月10日　《中華時報》，頁3

韓海〈關於《不了情》張愛玲編・桑弧導・劉瓊陳燕燕主演〉

提　要：文章討論《不了情》的劇情，評論這套電影最好的地
　　　　方是「把幾個人的個性從各種不注意的小節枝上深刻
　　　　地淋漓盡致的指摹出來」，又評陳燕燕身材太胖減去
　　　　美感。

關鍵字：不了情、陳燕燕

426. 1947年4月11日　《羅賓漢》，頁3

勤孟〈不了情〉

提　要：讚賞《不了情》片名甚佳。專欄名字為「雷達集」。

關鍵字：不了情、雷達集

427. 1947年4月11日　《力報》，頁4

江童〈不了情的警告〉

提　要：作者調侃有太太的先生不要跟其他小姐談戀愛，《不
　　　　了情》對小姐有警告。

關鍵字：不了情

428. 1947年4月11日　《力報》，頁3

周小平〈觀：《不了情》後（上）〉

提　要：作者因《不了情》導演是桑弧而去捧場，並表達對他
　　　　的欣賞；作者的太太則嫌《不了情》不夠悲劇。

關鍵字：不了情

429. 1947年4月11日　《戲報》，頁3

寒梅〈張愛玲不了情成功〉

提　要：作者評張愛玲寫《不了情》非常生動，不落抗戰八年
　　　　的俗套，卻又「異常雋永」；對白輕鬆，「引起人幽
　　　　默的微笑」；劉陳演技洗鍊；桑弧導演成功。

關鍵字：不了情、桑弧

430. 1947年4月11日　《一四七畫報》第11卷第7期，頁14

／〈《不了情》已於昨日全部拍好〉

提　要：短訊一則，記《不了情》已於昨日全部拍好，定本月
　　　　九日在「卡爾登」及「滬光」上映。

關鍵字：不了情

431. 1947年4月12日　《前線日報》，頁5

／〈陳燕燕重作馮婦第一片《不了情》〉

提　要：短訊一則，記陳燕燕重作馮婦第一片《不了情》已
　　　　在上映，又提到她最近投資拍戲，自費拍片，興致
　　　　甚佳。

關鍵字：不了情、陳燕燕

432. 1947年4月12日　《滬報》，頁3

曙天〈滬光試映不了情影片之日場中有女客二人極遭人注目〉

提　要：短訊一則，記《不了情》上映之日，有二女客遭受
　　　　注目。

關鍵字：不了情

433. 1947年4月12日　《力報》，頁3

周小平〈觀：《不了情》後（下）〉

提　要：作者認為《不了情》是一部雅俗共賞的影片，桑弧在
　　　　導演上顯得活潑與輕鬆，是一篇清麗的散文；又讚賞
　　　　配角的演技；並提到《不了情》裡的父親一角為影射
　　　　張愛玲自己的父親。

關鍵字：不了情

434. 1947年4月12日　《快活林》第57期，頁6

老計〈張愛玲看試片　用英文和姑姑討論十分得意〉

提　要：報導張愛玲看《不了情》試片，並介紹影片內容。文
　　　　章錯把炎櫻說為張愛玲的姑姑。

關鍵字：炎櫻、陳燕燕、不了情、姑姑

435. 1947年4月13日　《鐵報》，頁3

羌公〈張愛玲與《不了情》〉

提　要：文章介紹《不了情》的內容，並認為與張愛玲自身
　　　　的經歷有關，更認為她借片諷刺；又評論全劇輕鬆
　　　　明快，如讀抒情小品，「於無限纏綿中寓有無限淒
　　　　哀」。

關鍵字：不了情

436. 1947年4月13日　《力報》，頁2

海士〈張愛玲使人舒服：行頭考究的愛情故事的作者〉

提　要：作者慕名讀張愛玲新作《華麗緣》，並戲仿《華麗
　　　　緣》題目之註，認為可在張愛玲的名字下寫：「這是
　　　　一位行頭考究的愛情故事的作者」，並評論張愛玲的
　　　　小說細膩但近於瑣屑，有點累贅，「太做作」，但對
　　　　於色彩的渲染是獨到的，有些地方有一種說不出的使
　　　　人舒服之處。

關鍵字：華麗緣

437. 1947年4月13日　《真報》，頁2

蓋阿毛〈不了情〉

提　要：作者認為《不了情》情調優美，但只是因為男女主角
　　　　身份較高之故，故此賺取觀眾同情的眼淚。

關鍵字：不了情

438. 1947年4月13日　《誠報》，頁2

鳳三〈不了情的配角〉

提　要：文章稱讚《不了情》演父親的配角演員嚴肅演技精
　　　　湛；其他配角如路珊、童星彭朋等的演出也值得
　　　　不看。

關鍵字：不了情、嚴肅、路珊、彭朋

439. 1947年4月14日　《新上海》第64期，頁3

文海〈張愛玲埋頭編劇　《不了情》劇本報酬六百萬〉

提　要：文章比較蘇青和張愛玲，批評蘇青的《結婚十年》是
　　　　「自瀆紀錄」，但張愛玲的小說沒有一篇是誨淫的；
　　　　文章又提到張愛玲近日埋頭寫一篇長篇小說和《描金
　　　　鳳》的舞台劇本，預計三四個月後可以脫稿。文末提
　　　　到她替文華電影公司撰寫的《不了情》電影劇本據說
　　　　報酬為六百萬。

關鍵字：蘇青、描金鳳、不了情

440. 1947年4月14日　《中華時報》，頁3

　　沈露〈惆悵──《相見恨晚》和《不了情》教我想起這些〉

　　提　要：作者寫自己看了《相見恨晚》和《不了情》的感想

　　關鍵字：不了情

441. 1947年4月14日　《申報》第24841期，頁9

　　無邊〈不了情〉

　　提　要：作者評論張愛玲的《不了情》，認為張愛玲無法給出
　　　　　　一個答案，採取了「不了了之」的方法結束這段「不
　　　　　　了情」，並認為這是因為作者缺少了健全的「思想與
　　　　　　認識」。

　　關鍵字：不了情

442. 1947年4月15日　《羅賓漢》，頁3

　　柳黛〈評不了情〉

　　提　要：文章短評《不了情》，認為陳燕燕老了，劉瓊「千片
　　　　　　如一片」，張愛玲迷信得很，桑弧導演手法不錯。

　　關鍵字：不了情

443. 1947年4月15日　《力報》，頁3

　　游汙瀆〈張愛玲手套遮醜〉

　　提　要：文章提到張愛玲四季不離手套、吃飯不離手套，是因
　　　　　　為雙手的凍瘡「多得駭人」。同名文章刊於《海潮週
　　　　　　報》第55期（1947年6月30日），頁8。

　　關鍵字：手套、凍瘡

444. 1947年4月16日　《藝海畫報》第3期，頁13
　　／〈不了情本事〉
　　提　要：有關電影《不了情》的劇情介紹和演員表
　　關鍵字：不了情

445. 1947年4月16日　《力報》，頁2
　　小春〈《不了情》二三事〉
　　提　要：評電影《不了情》演員極少，布景僅三堂，是一部
　　　　　　「本輕利重」的影片；又評片中若干技巧極佳，例如
　　　　　　以「滿盆香煙屁股估計時刻的多少」、「弄三十二張
　　　　　　骨牌，推算未來命運」等。
　　關鍵字：不了情

446. 1947年4月18日　《評論報》第16期，頁16
　　植梅〈影劇評論：不了情〉
　　提　要：文章短評《不了情》風格很細緻，桑弧和張愛玲的風
　　　　　　格和趣味都有相同之處；文章提到《不了情》與西片
　　　　　　《再生緣》相仿，優點是中國化了，缺點則是沒有
　　　　　　《再生緣》的悱惻。文章稱讚導演控制得好，劉瓊的
　　　　　　戲很瀟灑，但陳燕燕則老了，欠缺少女的風情。
　　關鍵字：不了情、再生緣、桑弧、劉瓊、陳燕燕

447. 1947年4月19日　《大公晚報》，頁2

　　／〈影壇瑣聞〉

　　提　要：陳燕燕於勝利後第一部出演的電影《不了情》已經公
　　　　　　映，成績甚佳，由張愛玲編劇、桑弧導演。

　　關鍵字：陳燕燕、桑弧、不了情

448. 1947年4月19日　《和平日報》，頁8

　　沙洛〈我看《不了情》〉

　　提　要：作者評《不了情》的味道淡之又淡，玄之又玄；又認
　　　　　　為沒有好萊塢的風味，缺少高潮；配音拙劣，使全片
　　　　　　失色不少；竭力節省膠片；陳燕燕沒有線條。

　　關鍵字：陳燕燕、桑弧、不了情

449. 1947年4月19日　《禮拜六》第71期，頁13-14

　　菲子〈陳燕燕與《不了情》〉

　　提　要：作者稱讚陳燕燕在《不了情》中的演技洗鍊精湛，並
　　　　　　談論陳燕燕和張愛玲本人各自的戀情。

　　關鍵字：陳燕燕、不了情

450. 1947年4月23日　《導報（無錫）》，頁4

　　影子〈陳燕燕的不了情〉

　　提　要：作者提及陳燕燕的個人感情經歷與其飾演《不了情》
　　　　　　的一角，批評陳燕燕與黃紹芬和張善琨之事，皆由於
　　　　　　其意志薄弱。

　　關鍵字：陳燕燕、不了情

451. 1947年4月24日　　《一四七畫報》，頁19

　　／〈影壇近事：胡楓客串太太〉

　　提　要：文華正籌備下一部新片，由張愛玲編劇、桑弧導演的
　　　　　　《太太萬歲》，男主角定為石揮、韓非和張伐，三女
　　　　　　角則只定了蔣天流，第三女角又有改約上官雲珠的消
　　　　　　息；文末寫文華打算請胡楓主演太太。同樣的一篇文
　　　　　　章〈《太太萬歲》‧胡楓客串太太〉亦刊於《鐵報》
　　　　　　（1947年7月17日），頁4。

　　關鍵字：太太萬歲、文華

452. 1947年4月25日　　《大公報》（上海版），頁8

　　羅然〈評《不了情》〉

　　提　要：作者評論《不了情》礙於張愛玲的狹隘生活環境。作
　　　　　　者認為電影有詩樣的美和無限柔情，並有濃重的感傷
　　　　　　氣息，故此「用來麻醉觀眾的感情，她是成功的」。
　　　　　　文章同時又批評作者沒有對做成悲劇的社會予以「鞭
　　　　　　撻和憎恨」，正是她的「失敗處」。

　　關鍵字：不了情

453. 1947年4月27日　《大公報》（上海版），頁8

羅然〈評《不了情》（續完）〉

提　要：作者評論《不了情》對世情的醜陋一面只略略揭開一
　　　　看，沒有深刻發掘血淋淋的現實，故此劇作令人感到
　　　　「空虛」，並認為狹隘的生活圈子決定了作者的人
　　　　生觀。

關鍵字：不了情

454. 1947年4月27日　《羅賓漢》，頁3

葦窗〈張愛玲投稿到美國！〉

提　要：談張愛玲投稿到美國雜誌社，雖未獲刊載，但因作品
　　　　有極高造詣，故出版社召開了編輯和名作家座談會，
　　　　會中認為這篇是戀愛故事，未必為讀者所喜，故致
　　　　函致意，希望張愛玲再寫一篇，以迎合美國讀者。
　　　　同名文章亦刊於《漚光》革新第15期（1947年8月11
　　　　日），頁6。

關鍵字：美國

455. 1947年4月28日　《益世報》，頁8

蕭嵐〈看了《不了情》以後〉

提　要：作者認為電影《不了情》並沒有贏到觀眾的眼淚，並
　　　　評論劇情，認為女主角的出走是失策。

關鍵字：不了情

456. 1947年4月29日　《益世報》，頁8

朱輔〈《不了情》觀後〉

提　要：文章討論《不了情》的劇情，並認為「它並沒有成功」，女主角的出走只帶給觀眾的無限迷惑，整個片子平淡。

關鍵字：不了情

457. 1947年5月1日　《大家》第1卷第2期，頁8-20

張愛玲《多少恨（即《不了情》）》（一）

提　要：張愛玲作品

關鍵字：多少恨、不了情

458. 1947年5月1日　《大家》第1卷第2期，頁18-36

張愛玲《多少恨（即《不了情》）》（二）

提　要：張愛玲作品

關鍵字：多少恨、不了情

459. 1947年5月3日　《導報（無錫）》，頁3

青子〈看不了情〉

提　要：作者說看《不了情》見陳燕燕和劉瓊已有中年之態

關鍵字：不了情、陳燕燕、劉瓊

460. 1947年5月3日　《益世報》，頁碼不明

文芬〈影評：《不了情》〉

提　要：文章說《不了情》是張愛玲根據小說改編而成，由
　　　　桑弧導演，劉瓊和陳燕燕飾演男女主角。文章又提
　　　　到「作者的原旨，在於今日的婦女，常遭遇類似的
　　　　苦痛，而家庭與戀愛，便構成了戲劇的主題」；但文
　　　　章認為《不了情》無法給觀眾一個「真切的結論」和
　　　　「健全的答案」，這個「不了了之的結局」是「作者
　　　　的失敗」。文末讚賞劉瓊和陳燕燕的演技，以及導演
　　　　桑弧「安排得簡潔聰明，前後呼應，連貫妥貼」。
　　　　（本則資料根據王一心編《你若盛開，清風自來：民
　　　　國人眼中的張愛玲》所記）

關鍵字：不了情、陳燕燕、劉瓊、桑弧

461. 1947年5月4日　《甦報》，頁2

馬敏〈張愛玲與不了情！〉

提　要：文章談勝利後文壇曾大力鞭撻張愛玲，但最近她編的
　　　　《不了情》卻大受歡迎，更批評《不了情》影射她與
　　　　胡蘭成之戀，重提過去張愛玲「願為使君妾」之說，
　　　　批評《不了情》劇本肉麻。

關鍵字：不了情、胡蘭成

462. 1947年5月16日　《小日報》，頁2

張愛玲：《鬱金香》

提　要：張愛玲作品

關鍵字：鬱金香

463. 1947年5月17日　《小日報》，頁2

張愛玲：《鬱金香》

提　要：張愛玲作品

關鍵字：鬱金香

464. 1947年5月17日　《益世報》，頁6

少若〈書評　傳奇　張愛玲著　上海雜誌社三十四年二月六版〉

提　要：作者評張愛玲火候不到，有點浮光掠影，認為張愛玲
　　　　如能吃上幾年苦，給生命加強一點折磨，可能會成為
　　　　一代奇蹟。

關鍵字：傳奇

465. 1947年5月18日　《小日報》，頁2

張愛玲：《鬱金香》

提　要：張愛玲作品

關鍵字：鬱金香

466. 1947年5月19日　《快活林》第61期，頁7

辛庚〈張愛玲趕編新作　陳燕燕現身說法！〉

提　要：文章提到《不了情》受太太小姐們喜愛，張愛玲於是
有意再寫一個電影劇本，但苦無題材。適逢張愛玲與
陳燕燕因《不了情》而熟絡，陳告訴了張愛玲一件傷
心往事，張認為是大好的電影故事資料，故想在三星
期內趕編成電影劇本。

關鍵字：陳燕燕、不了情

467. 1947年5月19日　《小日報》，頁2

張愛玲：《鬱金香》

提　要：張愛玲作品

關鍵字：鬱金香

468. 1947年5月20日　《光報》，頁3

何通〈《不了情》之一筆蝕本賬〉

提　要：文華拍《不了情》的本埠營業額近四億元，但文華的
帳房先生卻認為是蝕本生意，因為公司當時是賣點美
金來拍戲，但現在美金的價錢而大幅上升，所以是一
門蝕本生意。

關鍵字：不了情、文華

469. 1947年5月20日　《小日報》，頁2

張愛玲：《鬱金香》

提　要：張愛玲作品

關鍵字：鬱金香

470. 1947年5月21日　《小日報》，頁2

張愛玲：《鬱金香》

提　要：張愛玲作品

關鍵字：鬱金香

471. 1947年5月22日　《小日報》，頁2

張愛玲：《鬱金香》

提　要：張愛玲作品

關鍵字：鬱金香

472. 1947年5月23日　《戲世界》第292期，頁9

／〈《不了情》真是「不了情」　陳燕燕含酸忍淚！〉

提　要：文章提到於《不了情》飾演女主角的陳燕燕受桑弧之
　　　　邀出演，但此片攝影者竟是其前夫攝影師黃紹芬，憶
　　　　及過去只能暗淚吞聲。同名文章刊於《真報》1947年
　　　　3月22日，頁4。

關鍵字：陳燕燕、桑弧、不了情

473. 1947年5月23日　《小日報》，頁2

張愛玲：《鬱金香》

提　要：張愛玲作品

關鍵字：鬱金香

474. 1947年5月24日　《小日報》，頁2

張愛玲：《鬱金香》

提　要：張愛玲作品

關鍵字：鬱金香

475. 1947年5月25日　《小日報》，頁2

張愛玲：《鬱金香》

提　要：張愛玲作品

關鍵字：鬱金香

476. 1947年5月26日　《小日報》，頁2

張愛玲：《鬱金香》

提　要：張愛玲作品

關鍵字：鬱金香

477. 1947年5月26日　《戲世界》第293期，頁8

／〈**影壇秘錄：《不了情》的故事，與西片《再生緣》大同……**〉

提　要：短訊一則，報導《不了情》的故事，與西片《再生緣》大同小異。

關鍵字：不了情

478. 1947年5月27日　《小日報》，頁2

張愛玲：《鬱金香》

提　要：張愛玲作品

關鍵字：鬱金香

479. 1947年5月28日　《小日報》，頁2

張愛玲：《鬱金香》

提　要：張愛玲作品

關鍵字：鬱金香

480. 1947年5月28日　《小日報》，頁3

眉憮〈釋張愛玲貴族血統〉

提　要：文章介紹張愛玲家族歷史，為張愛玲的「貴族血統」平反。

關鍵字：貴族

481. 1947年5月29日　《光報》，頁3
　　／〈張愛玲說部〉
　　提　要：作者說看張愛玲某報所登之小說，功效可抵三片安眠
　　　　　　藥片。專欄名稱為「水手雜寫」。
　　關鍵字：水手雜寫、單行本、小說

482. 1947年5月29日　《導報（無錫）》，頁2
　　／〈不了情〉
　　提　要：短文一則寫陳燕燕重登銀幕與劉瓊合演《不了情》。
　　關鍵字：不了情、陳燕燕

483. 1947年5月29日　《小日報》，頁2
　　張愛玲：《鬱金香》
　　提　要：張愛玲作品
　　關鍵字：鬱金香

484. 1947年5月30日　《小日報》，頁2
　　張愛玲：《鬱金香》
　　提　要：張愛玲作品
　　關鍵字：鬱金香

485. 1947年5月31日　《小日報》，頁2
　　張愛玲：《鬱金香》
　　提　要：張愛玲作品
　　關鍵字：鬱金香

486. 1947年6月1日　《青青電影》復刊第1期，頁7
／〈張愛玲紅透電影界〉
提　要：文章提到張愛玲自撰寫《不了情》電影劇本後紅透電
　　　　影圈，許多電影導演都在動張愛玲腦筋，希望得到她
　　　　的新劇本；文章又透露聽說張愛玲的稿費是每千字三
　　　　萬元，同時因為要求雜誌要在三期內刊登完她的小
　　　　說，故此現在的雜誌都很難滿足她的要求。
關鍵字：不了情、稿費

487. 1947年6月1日　《青青電影》復刊第1期，頁20
／〈張愛玲的新作　將以陳燕燕做模特兒〉
提　要：張愛玲將以《不了情》主角陳燕燕的經歷為藍本撰寫
　　　　一篇新小說；另陳燕燕現另自組影片公司，張愛玲預
　　　　備替她寫個劇本，讓她能自己飾演這個角色。
關鍵字：陳燕燕、不了情

488. 1947年6月14日　《真報》，頁2
魯〈論張愛玲〉
提　要：談論張愛玲出道和竄紅的過去，並評她雖不能稱為漢
　　　　奸文人，但屬於偽作家。
關鍵字：漢奸、偽作家

489. 1947年6月15日　《中外春秋》第33期，頁8
　　／〈張愛玲和她父親〉
　　提　要：文章提到張愛玲寫《鬱金香》和《不了情》同樣細
　　　　　　膩，又認為《不了情》中的父親太不堪，世界絕無這
　　　　　　種父親；因而聯繫到張愛玲自己的遭遇，認為因此把
　　　　　　父親的形象寫得如此不堪。
　　關鍵字：不了情、父親

490. 1947年6月28日　《東方日報》，頁6
　　高爾溫〈桑弧張愛玲再合作〉
　　提　要：文章提到桑弧與張愛玲合作《不了情》後，近日會
　　　　　　再度合作，張愛玲正在趕寫劇本，女主角可能為蔣
　　　　　　天流。
　　關鍵字：不了情、蔣天流

491. 1947年6月30日　《海潮週報》第55期，頁8
　　／〈張愛玲手套遮醜！！〉
　　提　要：文章提到張愛玲四季不離手套、吃飯不離手套，是因
　　　　　　為雙手的凍瘡「多得駭人」。同名文章曾刊於《力
　　　　　　報》1947年4月15日，頁3。
　　關鍵字：手套、凍瘡

492. 1947年7月11日　《鐵報》，頁4

神農〈太太萬歲〉

提　要：文章報導桑弧再邀請張愛玲編劇《太太萬歲》，由
　　　　桑弧本人導演，該劇輕鬆奇趣，女主角定由蔣天流
　　　　擔任。

關鍵字：太太萬歲、桑弧、蔣天流

493. 1947年7月15日　《青青電影》復刊第4期，頁10

／〈張愛玲・桑弧・再度合作・太太萬歲開拍〉

提　要：張愛玲《不了情》公映後頗得好評，桑弧再請她寫劇
　　　　本，稿酬為七百萬，即《太太萬歲》，現將開拍，由
　　　　桑弧導演，石揮、張伐、蔣天流等主演。

關鍵字：桑弧、不了情、太太萬歲、石揮、張伐、蔣天流

494. 1947年7月17日　《鐵報》，頁4

萬乘〈《太太萬歲》・胡楓客串太太〉

提　要：文華正籌備下一部新片，由張愛玲編劇、桑弧導演的
　　　　《太太萬歲》，男主角定為石揮、韓非和張伐，三女
　　　　角則只定了蔣天流，第三女角又有改約上官雲珠的消
　　　　息；文末寫文華打算請胡楓主演太太。同樣的一篇文
　　　　章〈影壇近事：胡楓客串太太〉亦刊於《一四七畫
　　　　報》（1947年4月24日），頁19。

關鍵字：太太萬歲、文華

495. 1947年7月18日　《上海人報》，頁3

　　妞兒〈陳燕燕的不了情！〉

　　提　要：文章談到陳燕燕的情事

　　關鍵字：陳燕燕

496. 1947年7月29日　《滬光》革新第13期，頁7

　　／〈張愛玲銷洋裝！〉

　　提　要：文章談張愛玲希望模仿林語堂之成功，寄了一個戀愛
　　　　　　故事到美國投稿被拒，美國回覆說希望她寫一些風土
　　　　　　人情作品。

　　關鍵字：美國

497. 1947年7月30日　《大公晚報》，頁1

　　／〈國泰趕製哀江南　周璇主唱採茶歌　太太萬歲隨母與子
　　而來〉

　　提　要：報導由張愛玲編劇、桑弧導演的《太太萬歲》即將在
　　　　　　《母與子》後開拍

　　關鍵字：太太萬歲、桑弧

498. 1947年7月30日　《益世報》，頁3

　　／〈張愛玲‧桑弧　再度合作〉

　　提　要：繼《不了情》獲得好評後，張愛玲與導演桑弧再度合
　　　　　　作之作品《太太萬歲》即將開拍，編劇費為七百萬
　　　　　　元；另主角已定為蔣天流。

　　關鍵字：桑弧、蔣天流、太太萬歲、不了情

499. 1947年8月1日　《一四七畫報》第14卷第4期，頁17
／〈銀色列車〉
提　要：短訊一則記文華電影公司拍攝《不了情》後，所拍的
　　　　《母與子》也會於日內竣工。
關鍵字：不了情

500. 1947年8月5日　《真報》，頁4
更生〈《太太萬歲》重性的描寫〉
提　要：文章談《太太萬歲》是一部同情太太的電影，又聽說
　　　　劇情有關於丈夫在性方面的無能而導致太太苦悶等劇
　　　　情，認為張愛玲這位女作家太大膽；又說《太太萬
　　　　歲》以性來擄掠色迷的觀眾，內容無一點藝術。
關鍵字：太太萬歲

501. 1947年8月6日　《鐵報》，頁4
百車〈韓非石揮新片中跑龍套〉
提　要：文章談《太太萬歲》由六位話劇領銜演員主演，但其
　　　　實真正的主演只有蔣天流和張伐，石揮韓非二人都是
　　　　配角。文中又提及石揮認為《太太萬歲》劇本不及
　　　　《不了情》。
關鍵字：太太萬歲、石揮

502. 1947年8月11日　《滬光》革新第15期，頁6

　　／〈張愛玲投稿到美國〉

　　提　要：談張愛玲投稿到美國雜誌社，雖未獲刊載，但因作品
　　　　　　有極高造詣，故出版社召開了編輯和名作家座談會，
　　　　　　會中認為這篇是戀愛故事，未必為讀者所喜，故致函
　　　　　　致意，希望張愛玲再寫一篇，以迎合美國讀者。同名
　　　　　　文章亦刊於《羅賓漢》1947年4月27日，頁3。

　　關鍵字：美國

503. 1947年8月14日　《鐵報》，頁4

　　阿海〈太太萬歲掛牌麻煩多　電影像話劇一律掛頭牌〉

　　提　要：文章稱由桑弧導演、張愛玲編劇的《太太萬歲》，因
　　　　　　各演員抗議排名等問題，最終桑弧決定七個人同時
　　　　　　列名，令到這種情況不類電影，而是「十足話劇派
　　　　　　頭矣」。

　　關鍵字：太太萬歲、桑弧

504. 1947年8月19日　《戲世界》第318期，頁11

　　／〈張愛玲依然大胆　寫太太萬歲　以性來擄色迷的朋友〉

　　提　要：文章預告有別於《不了情》主要談「情」，《太太萬
　　　　　　歲》將會以「性」來擄色迷的朋友，內容並無一點所
　　　　　　謂藝術。

　　關鍵字：文華、不了情、太太萬歲

505. 1947年8月19日　《大公晚報》，頁1

／〈故都戲劇界聯誼　記者節聯合公演　上海劇人紛組廣播
劇團〉

提　要：介紹新片《太太萬歲》已開拍，由石揮、張伐、韓
非、蔣天流、汪漪、路珊等六人分任，由張愛玲編
劇，桑弧導演。

關鍵字：太太萬歲、桑弧、石揮

506. 1947年8月19日　《戲世界》，頁6

／〈石揮跑龍套！《太太萬歲》中屈張伐之下〉

提　要：文章介紹《太太萬歲》的男女主角只有張伐和蔣天
流，石揮只能屈居配角，又提到石揮認為《太太萬
歲》劇本不及《不了情》。

關鍵字：太太萬歲、張伐、蔣天流、石揮

507. 1947年8月20日　《羅賓漢》，頁3

慕味通〈古井重波傷心人偷彈珠淚　破鏡難圓不了情飲恨終身
陳燕燕春夢初醒攝影場勾起新愁！〉

提　要：文章說陳燕燕當年受不了張善琨的進攻，卒與黃紹芬
仳離，批評她受到虛榮心所害；又提到陳拍攝《不了
情》時的攝影師就是黃紹芬，拍攝時陳暗藏一角珠淚
偷彈。

關鍵字：不了情、陳燕燕、張善琨、黃紹芬

508. 1947年8月21日　《光報》，頁2

梅屋〈張愛玲的悲哀〉

提　要：作者說在勝利前是張愛玲的忠實讀者，最近朋友說張
　　　　愛玲的《太太萬歲》好像一個「本埠新聞版」的故
　　　　事，張愛玲的風格消失了。作者說如果這是真的，就
　　　　是張愛玲的悲哀。

關鍵字：太太萬歲

509. 1947年8月25日　《新聞報》，頁10

／〈文華新片　「太太萬歲」　一個輕鬆風趣的故事〉

提　要：介紹〈太太萬歲〉的劇情

關鍵字：太太萬歲

510. 1947年8月28日　《飛報》，頁3

筱德〈太太萬歲頭牌太多〉

提　要：作者認為《太太萬歲》中石揮、張伐、韓非、蔣天流
　　　　等酬勞不分高下，導演亦答應將來姓名排序將以姓氏
　　　　筆劃為序，其後汪漪、路珊、張琬等也有同樣要求，
　　　　故此桑弧一律同樣處理，故此片有「七塊頭牌」。此
　　　　文章同樣刊於1947年11月11日《上海人報》頁3，由
　　　　凱人所寫的〈太太萬歲頭牌多！〉。

關鍵字：太太萬歲、石揮、蔣天流、桑弧

511. 1947年8月29日　《大公晚報》，頁1

／〈哀江南導演病倒了　巴黎人看中國聖賢〉

提　要：報導張愛玲的《太太萬歲》已完成三分之二的鏡頭，
　　　　下月放映。這是文華第四部電影，由桑弧和張愛玲二
　　　　人再次合作。

關鍵字：桑弧、太太萬歲、文華

512. 1947年8月30日　《春海》革新第21期，頁5

秦蘇〈影壇彙集〉

提　要：文章說張愛玲最近神氣活現，以戲劇家的資格進出文
　　　　華，聽說快將開拍張愛玲的新劇作《太太萬歲》。

關鍵字：太太萬歲、文華

513. 1947年9月1日　《南洋》第22期，頁1

／〈不了情〉

提　要：文章寫陳燕燕與劉瓊合演文華新片《不了情》，影迷
　　　　公認為銀幕情人再度合作巨片；文章說電影上映片房
　　　　不佳，又批評陳燕燕失足於張善琨。

關鍵字：不了情、文華、陳燕燕、劉瓊、張善琨

514. 1947年9月5日　《青青電影》第15卷第6期，頁1

／〈電影故事《太太萬歲》〉

提　要：文章記錄《太太萬歲》的劇情

關鍵字：太太萬歲

515. 1947年9月9日　《光報》，頁4

金錢豹〈《太太萬歲》石揮軋一腳〉

提　要：文章寫《太太萬歲》是桑弧和張愛玲繼《不了情》又

一合作；又寫桑弧起用蔣天流擔任女主角是大膽的決

定。同時，石揮也將「硬軋一腳」參演《太太萬歲》

「撈些酬勞用用也」。

關鍵字：太太萬歲、桑弧、蔣天流、石揮

516. 1947年9月16日　《誠報》，頁4

孟洵頓〈《龍鳳花燭》拷貝無人要．《不了情》祇以劉瓊號召

南洋人不歡迎陳燕燕〉

提　要：文章提到陳燕燕在上海的叫座力不俗，但在南洋便不

然，因為南洋人不喜歡悲劇；文華的《不了情》賣南

洋的拷貝，片商也壓低價錢，為的也是有劉瓊演出的

關係；又提到《太太萬歲》即使有石揮演出，拷貝也

賣不到南洋。

關鍵字：不了情、文華、陳燕燕、劉瓊

517. 1947年9月20日　《青青電影》第15卷第7期，頁1

／〈不了情．假鳳虛凰．賺錢：文華公司北平設分廠〉

提　要：文章提到文華影片公司的《不了情》是第一炮，之後

拍的是《假鳳虛凰》；而中電正與文華商討租用北平

三廠的合作。

關鍵字：不了情、文華

518. 1947年9月25日　《鐵報》，頁4

文祺〈「文華」囤積新片　《太太萬歲》完工〉

提　要：文章《太太萬歲》由張愛玲編劇，據張愛玲自己說，
　　　　故事不是她的，不過執筆而已；文章又說文華的新片
　　　　都囤積起來，《太太萬歲》要等到12月才上映。

關鍵字：太太萬歲

519. 1947年10月8日　《小日報》，頁4

**／〈張愛玲《太太萬歲》　蔣天流赴閩尋夫　白光拍片身價十
倍　雪豔行頭富麗堂皇〉**

提　要：短訊一則，記文華之《太太萬歲》劇本出自張愛玲，
　　　　由桑弧導演。

關鍵字：太太萬歲、桑弧

520. 1947年10月9日　《中華時報》，頁3

TY〈生命的櫥窗　太太萬歲〉

提　要：文章藉張愛玲的《太太萬歲》分析男人怕老婆的心態

關鍵字：太太萬歲

521. 1947年10月12日　《鐵報》，頁2

光祿大夫〈胡蘭成的蛻變過程〉

提　要：文章回顧胡蘭成的過去，並於淪陷時期力捧女作家張
　　　　愛玲，由捧而好，而戀。

關鍵字：胡蘭成

522. 1947年10月27日　《和平日報》，頁8

窊子〈不了情〉

提　要：短文一則記《不了情》為文華出品，是陳燕燕於勝利
　　　　後第一部作品，由才女張愛玲編劇，作風全部西片風
　　　　味，令人有不錯印象。

關鍵字：不了情、文華、陳燕燕

523. 1947年10月29日　《小日報》，頁2

白香樹〈張愛玲初見劇壇名二哥〉

提　要：文章說在文華公司的遊園會中，馮亦代經桑弧介紹第
　　　　一次見到張愛玲，張愛玲問為什麼人家叫馮亦代做
　　　　「劇壇名二哥」；文章又提到張愛玲欽佩小丁的插
　　　　畫，她在《大家》上刊登《多少恨》，指名要小丁畫
　　　　插圖。馮亦代知道張愛玲喜讀毛姆，卻沒有看過《剃
　　　　刀邊緣》，本說可以借她一讀，回去卻找不到書。

關鍵字：馮亦代、多少恨、桑弧、小丁、毛姆、文華

524. 1947年11月1日　《大公晚報》，頁2

余易〈訪話劇皇帝石揮〉

提　要：作者去訪問話劇皇帝石揮，在訪問中石揮表示《太太
　　　　萬歲》是個壞劇本，遠不如《不了情》，並說張愛玲
　　　　的劇本很差勁。

關鍵字：石揮、太太萬歲、不了情

525. 1947年11月1日　《影劇人》新1卷第1期，頁4

　　╱〈影劇人事：《太太萬歲》中之二位太太（蔣天流上官雲
　　　珠）〉

　　提　要：劇照一張：《太太萬歲》中之二位太太（蔣天流、上
　　　　　　官雲珠）

　　關鍵字：太太萬歲

526. 1947年11月11日　《上海人報》，頁3

　　凱人〈太太萬歲頭牌多！〉

　　提　要：作者認為《太太萬歲》中石揮、張伐、韓非、蔣天流
　　　　　　等酬勞不分高下，導演亦答應將來姓名排序將以姓氏
　　　　　　筆劃為序，其後汪漪、路珊、張琬等也有同樣要求，
　　　　　　故此桑弧一律同樣處理，故此片有「七塊頭牌」。此
　　　　　　文章同樣刊於1947年8月28日《飛報》頁3，由筱德所
　　　　　　寫的〈太太萬歲頭牌太多〉。

　　關鍵字：太太萬歲、石揮、蔣天流、桑弧

527. 1947年11月16日　《影劇人》新1卷第2期，頁6

　　╱〈影劇人事：瞧！上官雲珠與張伐的熱絡勁兒（太太萬歲）〉

　　提　要：劇照一張：瞧！上官雲珠與張伐的熱絡勁兒（太太
　　　　　　萬歲）

　　關鍵字：太太萬歲

528. 1947年11月17日　《大眾夜報》，頁3

白冷〈太太萬歲〉

提　要：作者《太太萬歲》已經攝攝完畢，日前舉行試片，有
　　　　一瘦長女子看試片，就是編劇張愛玲；張愛玲原訂片
　　　　名為《幫夫記》，但桑弧認為凡叫「記」的片子往往
　　　　票房不佳，故改為《太太萬歲》。

關鍵字：太太萬歲、桑弧

529. 1947年11月20日　《鐵報》，頁4

傾國〈張編李導老搭檔合作金鎖記〉

提　要：文章介紹桑弧（李培林）經過與張愛玲合作《不了
　　　　情》和《太太萬歲》後，將第三度合作《金鎖記》；
　　　　文末又透露張愛玲在文華擔任編劇每月底薪五百元，
　　　　每月收入二千餘萬，足夠她住公寓之用。

關鍵字：不了情、太太萬歲、金鎖記、桑弧

530. 1947年11月20日　《誠報》，頁4

雙紅〈張愛玲桑弧再合作《金鎖記》搬上銀幕〉

提　要：文章介紹舞台劇《傾城之戀》和電影《不了情》，之
　　　　後桑弧又導演了《太太萬歲》，如《金鎖記》搬上銀
　　　　幕，當可轟動文壇；而電影《金鎖記》之導演當為
　　　　桑弧。

關鍵字：不了情、太太萬歲、傾城之戀、金鎖記、桑弧

531. 1947年11月23日　《和平日報》，頁8

蕉〈張愛玲的：第三個劇本〉

提　要：讚揚張愛玲的前兩個劇本《不了情》和《太太萬歲》，並預備把《傾城之戀》改成電影。

關鍵字：電影、不了情、太太萬歲、傾城之戀

532. 1947年11月24日　《小日報》，頁3

╱〈《太太萬歲》中的石揮〉

提　要：文章提到《太太萬歲》有七名頭牌演員，以石揮為台柱，說石揮飾演老頭子，有特殊笑料。

關鍵字：太太萬歲、石揮

533. 1947年11月28日　《大眾夜報》，頁3

卿卿〈《太太萬歲》講些什麼？〉

提　要：文章提到《太太萬歲》的故事相當輕鬆有味，頗為風趣；並介紹電影的劇情。

關鍵字：太太萬歲

534. 1947年11月30日　《影劇人》新1卷第3期，頁4

╱〈新片介紹：太太萬歲　即將獻映〉

提　要：文章提到張愛玲和桑弧之前合作《不了情》，現在這位「天才」女作家與「鬼才」導演合作《太太萬歲》。

關鍵字：太太萬歲

535. 1947年12月3日　《大公報》，頁9

張愛玲〈《太太萬歲》題記〉

提　要：張愛玲解釋創作電影劇本《太太萬歲》的動機和人物
等，以及她對戲劇的看法。同名文章亦刊於《大公晚
報》1948年5月8日，頁2

關鍵字：太太萬歲、太太萬歲題記

536. 1947年12月5日　《青青電影》第15卷第12期，頁18

／〈張愛玲桑弧合作《金鎖記》〉

提　要：張愛玲與桑弧合作《不了情》和《太太萬歲》後，最
近籌備把成名作《金鎖記》改編成電影。

關鍵字：不了情、太太萬歲、金鎖記、電影

537. 1947年12月9日　《戲世界》第351期，頁5

／〈影劇人事〉

提　要：張愛玲與桑弧繼《不了情》和《太太萬歲》合作後傳
三度合作，劇本將以張愛玲過去的一部小說改編。

關鍵字：不了情、太太萬歲、桑弧

538. 1947年12月9日　《小日報》，頁2

小邪〈太太萬歲的廣告字〉

提　要：評《太太萬歲》的廣告裡「太太」二字成了怪模樣，
認為似已故名畫家沈延哲的插圖。

關鍵字：太太萬歲

539. 1947年12月9日　《時事新報晚刊》，頁3

知〈張愛玲之近作　太太萬歲演員　反派上官雲珠　話劇皇帝石揮〉

提　要：作者提到上官雲珠成為演反派的優異人才，又讚賞石
　　　　揮為話劇皇帝。

關鍵字：太太萬歲、上官雲珠、石揮

540. 1947年12月11日　《飛報》，頁3

葉花〈張愛玲香閨之祕密〉

提　要：報導張愛玲最近曾宴請文藝之友，在酒酣耳熱之餘，
　　　　大談男女之間的問題，結論是「太太在家庭中的地位
　　　　是至高無上的」。席間有人想一睹她的香閨，但走進
　　　　去後卻發現一位「羅宋彪形大漢」，張愛玲尷尬地介
　　　　紹他是炎櫻的男朋友。文章跟刊於《青青電影》第16
　　　　卷第1期（1948年1月1日）頁17的〈張愛玲大談男女
　　　　之私〉及《戲世界》第366期（1948年3月13日）頁10
　　　　的〈張愛玲談男女間秘密〉相似。

關鍵字：太太、炎櫻

541. 1947年12月12日　《戲報》，頁1

白丁〈太太萬歲〉

提　要：短訊一則，報導日內即將在皇后獻映之文華新出品
　　　　《太太萬歲》。

關鍵字：太太萬歲、文華

542. 1947年12月12日　《羅賓漢》，頁2

劉郎〈桑弧的傑作〉

提　要：作者劉郎提到《太太萬歲》中有關「愛蘭室主」的情
　　　　節是根據他的個人經歷所寫，因為桑弧跟他熟稔。

關鍵字：太太萬歲、桑弧

543. 1947年12月13日　《鐵報》，頁3

高唐〈看《太太萬歲》〉

提　要：作者謂與金蝶看畢《太太萬歲》，金蝶受劇中太太感
　　　　動，認為：「張愛玲與桑弧真大手筆也。」又評蔣天
　　　　流在舞台上的演技精堪，今登銀幕亦具演技。

關鍵字：太太萬歲、桑弧、蔣天流

544. 1947年12月13日　《和平日報》，頁8

莎里〈《太太萬歲》觀感〉

提　要：作者看《太太萬歲》後認為張愛玲奇才橫溢，「處處
　　　　都是妙筆」，「劇本構製之精緻細膩，在國片中尤為
　　　　少見」；又評劇本太細膩反有「湊合之譏」，並讚賞
　　　　蔣天流的小動作可愛，而演員石揮做作太甚。

關鍵字：太太萬歲、蔣天流、石揮

545. 1947年12月14日　《影劇人》新1卷第4期，頁封面

**琳琳〈文華準備新春攻勢　三軍齊發欣欣向榮：王丹鳳張伐
　　聯袂赴平〉**

　　提　　要：文章稱在《太太萬歲》上映之際，見到文華發展欣欣
　　　　　　　向榮，希望影迷全面響應這種攻勢，使電影業開拓新
　　　　　　　一頁。

　　關鍵字：太太萬歲

546. 1947年12月14日　《東方日報》，頁3

金錢豹〈太太萬歲　編劇・演技・桑弧〉

　　提　　要：短評《太太萬歲》，作者認為「劇本太好，佈局周
　　　　　　　到，小動作沒有浪費」，認為都是編劇的設想慎密。
　　　　　　　另一則討論張伐、蔣天流、石揮的演技很好；末一
　　　　　　　則認為由於劇本和演員太好，反而看不出桑弧導演
　　　　　　　的優點。

　　關鍵字：太太萬歲、張伐、蔣天流、石揮、桑弧

547. 1947年12月15日　《東方日報》，頁3

／〈《太太萬歲》侮辱交際花〉

　　提　　要：作者認為《太太萬歲》對交際花挖苦得厲害，描寫她
　　　　　　　們「施媚功，開條斧，貼小白，裝筍頭」，令觀眾
　　　　　　　「無不髮指」，故作者認為交際花應對《太太萬歲》
　　　　　　　作者有所抗議。

　　關鍵字：太太萬歲、交際花

548. 1947年12月15日　《新聞報》，頁10

江藍〈一盅清香的綠茶　《太太萬歲》短評〉

提　要：作者認為《太太萬歲》繼續張愛玲的風格，是「一個
　　　　很輕鬆有趣容易逗人喜歡的故事」，但「沒有往廣處
　　　　深處更走一步」，認為張愛玲「保持著她適可而止的
　　　　作風，在小市民群中投下了一包清香劑」，但作者批
　　　　評這「不大適合於這個時代和這個時代的人的需要和
　　　　滋養」。

關鍵字：太太萬歲

549. 1947年12月16日　《大眾夜報》，頁4

**小天〈聲色犬馬瘋魔上海　櫥窗標價恍同隔世　太太萬歲生意
好　亂世佳人一分兩〉**

提　要：短訊一則，報導《太太萬歲》媲美《亂世佳人》，四
　　　　家戲院開映，四家戲院同告客滿。

關鍵字：太太萬歲

550. 1947年12月16日　《前線日報》，頁8

谷沛〈評《太太萬歲》　說它是齣喜劇毋甯稱它悲劇〉

提　要：作者認為張愛玲運用一貫的輕鬆筆調寫《太太萬
　　　　歲》，認為她對於片中人物的性格把握清晰；但由於
　　　　劇本過份細膩，某些場合顯得巧合。文末認為《太太
　　　　萬歲》雖是喜劇，卻也是悲劇。

關鍵字：太太萬歲

551. 1947年12月16日　《誠報》，頁4

雙紅〈《玉人何處》糾紛方解　《太太萬歲》又起風波　汽車司機再提抗議〉

提　要：作者提到繼《玉人何處》早前稱汽車司機為「汽車夫」而引起糾紛，不料《太太萬歲》中一句對白又引起汽車司機不滿。

關鍵字：太太萬歲、汽車司機

552. 1947年12月17日　《上海風光》第20期，頁6

聯■〈太太萬歲〉

提　要：作者認為張愛玲在《太太萬歲》中寫出了一個「賢妻」型的女性，文章又提及上官雲珠在片中飾演交際花咪咪。

關鍵字：太太萬歲、上官雲珠

553. 1947年12月17日　《戲報》，頁1

人農氏〈《太太萬歲》雞犬不甯　《汽車夫》又引起糾紛〉

提　要：寫作者去皇后戲院看《太太萬歲》見到「上下客滿」，又提到戲內一句「要問小公館，祇要問汽車夫」，牽動「司機師事」，不滿稱「汽車司機」為「汽車夫」。

關鍵字：太太萬歲、汽車司機

554. 1947年12月17日　《大眾夜報》，頁3

王雲縵〈我觀《太太萬歲》〉

提　要：文章評《太太萬歲》是一部有「高度成就的喜劇」，
　　　　令觀眾感到「笑料裡面含有迴[回]味的辛酸」；又評
　　　　蔣天流為「最有希望的演員」；文末又讚賞《太太萬
　　　　歲》「解釋現實，正確地檢討現實」。

關鍵字：太太萬歲、蔣天流

555. 1947年12月18日　《時事新報晚刊》，頁3

莫琴〈張愛玲的「傑作」《太太萬歲》題記和電影〉

提　要：作者佩服張愛玲的才氣，看完《太太萬歲》電影和閱
　　　　過〈《太太萬歲》題記〉覺得很好，但再想看她為什
　　　　麼寫這篇文章和電影時卻很失望。文章主要圍繞《太
　　　　太萬歲》劇情和人物設計作評論，報章全頁為「太太
　　　　萬歲研究特輯」。

關鍵字：太太萬歲、太太萬歲題記、太太萬歲研究特輯

556. 1947年12月18日　《時事新報晚刊》，頁3

陶熊〈評太太萬歲的主題〉

提　要：文章批評張愛玲在寫《太太萬歲》時不在「寫什麼」
　　　　和「為什麼寫這個」上著力，而專在「怎麼寫」和
　　　　「為什麼這麼寫」下力，批評《太太萬歲》的主題和
　　　　內容不像形式和技巧那麼成功。報章全頁為「太太萬
　　　　歲研究特輯」。

關鍵字：太太萬歲、太太萬歲研究特輯

557. 1947年12月18日　《時事新報晚刊》，頁3

管玉〈評太太萬歲中的人物〉

提　要：作者主要評價由《太太萬歲》中作為太太的陳思珍一
　　　　角和劇情。報章全頁為「太太萬歲研究特輯」。

關鍵字：太太萬歲、陳思珍、太太萬歲研究特輯

558. 1947年12月18日　《時事新報晚刊》，頁3

沈吟〈石揮在太太萬歲中〉

提　要：稱讚石揮在《太太萬歲》中的演出。報章全頁為「太
　　　　太萬歲研究特輯」。

關鍵字：太太萬歲、石揮、太太萬歲研究特輯

559. 1947年12月18日　《前線日報》，頁8

陳墀聞〈也評《太太萬歲》〉

提　要：文章認為張愛玲已經對《太太萬歲》有所說明，並評
　　　　論演員演技，並稱讚導演很好，在國產片中應為上乘
　　　　之作。

關鍵字：太太萬歲

560. 1947年12月18日　《金融日報》，頁3

楊克〈《太太萬歲》評〉

提　要：文章評易卜生要娜拉走出家庭，張愛玲卻要陳思珍委
　　　　屈留在家裡侍候丈夫，並討論導演桑弧的處理手法頗
　　　　流暢但欠缺深度。

關鍵字：太太萬歲

561. 1947年12月19日　《鐵報》，頁4

一青〈張瑞芳演《金鎖記》〉

提　要：文章談桑弧在電影《太太萬歲》後，將把張愛玲的成
　　　　名作《金鎖記》搬上銀幕，並決定由張瑞芳演出女
　　　　主角。

關鍵字：太太萬歲、金鎖記、桑弧、張瑞芳

562. 1947年12月19日　《時事新報晚刊》，頁3

管玉〈評太太萬歲的人物〉

提　要：作者主要評價由《太太萬歲》中作為太太的陳思珍一
　　　　角和劇情。此文章為前一天〈評太太萬歲中的人物〉
　　　　的續文，但題目少了一個「中」字。

關鍵字：太太萬歲、陳思珍

563. 1947年12月19日　《中央日報・劇藝》，第509期

沙易〈評《太太萬歲》〉

提　要：作者認為《太太萬歲》與《不了情》極為相似，只是
　　　　描述男女之間普通的問題，並沒有帶來啟示。文章認
　　　　為張愛玲沒有經過深思熟慮，故此結果是失敗了。文
　　　　章又評導演桑弧比《不了情》進步，鏡頭運用也比較
　　　　靈活；同時又讚賞石揮和蔣天流等人的演技（本則資
　　　　料按陳子善：《張愛玲的風氣──1949年前張愛玲評
　　　　說》一書所記）

關鍵字：太太萬歲、不了情、桑弧

564. 1947年12月20日　《小日報》，頁2

桐葉〈太太萬歲〉

提　要：藉張愛玲劇本《太太萬歲》談論做太太的辛酸

關鍵字：太太萬歲

565. 1947年12月20日　《禮拜六》復刊第106期，頁10

振新〈太太萬歲，先生造反！〉

提　要：評《太太萬歲》是輕鬆而類似美國電影的趣劇，「對
　　　　白重於表情」；又認為張愛玲很會利用「小聰敏」，
　　　　把一串的謊話連接成一個風趣的劇本。文章又認為導
　　　　演桑弧手法不差，能體貼編劇者的格調；文末認為此
　　　　片「好像看過一張小型報似的，趣味，輕鬆勝過其餘
　　　　一切」。

關鍵字：太太萬歲

566. 1947年12月20日　《鐵報》，頁3

猶太〈太太評《太太萬歲》〉

提　要：作者的太太對《太太萬歲》公映很高興，並品評人
　　　　物。文末稱讚桑弧的「導演手法活潑輕鬆，太可愛
　　　　了」。

關鍵字：太太萬歲、桑弧

567. 1947年12月20日　　《時事新報晚刊》，頁3

董代宗〈《太太萬歲》觀後〉

提　要：作者猜想張愛玲寫《太太萬歲》的原意是想為天下女
　　　　人叫屈，此片雖然是喜劇，但太太們看了以後，一定
　　　　會覺得「女人太苦了」。

關鍵字：太太萬歲

568. 1947年12月21日　　《飛報》，頁4

十一郎〈童芷苓皇后看太太萬歲〉

提　要：文章報導名坤旦童芷苓昨日下午四時三十分，偕女友
　　　　王小姐及梁小姐等五人，在皇后戲院向蔣天流、石
　　　　揮、張伐等人合演之《太太萬歲》，位子在二樓，頗
　　　　為影迷注意。

關鍵字：太太萬歲、童芷苓

569. 1947年12月21日　　《戲報》，頁3

梅子〈蘇青和張愛玲〉

提　要：文章說張愛玲本領比蘇青高，除了寫小說更能編劇；
　　　　近月有人想把《結婚十年》搬上銀幕，但過去蘇青有
　　　　污點在身，不但事情不成，更被各方攻擊，文章評
　　　　「張愛玲蘇青，交運與倒霉，亦註定也」。

關鍵字：蘇青蔣

570. 1947年12月23日　《益世報》，頁6

陳樹澟〈評《太太萬歲》〉

提　要：作者認為張愛玲的劇本《太太萬歲》是無從歸類的作品，既不是喜劇也不是悲劇，也不傳奇，故事關於一個平凡得不能再平凡的太太。文章集中討論片中的太太要為丈夫說謊和忍氣吞聲，並認為這部電影沒有為觀眾帶來啟示。文末批評石揮演得不像樣。

關鍵字：太太萬歲

571. 1947年12月23日　《東方日報》，頁4

龍木〈我看《太太萬歲》〉

提　要：作者認為《太太萬歲》糟蹋了堅大的陣容，又批評石揮、上官雲珠的演技；桑弧很會賣弄小聰明；編劇者賣弄新文藝筆法；又說不明白張愛玲告訴觀眾什麼。

關鍵字：太太萬歲、桑弧、石揮、上官雲珠

572. 1947年12月24日　《時事新報晚刊》，頁3

忱忱〈也評《太太萬歲》〉

提　要：作者認為張愛玲的劇本《太太萬歲》是平庸的喜劇，是導演的手法令這個故事成為喜劇。作者認為在這時代裡，不需要這樣的太太，也不需要這樣的丈夫，並批評女作家張愛玲叫天下的女人做男人的附屬品。

關鍵字：太太萬歲

573. 1947年12月24日　《和平日報》，頁8

沈吟〈讚《太太萬歲》的技巧〉

提　要：文章稱讚《太太萬歲》的技巧完整，「它前後的呼
　　　　應和穿插的劇情，可以叫我們看出是很仔細和相襯
　　　　的」；作者同時又贊同張愛玲的作品是細膩和精緻。

關鍵字：太太萬歲

574. 1947年12月26日　《時事新報晚刊》，頁2

／〈對於張愛玲的《太太萬歲》　一位太太的抗議〉

提　要：作者原本以為張愛玲的《太太萬歲》是為女人揚眉吐
　　　　氣的片子，但看完後感覺不是這一回事，片中的太太
　　　　忍氣吞聲，並作為「寄生者的附屬品」。文末呼籲
　　　　製片者今後要顧及故事符合現實，以及片中的教育
　　　　意義。

關鍵字：太太萬歲

575. 1947年12月30日　《和平日報》，頁8

時華〈評：《太太萬歲》　劇本十分輕鬆雋妙〉

提　要：作者《太太萬歲》編劇張愛玲和導演桑弧有很大成
　　　　功，並評論演員演技。

關鍵字：太太萬歲、桑弧

576. 1947年12月　《《太太萬歲》上演特刊》，頁碼不明

東方蟬蛛（李君維）〈張愛玲的風氣〉

提　要：文章談張愛玲的寫作風格，形容「她的風氣是一股潛
　　　　流」；又說她的《傳奇》在書店中出售有些尷尬，因
　　　　為它與張恨水《似水流年》或其他作品如《家》、
　　　　《春》、《秋》等並列不大合適，只有「海派女作
　　　　家」勉強可以把張愛玲歸類。文章讚賞張愛玲把「新
　　　　文藝作家」認為不適合寫的題材全都寫進作品中，認
　　　　為她「非但是現實的，而且是生活的，她的文字一直
　　　　走到了我們的日常生活裡」。文章最後又說張愛玲其
　　　　實並沒有真正創造過什麼時裝，可是人們都把稍微突
　　　　出一點的服式稱為「張愛玲式」。作者說有一次問張
　　　　愛玲是否第一個穿「短棉襖」的人，張愛玲說不是，
　　　　女學生騎腳踏車時早穿了。作者試為張愛玲的「怪」
　　　　衣裳，多少含有玩世不恭的態度。（本則資料按陳子
　　　　善：《張愛玲的風氣——1949年前張愛玲評說》一書
　　　　所記）

關鍵字：傳奇、海派、女作家、時裝

577. 1948年1月　《寰球》第27期，頁26

／〈太太萬歲〉

提　要：《太太萬歲》劇情介紹和演員表

關鍵字：太太萬歲

578. 1948年1月1日　《青青電影》第16卷第1期，頁17
　　／〈張愛玲大談男女之私〉
　　提　要：報導張愛玲最近曾宴請文藝之友，在酒酣耳熱之餘，
　　　　　　大談男女之間的問題，結論是「太太在家庭中的地位
　　　　　　是至高無上的」。席間有人想一睹她的香閨，但走進
　　　　　　去後卻發現一位「羅宋彪形大漢」，張愛玲尷尬地
　　　　　　介紹他是炎櫻的男朋友。文章跟刊於《飛報》（1947
　　　　　　年12月11日）頁3的〈張愛玲香閨之祕密〉和《戲世
　　　　　　界》第366期（1948年3月13日）頁10的〈張愛玲談男
　　　　　　女間秘密〉相似。
　　關鍵字：太太、炎櫻

579. 1948年1月1日　《青青電影》第16卷第1期，頁7
　　／〈張瑞芳為「文華」客串　主演金鎖記〉
　　提　要：報導張愛玲將與桑弧第三度合作，把《金鎖記》搬上
　　　　　　銀幕；張瑞芳經介紹後將擔任女主角曹七巧。
　　關鍵字：金鎖記、桑弧、張瑞芳、曹七巧

580. 1948年1月1日　《青青電影》第16卷第1期，頁8
　　／〈蔣天流演技成功！〉
　　提　要：報導蔣天流在《太太萬歲》的演出成功
　　關鍵字：太太萬歲、蔣天流

581. 1948年1月1日　《青青電影》第16卷第1期，頁10
　　／〈石揮的戲　人人愛看〉

　　提　要：稱讚石揮在《太太萬歲》中飾演老太爺，一出場就引
　　　　　　起觀眾笑聲。

　　關鍵字：太太萬歲、石揮

582. 1948年1月7日　《小日報》，頁3
　　正興〈論奇裝異服〉

　　提　要：指出張愛玲雖然設計奇裝異服，但有她的根據，認為
　　　　　　是合理的。

　　關鍵字：奇裝異服

583. 1948年1月7日　《大公報》，頁9
　　洪深〈恕我不願領受這番盛情——一個丈夫對於《太太萬歲》
　　的回答〉

　　提　要：作者認為張愛玲的觀察是細膩的，企圖是明白的，卻
　　　　　　認為〈《太太萬歲》題記〉的最後一節有問題；同時
　　　　　　洪深亦認為張愛玲雖具氣，但《太太萬歲》無法成為
　　　　　　高級喜劇；亦批評張愛玲把「太太」寫得跟丈夫一樣
　　　　　　「無靈魂」。對於太太的「樂於妥協」的行為，洪深
　　　　　　是持批評的態度的

　　關鍵字：太太萬歲、洪深

584. 1948年1月7日　《大公報》，頁9

莘薤〈我們不乞求也不施捨廉價的憐憫〉

提　要：一位太太對《太太萬歲》的批評，認為：「陳思珍的
　　　　愛情寫在水上」，認為《太太萬歲》裡的「太太」忘
　　　　卻了尊嚴。

關鍵字：太太萬歲

585. 1948年1月9日　《時事新報晚刊》，頁2

蘇蘇〈集團結婚　太太萬歲〉

提　要：文章說蘇州青年軍俱樂部近日舉行集團結婚，對面青
　　　　年會電影部正上演《太太萬歲》，門口「太太」兩個
　　　　美術字，「太」字下寫成大腿形狀，再加上中間一
　　　　點，令新娘感到難為情。

關鍵字：太太萬歲

586. 1948年1月15日　《中華時報》，頁3

浪里白〈論張愛玲與傳奇〉（一）

提　要：作者認為張愛玲在文壇崛起，是因為她打破新文藝的
　　　　傳統寫法，認為她寫的是「一身病態的文章」，她對
　　　　「政治這個東西十分淡漠」，並批評她不是真心喜歡
　　　　小市民所以喜歡寫他們，而是「正好相反，因為太厭
　　　　惡了，所以罵也罵不出口，而且也不屑」。

關鍵字：病態、小市民

587. 1948年1月15日　《文訊》，頁372-373

趙涵〈《太太萬歲》及其他〉

提　要：作者讀過張愛玲的〈《太太萬歲》題記〉後所寫的評
　　　　論文章，批評張愛玲的「所作所為，還不夠說明她行
　　　　屍走肉的性質嗎」？又批評張愛玲寫《太太萬歲》
　　　　的問題「皆由於作者不能深一層理解這種生活的緣
　　　　故」。文末又批評張愛玲是「一個過來用色情在靡爛
　　　　讀者的張愛玲」。

關鍵字：太太萬歲題記、太太萬歲

588. 1948年1月17日　《新聞報》，頁12

中原〈太太萬歲〉

提　要：作者藉《太太萬歲》分享他對夫妻相處的看法

關鍵字：太太萬歲

589. 1948年1月17日　《中華時報》，頁3

浪里白〈論張愛玲與傳奇〉（二）

提　要：作者認為張愛玲不寫長篇是因為魄力不夠，只注意一
　　　　些瑣碎的東西，批評她把《金鎖記》和《傾城之戀》
　　　　等長篇素材草草結束，並提及有人批評張愛玲擅寫破
　　　　落的小資產階級。

關鍵字：金鎖記、傾城之戀、小資產階級

590. 1948年1月18日　《中華時報》，頁3

浪里白〈論張愛玲與傳奇〉（三）

提　要：批評張愛玲筆下的主角不是病態就是變態，認為過去讀者多被其愛情故事和離奇的背景吸引，而不是欣賞文字和思想。作者又說從朋友聽到一則傳聞，有關徐訐與張愛玲的通信，謂張曾回信說：「我們兩個在讀者眼中都是西洋景，為了保守祕密，最好不要自己去戮[戳]穿它。」最後評論張愛玲的作風不登大雅。

關鍵字：徐訐

591. 1948年1月20日　《婦女》第2卷第10期，頁22-23

吳詩真〈從《天亮前後》到《太太萬歲》〉

提　要：作者寫與妹妹看完《太太萬歲》後到咖啡館，聽到鄰座也正談論《太太萬歲》的劇情；作者又認為這樣簡單的故事卻很動人，附了演員的演技外，更因為故事的真實性，也由於取材的真實，其害處更深，又認為作者的路走錯了。作者文末更把這齣電影與娜拉出走比較。

關鍵字：太太萬歲

592. 1948年1月21日　《中華時報》，頁3

克仁〈「太太」蔣天流「萬歲」〉（上）

提　要：作者擔心蔣天流主演張愛玲《太太萬歲》中的太太一角

關鍵字：太太萬歲

593. 1948年1月22日　《中華時報》，頁3

克仁〈「太太」蔣天流「萬歲」〉（下）

提　要：自〈《太太萬歲》題記〉刊出後，作者說自己的擔心
　　　　沒有落空；又認為全靠蔣天流的演技撐住，「使這搖
　　　　搖欲墜的戲不致完全倒下」。

關鍵字：太太萬歲

594. 1948年1月22日　《導報》（無錫），頁3

筱朗〈張瑞芳主演《金鎖記》〉

提　要：文華自《太太萬歲》上映獲好評後，桑弧乘勢把張愛
　　　　玲的成名作《金鎖記》搬上銀幕；恰巧內地明星張瑞
　　　　芳在滬，桑弧經人介紹邀得張瑞芳擔任女主角。

關鍵字：太太萬歲、金鎖記、桑弧、張瑞芳

595. 1948年1月26日　《導報》（無錫），頁4

／〈鐘點女郎大喊「烏龜」　《太太萬歲》決定請客〉

提　要：短訊一則，提到大上海電影院二十八日正式上映〈太
　　　　太萬歲〉，是日院方決不售票，歡迎各界前往觀劇。

關鍵字：太太萬歲

596. 1948年1月27日　《中華時報》，頁3

洪青之〈為《太太萬歲》說話〉

提　要：作者認為一提到電影就要分析它的意識很可笑，例如
　　　　群起鞭撻《太太萬歲》的意識就是這一種；作者反而
　　　　認為張愛玲的劇本是最具人情的，又提到《太太萬
　　　　歲》在觀眾間獲得共鳴，卻在書生之間得到揶揄。

關鍵字：太太萬歲

597. 1948年2月1日　《南北》復刊第7期，頁6

／〈蔣天流拍片消遣：老爺大光其火，一幕新太太萬歲〉

提　要：文章寫蔣天流自從拍攝《母與子》和《太太萬歲》，
　　　　見到電影受觀眾歡迎，於是下決心留在上海。她的丈
　　　　夫大光其火，早前讓她拍戲是讓她散心，並不希望她
　　　　久假不歸；文章寫蔣天流因《太太萬歲》的啟示，覺
　　　　得沒有違抗丈夫的理由。

關鍵字：太太萬歲、蔣天流

598. 1948年2月1日　《戲世界》第360期，頁11

／〈銀幕悲旦苦怨多：陳燕燕不了情〉

提　要：文章報導陳燕燕被張善琨拆散家庭，在拍攝《不了
　　　　情》時重遇前夫黃紹芬，不了情不知到何時為止。

關鍵字：不了情、陳燕燕、張善琨、黃紹芬

599. 1948年2月4日　《錫報》，頁4

燕子〈看太太萬歲小感〉

提　要：文章提到張愛玲的本意似乎是要太太當丈夫的附屬
　　　　品，並要為中國的所有的太太吶喊；又認為張愛玲把
　　　　太太欺侮了，更替太太們感到悲哀。

關鍵字：太太萬歲

600. 1948年2月4日　《飛報》，頁4

盧大夫〈李玉茹想想赴津　麒麟童太太萬歲〉

提　要：文章寫京劇演員麒麟童有意赴津，但太太不甚願意，
　　　　故引用電影《太太萬歲》引發的新詞「太太萬歲」形
　　　　容此事。

關鍵字：太太萬歲

601. 1948年2月7日　《戲報》，頁3

玲子〈洪謨硬捧沈敏　蘇青步張愛玲後塵〉

提　要：文章報導蘇青的《結婚十年》已由「大中華」搬上銀
　　　　幕，由著名「風流寡婦」李綺年主演；又聞楊小仲有
　　　　意開拍蘇青新作《魚水歡》；文末評蘇青步張愛玲後
　　　　塵，變成女劇作家，交上好運。

關鍵字：結婚十年、蘇青

602. 1948年2月8日　《鐵報》，頁4

／〈《不了情》作風依舊　陳燕燕做家庭教師〉

提　要：文章報導陳燕燕在《不了情》飾演家庭教師，與劉瓊
　　　　合演。

關鍵字：不了情、陳燕燕、劉瓊

603. 1948年2月14日　《誠報》，頁4

卡洛兒〈桑弧張愛玲再合作　張瑞芳演《金鎖記》〉

提　要：文章報導張愛玲在文華的第三個劇本《金鎖記》已經
　　　　改編成電影劇本，起初文華想請金山導演，桑弧認為
　　　　還是由自己來導演比較合適。桑弧已經開始籌備工
　　　　作，並邀妥張瑞芳擔任曹七巧。

關鍵字：桑弧、金鎖記、張瑞芳、曹七巧

604. 1948年2月18日　《鐵報》，頁4

紫峯〈張瑞芳拍《金鎖記》有波折〉

提　要：文華希望邀請張瑞芳拍《金鎖記》，張已有允意，但
　　　　她要求先看劇本，因為張瑞芳是談意識的女明星，
　　　　故要看劇本才會答應；而張愛玲目前正埋頭苦幹寫
　　　　劇本。

關鍵字：桑弧、金鎖記、張瑞芳

605. 1948年2月18日　《和平日報》，頁5

仁〈「太太萬歲」　度舊歲狂歡一夜直到「天亮前後」　迎新春酣睡半日想起「遙遠的愛」〉

提　要：短訊一則，報導政大新聞系四年級某寢室除夕出現紅紙春聯，額為「太太萬歲」，因為南京最近放映了三張國產影片，印象極深，就把片名用上。

關鍵字：太太萬歲

606. 1948年2月23日　《新聞報》，頁10

╱〈張愛珍[玲]與桑弧三度合作《金鎖記》……〉

提　要：一則短文寫張愛珍[玲]與桑弧三度合作《金鎖記》。專欄名為「影・劇・人・事」。

關鍵字：桑弧、金鎖記、「影・劇・人・事」

607. 1948年2月25日　《益世報・別墅》，頁碼不明

痴僧〈《太太萬歲》意識荒謬　是現代女性的毒針〉

提　要：文章批評《太太萬歲》「缺乏了對於現實的批判，因此在這庸俗的故事下，它還更附帶一針強有力的麻醉劑，讓每個觀眾在不知不覺，連聲讚美下，中了它的毒素」；文章又評導演桑弧的處理手法「雖然流暢，但還不夠深度」；文末讚賞蔣天流的演技。（本則資料根據王一心編《你若盛開，清風自來：民國人眼中的張愛玲》所記）

關鍵字：太太萬歲、桑弧、蔣天流

608. 1948年3月1日　《綜藝：美術戲劇電影音樂半月刊》第1卷，
第5期，頁8

柳浪〈電影編劇應如何取材？評《太太萬歲》‧《終身大事》〉

提　要：文章批評張愛玲寫《太太萬歲》如《不了情》一樣，
僅僅寫了男女之間極平凡的問題，但沒有為觀眾帶來
啟示。文末認為張愛玲能把這樣沒有故事性旳故事編
成電影劇本，令人驚奇，但認為她憑著聰明技巧賺取
小市民眼淚，藝術價值不高。

關鍵字：太太萬歲

609. 1948年3月11日　《南北》復刊第11期，頁6

／〈漫談《太太萬歲》〉

提　要：文章大致複述張愛玲〈《太太萬歲》題記〉的內容，
文末則評論：「張愛玲說得那樣飄忽，說得那樣漂
亮，好像她真能這樣通達了人生，我們卻忘不了她還
在對鏡哀憐。」

關鍵字：太太萬歲

610. 1948年3月13日　《戲世界》第366期，頁10
　　／〈張愛玲談男女間秘密〉
　　提　要：報導張愛玲最近曾宴請文藝之友，在酒酣耳熱之餘，
　　　　　　大談男女之間的問題，結論是「太太在家庭中的地位
　　　　　　是至高無上的」。席間有人想一睹她的香閨，但走進
　　　　　　去後卻發現一位「羅宋彪形大漢」，張愛玲尷尬地介
　　　　　　紹他是炎櫻的男朋友。文章跟刊於《飛報》（1947年
　　　　　　12月11日）頁3的〈張愛玲香閨之祕密〉和《青青電
　　　　　　影》第16卷第1期（1948年1月1日）頁17的〈張愛玲
　　　　　　大談男女之私〉相似。
　　關鍵字：太太、炎櫻

611. 1948年3月14日　《益世週刊》第30卷第11期，頁170
　　／〈太太萬歲〉
　　提　要：介紹飾演《太太萬歲》的演員，文末結論提到「國產
　　　　　　片要力求藝術時代化是對，抄襲歐美的壞處便大錯
　　　　　　了」。
　　關鍵字：太太萬歲

612. 1948年3月19日　《小日報》，頁4

石新雲〈為了拍《金鎖記》入瘋人院觀摩　神經病青年強吻張瑞芳〉

提　要：報導張瑞芳為拍新片《金鎖記》，飾演女主角七巧，為了演出逼真，日前在北平特地到一個精神病院作實地觀察。首先觀察的是女神經病人，正在胡言亂語；然後觀察一個正康復的男病人，走近時男病人作勢親吻她，嚇得張瑞芳急忙逃走。

關鍵字：張瑞芳、金鎖記

613. 1948年3月19日　《戲世界》第367期，頁10

／〈太太萬歲中的：拿工錢男人〉

提　要：文章諷刺《太太萬歲》中拿工錢的男人一角演得成功，其理直氣壯，「並不因吃女人著女人而低頭」。

關鍵字：太太萬歲

614. 1948年3月24日　《一四七畫報》第19卷第12期，頁11

／〈看完太太萬歲之後〉（上）

提　要：作者認為《太太萬歲》保存著張愛玲的文筆；導演的手法似乎不大細膩，有些地方生硬，有些地方卻又活潑可喜；文章又評蔣天流和石揮的演技。

關鍵字：太太萬歲

615. 1948年3月25日 《電影話劇》第3期,頁4-5

筱芳〈《上海奇譚》主角又將演《金鎖記》 訪：化名沙莉的錢善珠小姐〉

提　要：文章報導錢善珠受文華邀請,參演張愛玲編劇的《金鎖記》,近期將要開拍。

關鍵字：張瑞芳、金鎖記、錢善珠

616. 1948年3月27日 《一四七畫報》第20卷第1期,頁11

／〈看完太太萬歲之後〉（下）

提　要：作者續談論《太太萬歲》中上官雲珠的演技

關鍵字：太太萬歲

617. 1948年4月1日 《誠報》,頁4

耳得〈張瑞芳拒演金鎖記〉

提　要：張瑞芳本已答應演出《金鎖記》,電影即將開拍,她卻稱病拒演。

關鍵字：金鎖記、張瑞芳

618. 1948年4月4日 《大公晚報》,頁1

／〈司徒喬在美開畫展 沙金翻譯雪萊短詩〉

提　要：報導《松花江上》女演員張瑞芳因病拒演《金鎖記》

關鍵字：金鎖記、張瑞芳

619. 1948年4月4日　《誠報》，頁4

　／〈**劇本寫得壞・張愛玲悲哀　白楊拒演《金鎖記》**〉

　提　要：報導張瑞芳因病拒演《金鎖記》後，桑弧看中白楊擔
　　　　　任女主角，怎料白楊同樣拒絕，原因為張愛玲所寫的
　　　　　劇本不好，故此文華要暫擱拍攝《金鎖記》；文章說
　　　　　有人認為張愛玲才氣已盡，這是張愛玲的悲哀。

　關鍵字：金鎖記、張瑞芳、桑弧、白楊、文華

620. 1948年4月6日　《導報》，頁3

　麻弦〈**恐怕受人指摘・張瑞芳推說要去養病，白楊看過劇本便
　　　回絕　張愛玲的悲哀・兩女星拒演《金鎖記》！**〉

　提　要：文章稱張愛玲的劇本《金鎖記》原屬意張瑞芳演出，
　　　　　但張瑞芳答應後得悉是張愛玲寫的劇本，怕張愛玲因
　　　　　「附逆」而自己招致批評；加上認為《金鎖記》的劇
　　　　　本寫得並不好，於是借生病為由拒演。文華之後另找
　　　　　女演員白楊，但白楊的丈夫在看過劇本後，認為《金
　　　　　鎖記》劇本「大好而不妙」，故白楊也拒演。

　關鍵字：張瑞芳、金鎖記、白楊

621. 1948年4月8日　《小日報》，頁4

錢眼〈狂捧張愛玲未見太肉麻〉

提　要：文章稱張愛玲新寫作的劇本《金鎖記》寫得極佳，但
　　　　演女主角的張瑞芳要求修改不果故稱病不演，文華因
　　　　不敢得罪張愛玲，又找不到另外人選，一定要張瑞芳
　　　　演。文末謂看過劇本《金鎖記》的人都說張愛玲才氣
　　　　已盡，批評張愛玲除了辭藻漂亮之外一無可取，更批
　　　　評有人追捧女作家。

關鍵字：張瑞芳、金鎖記、文華

622. 1948年4月8日　《小日報》，頁4

未人〈張愛玲罵張瑞芳〉

提　要：文章稱張愛玲編《金鎖記》劇本不濟，傳說張瑞芳拒
　　　　演，張愛玲信以為真，大罵張瑞芳，認為她輕視自己
　　　　的作品，其實是受到了左傾作家鼓動。現在兩張之間
　　　　「形同火炭」，《金鎖記》或有告吹的可能。

關鍵字：張瑞芳、金鎖記

623. 1948年4月9日　《力報》，頁3

葉葉〈張瑞芳拒拍金鎖記〉

提　要：文章說張瑞芳拒拍《金鎖記》，因有「敵偽遺毒在
內」，此舉獲輿論界好評；又批張愛玲之小說《金鎖
記》曾刊於敵偽時期某雜誌，故事無甚動人之處，
描寫一大家庭，凌亂無比，其作風與《太太萬歲》
無異。

關鍵字：張瑞芳、金鎖記

624. 1948年4月11日　《鐵報》，頁4

路蓬〈銀彈政策失效　金鎖記覓角難〉

提　要：文章說張瑞芳拒拍《金鎖記》後，文華想邀請白楊演
出也被拒絕，便揚言以十億元打動白楊，後仍被白楊
拒演。

關鍵字：張瑞芳、金鎖記、白楊、文華

625. 1948年4月14日　《一四七畫報》第20卷第6期，頁封面

／〈陳燕燕與劉瓊在《不了情》片中最精彩之一鏡頭〉

提　要：封面圖配「陳燕燕與劉瓊在《不了情》片中最精彩之
一鏡頭」說明

關鍵字：不了情、陳燕燕、劉瓊

626. 1948年4月27日　《誠報》，頁2

　　／〈張愛玲之《金鎖記》電影劇本……〉

　　提　要：一則短文記錄張愛玲之《金鎖記》遭到幾個女明星拒
　　　　　　演，預備放棄此劇本，埋首寫她未完成的小說。原文
　　　　　　無標題。

　　關鍵字：金鎖記

627. 1948年5月8日　《大公晚報》，頁2

　　張愛玲〈《太太萬歲》題記〉

　　提　要：張愛玲解釋創作電影劇本《太太萬歲》的動機和人物
　　　　　　等，以及她對戲劇的看法。同名文章曾刊於《大公
　　　　　　報》1947年12月3日，頁9。

　　關鍵字：太太萬歲、太太萬歲題記

628. 1948年5月15日　《大公晚報》，頁2

　　方澄〈所謂「浮世的悲歡」　《太太萬歲》觀後〉

　　提　要：作者討論張愛玲的〈《太太萬歲》題記〉，認為張愛
　　　　　　玲說得那樣飄忽，說得那樣漂亮，好像她真的「這樣
　　　　　　通達了人生，我們卻忘不了她還在對鏡哀憐」。

　　關鍵字：太太萬歲、太太萬歲題記

629. 1948年5月15日　《大公晚報》，頁2

東方蝘蜒〈《太太萬歲》的太太〉

提　要：作者分析《太太萬歲》的劇名是諷刺，因為太太自此
至終沒有勝利過一次，她的勝利裡拖了一把辛酸的眼
淚。作者認為應該著重的不是故事本身，而是作者怎
樣去表現，更認為《太太萬歲》是一齣high comedy，
更分析電影中的日常情節具有典型的「張愛玲風」。

關鍵字：太太萬歲

630. 1948年5月23日　《青青電影》第16卷第13期，頁7

／〈張愛玲的悲哀　歐陽莎菲的希望〉

提　要：張愛玲的《金鎖記》遲遲未開拍，令她感到悲哀。

關鍵字：金鎖記

631. 1948年5月30日　《青青電影》第16卷第14期，頁1

／〈張瑞芳主演金鎖記〉

提　要：張愛玲繼《太太萬歲》後編劇的《金鎖記》已開拍，
由張瑞芳主演。

關鍵字：金鎖記、張瑞芳

632. 1948年6月27日　《青青電影》第16卷第18期，頁13
　／〈張瑞芳觸了張愛玲霉頭！〉
　　提　要：指張愛玲的劇本《金鎖記》被兩個女演員拒演後，大
　　　　　　觸霉頭，連帶別的導演也不請求寫劇本。文章說張愛
　　　　　　玲於是為英文報紙寫恐怖偵探小說，美國人頗為喜
　　　　　　愛，認為有東方鬼趣，揉合西洋恐怖風情。現有一名
　　　　　　外國恐怖趣味家，專收集恐怖故事和小玩意，寫信給
　　　　　　張愛玲收集中國的鬼面具和鬼故事，報酬極高，故張
　　　　　　愛玲下月初將到北京與她相見。
　　關鍵字：太太萬歲、恐怖小說

633. 1948年7月17日　《電影週報》第1期，頁3
　／〈桑弧著力《哀樂中年》〉
　　提　要：文章稱《哀樂中年》的編劇是張愛玲，張與桑弧合作
　　　　　　有「桑張檔」之稱，演員已定有石揮。這篇文章與
　　　　　　1948年7月20日《誠報》頁4刊登之〈哀樂中年　桑弧
　　　　　　新作〉、1948年11月16日《誠報》頁4刊登之土火：
　　　　　　〈桑弧著力《哀樂中年》〉及1948年12月1日《青青
　　　　　　電影》第16卷第37期頁2之〈桑弧有新作：哀樂中
　　　　　　年，石揮主演〉相同。
　　關鍵字：哀樂中年

634. 1948年7月20日　《誠報》，頁4

　　／〈哀樂中年　桑弧新作〉

提　要：文章稱《哀樂中年》的編劇是張愛玲，張與桑弧合作
　　　　　有「桑張檔」之稱，演員已定有石揮。這篇文章與
　　　　　1948年7月17日《電影週報》第1期頁3之〈桑弧著力
　　　　　《哀樂中年》〉、1948年11月16日《誠報》頁4刊登
　　　　　之土火：〈桑弧著力《哀樂中年》〉及1948年12月1
　　　　　日《青青電影》第16卷第37期頁2之〈桑弧有新作：
　　　　　哀樂中年，石揮主演〉相同。

關鍵字：哀樂中年

635. 1948年7月20日　《電影週報》第2期，頁1

　　／〈桑弧：《哀樂中年》　佐臨：《錶》　文華二新片〉

提　要：文章稱上期本刊稱《哀樂中年》為張愛玲編劇是小
　　　　　錯誤，此劇實際是桑弧自己所編，已經寫好了三分
　　　　　之一。這篇文章與1948年7月26日《小日報》頁3之文
　　　　　華：〈桑弧佐臨的新作〉相同。

關鍵字：哀樂中年、桑弧

636. 1948年7月26日 《小日報》，頁3

文華〈桑弧佐臨的新作〉

提　要：文章稱上期本刊稱《哀樂中年》為張愛玲編劇是小錯
　　　　誤，此劇實際是桑弧自己所編，已經寫好了三分之
　　　　一。這篇文章與1948年7月20日《電影週報》第2期頁
　　　　1之〈桑弧：《哀樂中年》　佐臨：《錶》　文華二
　　　　新片〉相同。

關鍵字：哀樂中年、桑弧

637. 1948年9月15日 《大公晚報》，頁1

／〈豐子愷之子要殺父　甜姐兒主演麗人行〉

提　要：文章報導桑弧為文華公司寫的新劇本取名為《哀樂
　　　　中年》，取自於張愛玲〈《太太萬歲》題記〉中的
　　　　句子。

關鍵字：太太萬歲、題記、哀樂中年、桑弧、文華

638. 1948年10月9日 《電影週報》第13期，頁1

約〈桑弧懷孕十月：《哀樂中年》誕生〉

提　要：文章評論桑弧是文華基本導演，過去導演《不了情》
　　　　和《太太萬歲》，其清麗雋永的手法，在中國影壇上
　　　　是「罕有的奇珍」；又提到《不了情》和《太太萬
　　　　歲》的編劇是張愛玲，桑弧的導演更使二作添上無限
　　　　的光輝；現在桑弧將會寫一個名為《哀樂中年》的劇
　　　　本，現在已寫了十個月，快將完成。

關鍵字：哀樂中年、桑弧

639. 1948年11月3日　《海光》復刊第1期，頁4-5

張愛玲《鬱金香（一）》

提　要：張愛玲作品

關鍵字：鬱金香

640. 1948年11月10日《海光》復刊第2期，頁4-5

張愛玲《鬱金香（二）》

提　要：張愛玲作品

關鍵字：鬱金香

641. 1948年11月16日　《誠報》，頁4

土火〈桑弧著力《哀樂中年》〉

提　要：文章稱《哀樂中年》的編劇是張愛玲，張與桑弧合作
　　　　有「桑張檔」之稱，演員已定有石揮。這篇文章與
　　　　1948年7月17日《電影週報》第1期頁3之〈桑弧著力
　　　　《哀樂中年》〉、1948年7月20日《誠報》頁4刊登之
　　　　〈哀樂中年　桑弧新作〉及1948年12月1日《青青電
　　　　影》第16卷第37期頁2之〈桑弧有新作：哀樂中年，
　　　　石揮主演〉相同。

關鍵字：哀樂中年

642. 1948年12月1日　《青青電影》第16卷第37期，頁2-3
　　　／〈**桑弧有新作：哀樂中年，石揮主演**〉
　　　提　要：文章稱《哀樂中年》的編劇是張愛玲，張與桑弧合作
　　　　　　　有「桑張檔」之稱，演員已定有石揮。這篇文章與
　　　　　　　1948年7月17日《電影週報》第1期頁3之〈桑弧著力
　　　　　　　《哀樂中年》〉、1948年7月20日《誠報》頁4之〈哀
　　　　　　　樂中年　桑弧新作〉及1948年11月16日《誠報》頁4
　　　　　　　刊登之土火：〈桑弧著力《哀樂中年》〉相同。
　　　關鍵字：哀樂中年

643. 1948年12月6日　《真報》，頁3
　　　正興館主〈**電影有《不了情》，越劇有《情不了》**〉
　　　提　要：短訊一則，說電影有《不了情》，越劇有《情不
　　　　　　　了》，以後一定還有《情了不》，答曰「不情了」。
　　　　　　　專欄名為「有聲有色」。
　　　關鍵字：不了情

644. 1949年1月8日　《鐵報》，頁4
　　　海公〈**導演脾氣不同　桑弧拍戲決不通宵　李萍倩喜歡拍天亮**〉
　　　提　要：文章說桑弧與朱石麟一樣反對晚上拍戲，當年開拍
　　　　　　　《不了情》和《人人萬歲》時，卜午一時通告，夜十
　　　　　　　一時停止，兩齣電影只拍了一個通宵。
　　　關鍵字：說桑弧、不了情、太太萬歲

645. 1949年3月21日　　《導報》（無錫），頁3

　　　春風〈太太萬歲在滬重映〉

　　　提　　要：文章報導《太太萬歲》近日將在滬重映

　　　關鍵字：太太萬歲

646. 1949年4月9日　　《青青電影》第17卷第10期，頁14

　　　／〈苦幹的人物　文華的基本演員：程之　在《太太萬歲》中
　　　唱紹興戲「步步高」，《假鳳虛凰》裡活像一個剃頭司務〉

　　　提　　要：文章介紹文華基本演員程之，過去曾於《太太萬歲》
　　　　　　　　中演出而引得觀眾哈哈大笑。

　　　關鍵字：太太萬歲、程之

647. 1949年4月25日　　《誠報》，頁2

　　　建人〈吳貽芳之不了情〉

　　　提　　要：作者評論金陵女子大學校長吳貽芳博士與國立川大校
　　　　　　　　長黃季陸氏之一段「不了情」，未必遜於張愛玲筆下
　　　　　　　　之《不了情》。本文與1949年4月26日《大風報》頁2
　　　　　　　　之文章〈吳貽芳不了情〉相同。

　　　關鍵字：吳貽芳、黃季陸、不了情

648. 1949年4月26日　《大風報》，頁2

建人〈吳貽芳不了情〉

提　要：作者評論金陵女子大學校長吳貽芳博士與國立川大校
　　　　長黃季陸氏之一段「不了情」，未必遜於張愛玲筆下
　　　　之《不了情》。本文與1949年4月25日《誠報》頁2之
　　　　文章〈吳貽芳之不了情〉相同。

關鍵字：吳貽芳、黃季陸、不了情

649. 1949年4月30日　《青青電影》第17卷第12期，頁9

／〈名導演愛上女作家　桑弧張愛玲兩情綿綿〉

提　要：報導桑弧在單身多年後，最近傳說與張愛玲相戀

關鍵字：桑弧

650. 1949年5月19日　《和平日報》，頁2

冬青〈張愛玲鬧戀愛　趙清閣是酒鬼〉

提　要：短訊一則，報導張愛玲以前常常穿著流蘇的衣服，又
　　　　曾打扮得怪模怪樣地買臭豆腐乾。自與桑弧打得火熱
　　　　後，已沒有她的芳踪。

關鍵字：桑弧

651. 1949年7月16日　《大公晚報》，頁2

李由〈編導人物誌（四）〉

提　要：短文介紹不同的編導人物，其中一則「張愛玲」把張
　　　　愛玲與蘇青並提，認為她具有天資，加上看了大量的
　　　　美國小說和電影，故此肚子裡有這麼一套美國式的玩
　　　　意兒。文章說張愛玲除了寫小說，亦有電影話劇《不
　　　　了情》、《天外天》和《太太萬歲》。

關鍵字：蘇青、不了情、天外天、太太萬歲

附錄

中國報刊中的張愛玲廣告

A　《海報》1944年9月1日。
B　《海報》1944年9月20日。
C　《海報》1944年9月28日。
D　《海報》1944年12月23日。

A
張愛玲小說集
傳奇
各書局報攤均代售
最新出版·二版百元售
·雜誌社發行·

B
張愛玲得意之作
傳·奇
群齊女史傑作
結婚十年
合購祗傳三九〇元
入獄記特價 $103
風土小記 $114
各種雜誌售價特廉
◆索備章 可亦租◆
方中書店
同孚路大中里
電話三八五七四

C
女作家張愛玲之自選小說集「傳奇」，初版不到五日，即告售罄，創出版界之新紀錄，茲再版出書，每册實價三百元，各書報權均代售。·雜誌社發行。

D
張愛玲散文三十篇，字精印，附圖二十餘，「夫主」·「奴家」等物。每册五百元·各書報攤均售
流言
今日出版
大